낫두리 살풍경

넋두리 살풍경

초판 1쇄 발행 2022년 6월 17일

지은이 박종삼
펴낸이 장길수
펴낸곳 지식과감성#
출판등록 제2012-000081호

교정 김우연
디자인 김찬휘
편집 김찬휘
검수 양수진, 윤혜성
마케팅 고은빛, 정연우

주소 서울시 금천구 벚꽃로298 대륭포스트타워6차 1212호
전화 070-4651-3730~4
팩스 070-4325-7006
이메일 ksbookup@naver.com
홈페이지 www.knsbookup.com

ISBN 979-11-392-0517-6(03810)
값 14,000원

- 이 책의 판권은 지은이에게 있습니다.
- 이 책 내용의 전부 또는 일부를 재사용하려면 반드시 지은이의 서면 동의를 받아야 합니다.
- 잘못된 책은 구입하신 곳에서 바꾸어 드립니다.
- 이 책의 본문 중 일부는 '을유1945' 서체를 사용했습니다.

지식과감성#
홈페이지 바로가기

사람은 그 누구나 가슴 아픈 이야기를 안고 산다

넋두리 살풍경

박종삼 지음

작가의 말

인생은 고독하고 날이 더할수록 외로움에 시달릴 수가 있다. 또 홀로 간직하기가 무척 힘든 일들이 속출할 수 있다. 이를 극복하려 제아무리 노력을 해도 그리 쉽진 않다.

말동무가 필요하다. 대화를 통해 시름을 잊기 위함이다. 홀로 앓고 있다 보면 거대한 응어리가 될 수 있기 때문이다. 그래서 자신의 속을 툭 터놓고 대화할 수 있는 대상에게 그야말로 넋두리, 푸념을 늘어놓는다. 순간 일시적으로 풀리는 듯한 후련함도 느낀다. 여기다가 넋두리를 한층 두 배로 끌어 올릴 수 있는 술이 곁들여지면 흥이 돋고 분위기는 한껏 달아오른다. 정신없이 취기에 넋두리를 할 땐 속이 뻥 뚫려 유쾌 상쾌 통쾌하였으나 서로 간 믿음이 절대적이면 무사하나 이를 알 수 없어 피곤할 수도 있다.

그렇기에 이에 따르는 심각한 문제는 상대방이 여기저기 돌아다니며 제3자에게 전파했을 때 화근이 된다. 또 여기서 그 제3자가 제4자에게 넋두리를 할 수가 있다.

제4자는 제5자에게 마치 열차의 꼬리처럼 이어질 수 있다. 이때 별문제가 없으면 좋지만 원래 좋은 말이든 안 좋은 말이든 자꾸 여기저기 알려지다 보면 이상하게 와전되는 경우도 많고 진의가 왜곡되는 경우도 비일비재하다.

그 결과 최초의 넋두리의 주체는 사면초가 상태로 빠지는 비극을 맞는다.

발 없는 말이 천 리를 간다.

이런 속담도 있다.

그러니 누가 허심탄회하게 마음을 툭 터놓고 넋두리를 할 수 있겠는가?

그렇기에 인생은 너무 외롭고 고독하고 힘들다. 어려운 일이 생겼을 때 홀로 앓고 있으면 고통이고 이를 탈피하고자 넋두리를 하면 위와 같은 폐단이 뒤따르니 말이다.

이래도 탈, 저래도 탈, 그야말로 탈 많은 삶을 살고 있다. 이런 원인으로 인생사 사람들이 대화할 때 가식과 형식에 입각하여 말을 한다.

괜히 자신이 괴롭고 외롭다고 무리하여 터놓고 넋두리를 잘못했다가 낭패를 보기 때문이다. 인생은 이처럼 굳어져버렸다.

그렇지 않아도 한 사람 사는 게 외로운데 타인들 때문에 더더욱 외롭다. 그래서인지는 모르겠으나 혼자 술을 먹는 인구도 꽤 늘었다.

혼술이든 여럿이서 먹는 술이든 알코올소비량이 늘었다는 것은 서로서로 뭔가 원활치 않은 것임엔 분명하다.

스트레스를 풀 길이 마땅치 않다 보니 취하고 싶은지도 모를 일이다. 여기에 따르는 추가되는 또 심각한 문제는 몸이 망가진다는 점이다.

또 이래저래 탈들이 몰려온다. 그렇다면 궁극적인 대책이 뭔지 절박하다.

사실 대책은 없다. 마음을 내려놓는 수밖에 없다.

구체적으로 표현하면 넋두리를 하겠단 것은 열받았다는 건데 자신의 화를 홀로 다스리지 못한단 것이다.

이걸 홀로 다스리는 체념 내지 초월이 절대적이다. 절대 명상이 필요하다.

닦아내야 한단 것이다. 그럼 알코올에 기대는 마음도 사라질 수 있다.

결국 넋두리의 무용론으로 귀결되고 무아 일체로 진입한다.

2021년 10월 6일 수요일

박종삼

목차

작가의 말　　　　　　　　　　　　　　　4

1. 속이 답답한 고독 속에 산다　　　　　　9
2. 차라리 간직하는 게 낫다　　　　　　　29
3. 그렇다고 침묵 속에 생을 마감할 순 없다　49
4. 수험생의 본분을 망각한 채　　　　　　69
5. 끝없이 일어나는 객기와 만용　　　　　89
6. 변화를 일으키며 회오리를 따라간다　　109
7. 법을 망각한 법률세계 시정잡배들　　　129
8. 광교 호수공원의 아늑한 밤 시간　　　149
9. 돌돌돌 그가 진정하진 않았다　　　　　169
10. 노트북 도난 사건의 실체와 후유증　　189
11. 한곳으로 몰리는 정신이상자들　　　　211
12. 절대 사람을 믿지 말라, 한순간에 넘어간다　231
13. 매화　　　　　　　　　　　　　　　251
14. 결국은 그렇게 만날 수밖에　　　　　271

1.
속이 답답한 고독 속에 산다

사람은 그 누구나 가슴 아픈 이야기를 안고 산다. 인간의 힘으로 되지 않고 속수무책으로 당하는 게 너무 많다. 그렇기에 넋두리를 하게 된다.

푸념이라고도 한다.

오죽 답답하고 죽겠으면 넋두리를 하겠는가! 생각해보지만 실효성이 전무하다는 게 더더욱 아픔으로 몰고 간다.

"난 말이야 가슴이 아플 땐 일단 술을 먹고 넋두리를 한다고 으으으."

"그래 그것도 좋지! 하하."

2020년 1월 1일 수요일 새해 첫날부터 두 사람은 만나 서로 넋두리를 시작한다.

김난화에게 있어 희라는 이 세상에 둘도 없는 절친 친구이다. 둘은 게다가 이름도 난화, 희라 이름도 조금 비슷한 것이다.

성은 다른 김난화, 이희라이다.

난화가 먼저 넋두리를 시작한 것이다.

"야, 희라야, 난 며칠 전 이런 일도 있었다. 내가 말이야. 한 남자와 동거생활을 하다 보면 때론 싫증도 나니까 가끔 딴 남자와 사귀고픈 생각도 할 수 있잖아? 그런데 그 인간 죽자 살자 날 잡고 늘어지는 거야!
 "딴마음 먹지 말라 이거지. 근데 그 새끼 내가 다니는 회사 앞에까지 쳐들어와 지랄 떨어 앞에 카페로 들어갔는데 난데없이 내게 아무하고 나 놀아난 개같은 년이라고 막 쌍욕을 퍼붓는 거야. 카페 안이 엄청 소란해지자 종업원들이 몰려와 손님들을 생각해 그러지 말라고 했는데도 막무가내로 막 계속 욕설을 퍼부은 거라고."
 "야, 난화야, 그걸 그냥 가만히 뒀어? 바로 경찰에 신고했어야지! 그건 형법 제311조에 해당되는 모욕죄라고. 그 인간은 널 모욕한 거야! 네가 딴 남자와 사귀든 말든 그 인간이 무슨 상관이야. 야, 지금이라도 당장 신고해! 고소하라고……."
 "그래 넌 법을 많이 아는구나! 역시 합격은 못 했지만 법원서기보를 공부한 노하우가 있긴 하다."
 "야, 공부만 했으면 뭐 해? 명단에 없는데…… 근데 그 새로 사귀게 된 남자는 뭐 하는 사람인데?"
 "음, 우리 회사 동료."
 이젠 둘 다 넋두리가 이뤄졌다. 해 질 녘 둘은 20년 새해를 맞이하여 술이 생각났는지 서로는 한잔하는 것에 대해 일치되어 소주를 마시러 들어갔다. 안주는 마땅한 게 없다고 판단하여 "그냥 삼겹살이다"고 말한다. 상대는 그저 끄덕였다.
 한참 국민들을 괴롭게 하는 산타바이러스가 극성이라 고깃집엔 손님들이 그리 많진 않았다. 구석자리가 좋아 보여 그곳으로 가서 앉는다.
 벽에 걸린 TV에 나오는 뉴스기사는 오직 산타바이러스에 관한 기사가 도배질된다. 확진자 몇 명, 사망자 몇 명이란 것이다. 그렇지 않아도 심란한 그녀들에겐 더더욱 심란한 기사임엔 틀림없다.

난화, 희라는 여기 오기 전에도 넋두리에 함몰됐는데 소주와 삼겹살이 나오자 줄기차게 푸념이 이어진다. 아까 이어졌던 난화의 동거생활 하에서 딴 남자와 눈이 맞은 대목이 압권이다. 난화는 지금 이 시간 이런 푸념이 자신에게 무척 이로울 것이라고 판단하여 그러는 것이다.
　"그래그래, 난화야. 네가 얼마나 괴로웠으면 내게 막 그러겠니? 자 막 마시고 막 먹고 이따가 나가서 우리 노래방이나 들어가 노래 부르면서 스트레스를 풀자. 하하."
　"야, 희라야. 지금 산타바이러스가 극치인데 노래방 괜찮을까?"
　"야, 마스크 끼고 손소독제 하고 노래를 부르면 되지! 그럼 그 바이러스가 들어올 구멍이 없잖아!"
　"그렇긴 해!"
　순식간에 둘은 소주를 3병이나 먹어 해치워버렸다. "자아, 가자 우리들의 아지트로."
　그녀들은 고깃집 인근 노래방으로 들어간다. 마스크를 낀 채 노래를 부르려니 제 컨디션이 나오질 않는다.
　둘은 노래를 몇 곡 부르자 지쳐 소파에 턱 기댄다. 아까 술 먹을 땐 김난화가 주로 푸념을 늘어놨으나 이번엔 이희라가 그러는 것이었다.
　"야, 내가 다니는 영광고시학원에 형법강사가 있는데 여간 날 귀찮게 하는 게 아니야! 쓸데없이 옆으로 다가와 커피를 같이 먹자는 둥, 수업 끝나고 밥이나 같이 먹자는 둥 말이야. 그래서 난 이봐요. 강사님. 지금 이렇게 예민한 수험생에게 그게 할 소리예요. 내가 당신 때문에 신경 쓰여 떨어지면 책임질 거야? 하고 쏘아붙였더니 얼굴이 빨개지며 쏜살같이 도망치더라고. 크크크크."
　"참나! 어딜 가도 꼭 그 연애가 문제는 문제다. 그런 공부하는 곳은 안 그럴 것 같기도 한데 그런 곳도 그럴 정도니 뭐. 쯧쯧."

지금 이 순간 이희라는 더 이상 자세한 말은 하진 않는다. 괜히 그랬다가 꼬일 수도 있으리라는 두려움이 앞서서 그렇다. "야, 노래나 더 부르자. 올해는 난 어떻게든 법원서기보를 합격하고 말 거야! 와아!"

그녀는 벌떡 일어나 마이크를 잡고 신나는 노래를 골라 아주 크게 부르고 또 부른다.

둘은 이런저런 시간이 흐르자 끝낼 시간이 되어 밖으로 나왔는데 김난화가 술이 조금 모자랐는지 "야, 희라야. 이왕 먹는 거 저기 가서 한 잔 더 하자"고 부추긴다.

이에 휩쓸려 들어가게 됐다.

들어가 이번엔 맥주를 마시는데 알코올에 약해서 그런지 희라의 민감한 넋두리가 거세진다.

"아까 말한 그 형법강사는 날 좋아한 거라고 그랬는데 내가 거부했는데 그가 계속 그래서 그만 나도 모르게 내가 꺾인 거지 뭐! 내가 그냥 넘어가버렸다고. 그래, 그래서 잠자리도 같이하게 됐고 뭐 그랬지 뭐! 지금은 후회를 많이 해. 그 강사는 유부남이고 또 나를 그냥 가지고 논 거야! 1회용 같은 것 말이야, 캭캭캭."

알코올이 많이 들어가 넋두리이긴 하지만 대형실수를 저지르고 만다. 이 말에 절친 김난화가 호응하며 위로하는 척한다.

"야, 살다 보면 남녀 간엔 다 그런 일도 있는 거지 뭐! 우리가 뭐 성인군자냐? 남녀는 국경도 없고 같이 뭔 일이든 공부든 하다 보면 다 그렇게 돼. 그래서 피곤한 거라고."

그러다가 시간이 어느 정도 지나자 더는 안 되겠다 싶어 이들은 밖으로 나와 각자의 집으로 향한다.

1. 속이 답답한 고독 속에 산다

이희라는 성남시 분당구 동원동에 살고 있고, 김난화는 수정구 창곡동에 산다. 이들은 집에 들어가자마자 오늘 새해 첫날 절친에게 늘어놓은 넋두리가 왠지 신경이 쓰이기 시작한다. 넋두리란 좋은 측면도 있지만, 안 좋은 측면도 공존하기 때문이다.

그런데도 불구하고 술이 웬수인지 뭔지 그렇게 실수 아닌 실수를 저질러버린 것이다. 잠자리에 들기 전, "설마, 설마 우리 단짝 친구가 그런 걸 다른 사람들에게 알리고 다니진 않겠지! 그와 난 하늘 아래 둘도 없는 금쪽같은 친구인데 말이야! 음음" 하며 한숨을 푹 쉬고 눈을 감는다.

그런데 너무너무 신기하고 무서운 일이 발생하고야 말았다. 난화는 난화대로, 희라는 희라대로 각각 꿈을 꾸게 된다.

등장인물은 난화의 꿈은 희라가 등장하고, 희라의 꿈은 난화가 등장하는 것이었다.

난화의 꿈에 등장한 희라는 주변 모든 사람들에게 오늘 난화가 넋두리한 내용을 여기저기 알리고 다녔다. 심지어 SNS를 통해서까지 알려버린 거였다.

또 희라의 꿈에 등장한 난화는 위와 똑같은 행동을 일삼았다. 그것도 그녀들은 완전 똑같은 시각 새벽 2시 반에 이리저리 몸을 뒤척이며 식은땀을 흘리며 가까스로 일어나고 있다.

"으으으으으. 이런 이런 이런 일이."

난화는 벌떡 일어나 재빨리 냉장고로 달려가 식수를 꺼내어 확 들이켰고, 희라는 그저 우두커니 앉아 손으로 식은땀을 닦아낼 정도였다.

기이하게 동시간대에 서로는 놀란 가슴 쓸어내리며 다소 충격적이었으나 "아아! 그래도 그냥 꿈이니까 꿈이잖아! 그러니까 별거 아니라고" 하며 애써 신경을 안 쓰려고 노력한다.

그러나 혹시 자신들의 실수가 행여나 상대가 타인들에게 전파하여 자칫 수렁에 빠지지 않을지 노심초사하는 마음도 조금씩 움트기 시작한다.

다시 잠들기 시작하여 눈 깜빡할 사이에 날이 밝았다. 이희라는 종각 영광고시학원으로 수업을 들으러 떠났고, 김난화는 자신이 사는 동네에 위치한 삼진반도체회사에 출근한다. 그녀들이 각자 꿈자리 때문인지 시무룩한 표정을 짓자 희라가 다니는 고시학원의 형법강사이자 학원장인 방원중은 다가와 "야, 희라야. 새해 벽두부터 왜 그렇게 심각하냐? 법원직 시험 날짜가 가까이 와서 그러냐? 왜 그래?" 하며 허리를 세게 꽉 꼬집어버린다.

그러자 그녀는 다소 불쾌한 표정을 지으며 "얼른 공부해야지!" 하고 확 뿌리치고 강의실로 뛰어 들어가버린다. 그러자 방원중은 속으로 "어휴~ 저런 속으론 좋으면서 쟤 왜 저래. 나하고 그냥 사이인가, 나 원 참" 하며 웃는다.

지금 이 시각 김난화에게도 똑같은 일이 벌어지고 있었다. 직장동료가 다가와 어깨를 잡고 위로한다. 새로 애인 된 남자가 이 직장동료이다. 난화는 그리 뿌리치진 않는다.

삼진반도체 남자 직원은 차현진인데 최근 김난화와 애인도 됐고 동거를 꿈꾸며 살긴 하지만 지난번 이 회사 앞에 찾아와 격앙된 반응을 보인 그녀의 옛 애인이 꽤나 신경 쓰인다.

"야, 난화야. 혹시 지난번 여기 앞에 와 생난리를 친 그놈이 새해엔 정신 좀 차리고 더 이상 안 나타나겠지?"

"내가 그 정도 피했으면 이젠 알아듣겠지. 어젯밤 내 친구 중 법원서 기보 공부하는 애가 있는데 그러면 형법 311조 모욕죄이니 신고하라고 하던데 정말 그래 버릴까!" 그러자 그는 꽤 만족스러운 표정을 지으며 "네가 알아서 해" 하고 다른 지점으로 간다.

이들이 잠시 심적 방심을 한 사이 작년 1년간 난화와 동거를 했던 박성호가 회사 앞 카페에 서성이기 시작하였다. 회사에까지 들어오기는 좀 그래서 그건 포기하고 그 카페로 들어가 진을 친 것이다. 점심때 밥 먹으러 나올 수 있기에 대비하는 측면이다.

성호는 눈이 빠지게 복수의 칼날을 갈고 있다. 이윽고 그 시간이 되자 그녀는 새로운 애인임을 과시하듯 현진의 손을 잡고 유유히 나오고 있다.

기다렸다는 듯이 성호는 달려 나와 그들에게 달려들며 "와아아 니들 당장 헤어지지 못해?"라고 핏대를 올린다. 이에 둘은 너무 놀라 주춤주춤거린다.

"어어 또 왔다."

둘은 위기였으나 뒤따라 나오는 다른 직장동료들이 달려들어 막아주는 바람에 위기를 무사히 넘기고 피할 수 있었다.

성호는 허탈하게 도로 돌아갈 수밖에 없었다. 무사히 밥은 먹을 순 있었지만 난화는 어젯밤 꿈자리가 사나운 게 뭔가 석연치 않다는 걸 직감한다.

"꿈이 이상했는데 실제로 이상하네! 으으 저런 불청객이."

께름칙하지만 애써 외면하려고 노력한다. 시간은 가는 줄 모르게 퇴근 무렵이 됐는데 난화에게 어머니로부터 전화가 걸려온다.

"야, 난화야. 얼른 들어와 봐."

"왜? 엄마?"

"얼른 들어와 봐."

그녀는 현재 부모가 사는 수정구 창곡동 같은 동에서 조금 떨어진 곳에서 작년 성호와 동거생활 하다가 헤어졌다. 일단 어머니가 불렀으니 그 집으로 들어간다.

"왜? 엄마?"

"일단 앉아봐. 내가 아는 친구가 있는데 너무너무 좋은 남자를 알고 있어. 너를 중매하려고 하는데 만날래? 남자는 검찰서기다."

"뭐! 검찰서기라고."

"자! 사진 좀 봐."

어머니는 친구가 전송해준 남자의 사진을 딸에게 보여준다.

"그냥 그런대로 괜찮은데."

난화도 조금 흡족해하는 타입이다. 그녀는 그렇지만 최근 성호와 동거하다가 현진으로 바꿨는데 또 제3의 남자가 등장한단 것은 여간 부담스럽지 않은 일이었다.

"근데 엄마 난 우리 직장에 남자가 있긴 한데……."

"야, 그런 건 신경 쓰지 마! 되는 대로 그냥 하면 돼! 삼진반도체보단 검찰서기가 낫지 안 그래?"

"그렇긴 한데."

결국 그녀는 검찰서기를 만나는 것으로 마음을 굳혔다. 이로써 모녀는 금주 토요일에 맞선을 보는 것으로 결정한다. 그녀는 철저하게 현재 교제 중인 직장동료 현진에겐 감춘다. 문제는 현재 동거를 진행 중인데 알려질 수도 있지 않을까! 우려된다.

무사히 들키지 않고 며칠 지나 맞선장소로 가게 된다. 야탑에 분위기가 꽤 아늑한 통통카페였다. 정확히 오후 1시에 들어가는 그녀였다.

오늘은 월요일이지만 이들은 맞선을 위해 특별히 휴가를 얻었다. 이틀 주말은 나름으로 바쁜 일이 있었기 때문이다. 맞선남 검찰서기 홍민동은 미리 와 있다.

그는 벌떡 일어나며 "안녕하세요. 제가 검찰서기 홍민동입니다"라고 하며 허리를 구부린다.

그녀는 "네 안녕하세요" 하고 자리에 앉는다.

홍민동도 김난화를 보고 꽤 마음에 들어 하는 눈치이다. 이미 그녀는 전송해준 사진을 보고 마음에 든 상태였다. 이런저런 얘기가 오고 가는 중 그의 나이가 그녀가 동년배인 32살이란 게 드러난다. 그러자 그녀는 쾌재를 부른다. 작년에 1년간 동거한 박성호, 그리고 올 들어 교재 시작한 직장동료 차현진은 모두 다 40살인데 비해 32살이면 나름 활력이 있을 거라고 생각하기 때문이다.

"하하하, 난화 씨. 우린 나이가 같으니 뭔가 통하기도 하고 엄청 좋은 일이 생길 것 같아요. 또 난 그대를 보는 순간 마음에 들었습니다. 하하."

"네, 저도 그래요. 히히히."

이들은 그렇게 급진전되더니 아메리카노를 다 마신 다음 밖으로 나가 여기저기 돌아다닌다.

"난화 씨. 지금 산타바이러스가 극성이라 마스크를 끼고 다니려니 여간 귀찮고 짜증 나는 게 아니죠?"

"네, 그렇습니다. 에잇."

"우린 천생연분인가 봅니다. 어떻게 마스크도 검은색으로 똑같으니 말이에요."

"하하하 그런 걸 보고 그렇다고 하면 꽤 이상한 표현이기도 하군요."

밖을 돌아다니기엔 왠지 춥기도 하고 마스크가 불편했는지 그는 "저! 제 차를 타고 드라이브를 떠나요"라고 제안한다. 차가 세워진 쪽으로 걸어가 보니 검정 포르쉐 911 카레라였다.

"아니, 공무원인데 이런 차를 몰고 다녀도 괜찮아요? 이건 조금."

"뭐! 너무 그럴 것도 없어요. 출근할 땐 당연히 안 타고 가죠. 적당히 아반떼."

난화는 너무 매력적인 차를 보자 가슴이 펄쩍펄쩍 뛰기 시작한다.

"타보고 싶어요."

"그럼 타세요."

그가 문을 열자 그녀는 쏜살같이 뛰어 들어간다. "와아! 실내인테리어 죽인다."

그는 들어가자마자 차의 액셀을 밟고 가평 쪽으로 거칠게 내달린다. 그녀는 달리는 차 안에서 황홀감과 만족감으로 가슴이 터질 것만 같은 기분이었다.

한참 그렇듯 달려가는 도중 그녀에게로 어디선가 전화가 걸려오는데 보니 직장동료 애인 차현진이었다.

당연히 받을 수가 없다.

그러자 이번엔 문자가 날아온다. 확인도 하지 않는다. 현진과 동거를 시작한 지 불과 며칠 지나지도 않아 검찰서기 홍민동과 맞선을 볼 정도의 호탕녀 김난화이다. 가평에 도착하여 여기저기 돌아다니다가 더 늦기 전에 돌아오리라 판단하고 오게 된다.

지금부터 두 사람은 정식교제가 이뤄짐은 두말할 것도 없다. 해 질녘, 그녀는 동거하는 창곡동 집에 들어가자 현진은 매섭게 노려보며 얼굴이 몹시 불쾌한 표정이다.

1. 속이 답답한 고독 속에 산다   19

향수 냄새가 진동하는 그녀의 옷을 집중한다.

"혹시 작년에 사귀던 그 남자를 만나고 왔나?"

"음, 그건 아니지! 그건 아니고 딴 남자라고 제3의 남잘 만나게 된 거지. 그러니까 우린 이젠 동거생활을 접어야 할 것 같아! 그러니 이 집에서 나가줘."

"그래, 나가라고 하면 내가 못 나갈 줄 알고 그래. 지금 나간다. 너와 난 그냥 직장동료로 남는 게 백번 낫다."

매우 충격을 받은 표정과 퉁명스럽게 말하며 그는 짐을 챙겨 훌쩍 나가버린다. 그가 그렇게 나가버린 후 그녀는 너무 기분이 좋아 혼자 기쁨의 혼술을 마시기 시작한다.

홀짝홀짝 소주를 마시다 보니 어디선가 전화가 오고 있는데 바라보자 검찰서기 홍민동이다.

"어! 어떻게 전화를 다 하시고……?"

"표현이 조금, 그냥 좋아서 한 겁니다."

난화는 몇 잔 마셔서인지 혀가 조금 꼬부라졌다. "나 지금 홀로 술 먹었어요. 당신을 떠올리며 호호."

"네, 좋군요. 내일 아까 맞선장소였던 곳에서 저녁 7시에 만납시다."

"네."

이들은 다음 날 화요일도 또 그렇게 만나 그 포르쉐를 타고 이번엔 양평 쪽으로 내달렸다.

다음 날 수요일에 되어 서울검찰청에 출근할 땐 아반떼를 타고 간다. 김난화도 출근을 했는데 직장동료 애인이었던 차현진은 눈과 부딪히지 않으려고 고개를 애써 외면한다. 난화는 자신의 책상으로 가 자리하고 앉아 근무에 들어간다.

4월 초 법원서기보시험에 공부하느라 여념이 없을 이희라에게서 난데없이 전화가 걸려온다.

지금 이 시각 친구 희라에게서 전화가 오는 이유는 새해 첫날 난화가 술 먹으며 넋두리한 부분이 슬기롭게 해결됐는지 궁금해서이다. 난화가 받자마자 희라는 "그 인간 고소했냐?"라고 먼저 묻는다.

"아직 아니야."

지금 이 순간 그녀는 엊그제 새로운 제3의 남자 검찰서기인 홍민동과 맞선 본 사실을 말할까 말까 망설이다가 끝내 하진 않는다. 친구 희라에게 날라리라는 느낌을 주고 싶지 않았다.

"그래. 모욕죄 문제는 네가 판단하고 결정하는 거야! 그냥 넘어가면 그냥 그렇지 뭐! 다음에 전화할게."

"그래. 4월 시험 합격 파이팅."

이희라는 코앞으로 다가온 법원서기보시험에 집중을 가하기 시작한다. 쥐도 새도 모를 은밀한 애인 형법강사 방원중에겐 "제발 4월 초 시험 볼 때까지만이라도 치근거리지 말라"고 당부한 상태다. 이에 원중은 "그래 시험이나 잘 봐라. 내가 조용히 있을게"라고 화답하였다.

난화는 검찰서기 민동과 맞선 본 후 연이틀 가평, 양평으로 여행을 떠나며 짜릿함을 맛봤다. 오늘은 왠지 희라에게서 전화 온 게 조금 신경이 쓰인다. 친구는 지금 법원서기보시험을 대비하고 있는데 자신은 엊그제 검찰서기와 맞선을 봤기 때문이다.

특별히 연결된 건 없다 해도 업종이 비슷한 계통이란 걸 인식하기 때문이다.

개의치 않으려고 노력하며 근무에 집중한다. 서울검찰청에 출근도장

1. 속이 답답한 고독 속에 산다 21

을 찍은 홍민동도 직장근무로 이런저런 스트레스가 많았는데 엊그제 김난화를 만나게 된 게 큰 힘이 되어 한결 가볍게 일을 한다.

민동도 난화에게 전화하고픈 생각은 들었지만 하진 않는다. 그는 침착히 오전근무를 마치고 점심식사를 위해 동료들과 삼삼오오 식당을 향해 나가는데 동료 한 명이 다가와 "홍 주임, 우리가 예전에 학원 다니며 공부할 때 형법강사였던 방원중 강사가 금주 일요일에 종각에서 2018년 검찰직 합격자 우호모임을 한다고 카톡을 보내왔는데" 하며 웃는다.

"어! 그래 그럼 그날 가야지 뭐! 왜 내겐 문자가 안 왔지."

"착오가 났겠지, 방 강사는 형법강사이기도 하지만 또 학원원장이기도 하니 이것저것 할 일이 많아서 바쁘니 정신이 없겠지!"

방금 전, 홍민동에게 소식을 전한 동료 전영철은 2017년 그와 함께 종각 영광고시학원 9급 검찰직 반을 다닌 수험생이었는데 오늘 아침 그런 통보가 와 알려주는 것이다.

이들은 올해 나이도 32살로 같아 더욱 가까이 지내기도 하는 사이다.

늘 해마다 종각 영광고시학원 원장 겸 형법강사인 방원중은 연초면 최근 몇 년간 본원 합격자들에게 모임을 갖고 우호를 다지곤 했다.

이윽고 퇴근시간이 되자 민동은 어김없이 난화에게 데이트신청 전화를 넣는다. 이에 그녀는 만나기로 한다.

그는 서초동 서울검찰청에서 곧바로 그녀가 다니는 회사인 수정구 창곡동으로 내달렸다. 도착하자 저녁 7시가 됐다. 삼진반도체회사 앞에서 기다리고 있던 그녀는 차가 오자 손을 흔들며 기쁨에 겨워 막 웃는다. 그는 검찰청에서 곧바로 오는 거라 포르쉐 911 카레라를 타고 올 순 없고 아반떼였다. 그녀는 이 차로 뛰어 들어간다.

그는 데이트하기에 차가 마음에 안 들었는지 포르쉐를 가지러 분당구 야탑동 쪽으로 향하였다. 금세 도착하여 그 스포츠카로 바꿔 탄 후 오늘은 광교 쪽으로 내달렸다. 광교 호수공원에 아늑한 레스토랑이 있는데 들어가 로맨틱한 데이트가 진행된다.

"여기에 이런 멋진 곳이 있어요?"

"있지요."

그는 시험합격 후 2년 간 살사댄스를 배우며 댄스학원 여자회원들과 이곳에 자주 왔던 곳이다. 잠시 기다리자 주문한 고급양식이 나온다. 먹어가며 대화가 이어진다.

"예전에 다녔던 종각 영광고시학원에서 이번 주 일요일에 종각에서 합격자우호모임이 있다고 합니다. 하하."

이 말을 듣자 난화는 움찔한다. 속으로 "어! 그곳은 친구 희라가 다니는 학원인데…… 우연의 일치치곤 너무 이상해! 이게 어떻게 똑같지 이상하다! 뭔가에 씌는 것 같다"며 복잡한 상념 속으로 빠져든다. 벌써부터 난화는 난감한 기분이 역력하다.

왠지 오늘 아침 친구 희라의 수험직종과 만난 남자의 직업이 다소 찝찝한 기분 떨칠 수가 없었는데 홍민동이 그 학원을 다녔다는 것 자체가 더욱더 그런 불길한 기분 속으로 빠져든다.

그렇지만 애써 '별일이야 생기겠나!'라며 속으로 마음을 조절하기에 바쁘다.

그렇듯 다소 시무룩한 표정이 드러나자 그는 "왜 안 좋은 일 있어요? 난화 씨?" 하고 미소를 짓는다.

"……."

그녀는 침묵으로 일관한다.

지금 이 순간 먹는 고급요리가 목에 넘어갈 수가 없다. 괜히 새해 첫날 그런 쓸데없는 넋두리를 했나 싶다. 완전 본전도 못 찾을 푸념이었으니 말이다. 종각 영광고시학원 울타리 내에 어떻게 돌고 돌아 이리저리 회전하다 보면 자신의 빈번한 동거생활이 알려질 수도 있으리란 두려움이 일찌감치 드리워진다.

이런 속사정도 모르고 민동은 난화의 어두운 표정이 행여나 자신을 조금 마음에 안 들어 하는 마음이 생겼다거나 또 다른 무슨 변수가 생긴 게 아닐까! 하는 두려움에 휩싸인다.

그도 표정이 어두워지며 뭔가 수심에 차기 시작한다.

이러다가 무슨 객기인지 용기인지 모르지만 뭔가 계략을 짜내기 시작한다. 그것은 바로 더 이상 끌지 말고 오늘 중으로 난화를 데리고 어디로든 들어가 몸을 섞어야겠다고 판단하는 것이다. 그래야만 그녀가 뭔가 흔들릴 수도 있는 심기를 미리 차단할 수 있을 거란 확고한 판단이다.

요리를 다 먹고 난 후 고급양주를 하나 주문한다.

"양주가 좋지요? 한잔합시다. 난화 씨."

"네."

그 술을 다 먹고 밖으로 나오자 동절기라 무척 어두컴컴하였다. 그녀는 포르쉐 안으로 뛰어 들어갔는데 그는 밖에서 프랑스산 담배를 한 대 쭉 피우고 바닥에 확 버리고 들어가 느닷없이 그녀의 입술을 향해 자신의 입술을 밀착시킨 후 꾹꾹 눌러버린다.

"어어어, 입에서 술 냄새가 으으으으으."

난화는 민동의 알코올 냄새 때문에 조금 짜증 났지만 순간 달아오르는 흥분은 감출 수가 없었다.

흐트러질 수도 있는 그녀의 마음을 움켜쥐겠단 발로였다. 한참 그러고 있자 그녀는 정신이 몽롱해진다.

양주까지 마셨으니 그럴 수밖에 없다. 검찰서기 홍민동은 바로 이 자리에서 그야말로 빨간색 장미꽃을 검은색 장미꽃으로 아주 검붉게 물들였다.

그는 이런 행동으로 그녀의 시무룩한 심정을 가라앉힐 수 있을 거라는 걸 인식하지만 그녀가 정작 어두운 심기를 드러내는 것은 그런 것이 아닌데도 말이다.

난화는 이 멋진 검정포르쉐 911 카레라 안에서 그 매력적인 검찰서기 민동과 몸이 섞으니 순간이지만 완전 하늘로 나는 기분 만끽한다.

그는 지금 운전대를 잡으면 음주운전이 됨을 알기에 차는 그냥 놓고 다시 나와 광교 호수공원 훤히 내려다보이는 인근 모텔을 잡아 들어간다.

안에서 서로는 부둥켜안고 계속 희열을 느끼곤 있으나 그녀의 마음속은 끊임없이 불안함이 싹튼다.

그가 이번 주 일요일 종각으로 그 모임에 가다 보면 돌고 돌아 희라의 입에서 출발하여 그의 귀까지 들어가지 않을까! 노심초사 불안불안하다.

그와 그렇듯 부둥켜안고 잠을 자다가 무슨 꿈을 꾸게 되는데 종각 영광고시학원에서 이번 주 일요일 2018년 검찰 법원합격자모임에서 홍민동 곁으로 웬 난데없이 지금 한참 4월 초 법원직시험을 위해 달려가고 있을 희라가 접근하여 난화의 최근 일어난 빈번한 동거생활에 대해 폭로해버린다.

이 광경을 지켜보던 난화는 "야, 희라야 너 지금 도대체 뭐 하는 짓이야? 그게 뭐야?" 하고 버럭버럭 소리 지르며 난리를 치는 도중 꿈에서 깨나고 만다.

식은땀을 줄줄줄 흘리며 호흡이 헐떡헐떡거린다. 그러자 민동이 잠에 방해가 됐는지 눈이 서서히 떠지며 잠에서 깨난다.

"으으으으 왜, 왜 그래요? 난화 씨? 잠꼬대가 심한 걸 보니 안 좋은 꿈을 꾸었나 봐요. 어휴~~"

"아니 아니에요. 휴우~~"

난화는 땀을 식히려고 물티슈를 꺼내어 쓱쓱쓱 닦는다. 그녀의 날카로움은 지금 이 순간만이 아니다. 새해 첫날 밤에 바로 그날 넋두리한 대형실수가 고스란히 꿈으로 안 좋게 재현됐다.

그러니까 악몽을 2번 꾼 것이다.

설마설마 꿈은 그저 꿈이겠지! 하고 속으로 새기며 다시 눕는다. 아침에 깨나 민동은 난화를 자신의 것으로 만든 사실에 대해 한껏 뿌듯함을 느끼며 기지개를 확 편다. 그는 그녀를 출근까지 시켜주고 서울검찰청 출근을 위하여 포르쉐를 야탑동 집에 두고 아반떼로 바꿔 타고 출근길에 오른다.

난화의 불안요소는 시간이 지날수록 쌓여만 가고 결국 하루하루 채워져 꿈이 예견한 공포의 그날이 찾아왔다.

일요일이 되자 민동과 직장동료인 영철은 종각 모임장소로 향한다. 종각 엔엔뷔페였다. 저녁 7시가 되자 본원의 검찰, 법원합격자들이 우르르르 벌 떼처럼 몰려들어온다. 이를 기다리고 있던 형법강사이자 학원장인 방원중은 "아이고, 우리 학원의 합격자 여러분. 오시니 정말 환영합니다. 지금 그렇지 않아도 작년부터 시작된 산타바이러스 때문에 이렇게 모이기가 쉽진 않은데 많이 모여주셔서 감사합니다" 하고 인사말을 시작한다.

이에 많은 참석자들이 "와아아아" 하며 짝짝짝짝 박수를 친다. 사실 이들은 지금 현재 감염예방법을 어기고 있는 중이다.

불법을 저지르고 있다. 왜냐하면 100명 넘게 모였기 때문이다. 그것도 바짝바짝 붙어 앉았다. 엔엔뷔페는 학원과 그리 많이 떨어진 곳이 아니라 원장 방원중은 은밀한 애인이자 수강생인 이희라에게 연락하여 밥을 먹고 가라고 하고픈 생각이 들어 카톡을 날린다. 그녀는 이 문자를 받자 "알겠다" 하고 쏜살같이 달려온다. 그녀의 출현은 난화의 꿈자리 그대로 가는 것이었다. 오자마자 일단 다 차치하고 밥을 먹기 시작하는데 그녀는 방원장 바로 옆자리에서 먹는다.

다 먹은 후 전체 회원들은 서로의 우호를 다지는 건배를 하게 된다. 소주 한 잔씩 하게 되는데 희라는 이따가 자습실로 가 공부해야 함에도 불구하고 매우 어처구니없게 소주를 확 들이켜고 있다.

평소 법원직 수험공부에 전념하던 중에 술을 전혀 안 먹다가 갑자기 술을 먹으니 취기가 더욱 세게 몰려오기에 이른다. 그러자 방원장은 "야야야, 희라야. 너 그렇게 막 먹으면 안 되지! 넌 지금 수험생이잖아. 그리고 이따가 들어가 또 공부해야 하잖아! 어휴~~~"

"아니 괜찮아요. 뭐! 한 잔인데요. 뭐!"

소주를 몇 잔 마신 그녀는 웬 난데없이 넋두리를 시작한다. 그런데 엉뚱하게 친구에 대한 푸념이다. 즉 희라가 난화에 대해 푸념하는 것이다.

마치, 친구 난화의 아픔이 자신의 아픔인 것처럼 말이다. 이런 대체 넋두리는 되레 더 큰 폐해가 있음을 모르고 대형실수를 저지르는 것이다.

이러는 까닭은 그녀가 한참 법을 배우다 보니 아는 체를 조금 하고픈 심리도 작용한다.

2.
차라리 간직하는 게 낫다

혁가 잔뜩 꼬부라진 말로 "원장님, 원장님. 말이에요. 우리 친구 중에 난화라고 있는데 걔는 정말 너무 불쌍한 것 같아요. 작년에 한 남자와 동거를 했는데 싫증 나 헤어지고 회사동료를 좋아하게 됐는데 그 헤어진 사람이 회사 앞에까지 쳐들어와 난리치고 그래서 친구는 카페로 도망쳤는데 쫓아 들어와 개같은 년이라고 쌍욕을 퍼붓고 그랬단 거예요.

그래서 내가 그 새끼를 경찰에 모욕죄로 신고하고 고소도 하라고 알려줬는데 애가 마음이 약해 그러진 못한 것 같아요. 으으으 너무 불쌍해" 하며 한숨을 푹 쉰다.

그야말로 대형 실언이다.

이런 대체 넋두리가 친구 난화에게 무슨 도움이 될지 모르겠다. 희라의 대체 넋두리를 조금 떨어진 곳에서 민동이 다 듣게 된다.

그는 귀를 집중한다. 난화라는 이름이 거론됐기 때문이다. 그는 자리에서 일어나 다소 비틀비틀거리며 지금 그 말을 한 여자에게로 다가온다.

그러다가 소주잔이 놓인 쪽으로 가 새것으로 하나 들고 온다. 지금 그 말한 여자에게 따라주려는 것이다.

"자아, 초면인데 한 잔 받으시지요. 하하." 그러자 그녀는 환하게 웃으며 "좋지요"라고 말하며 받는다. 가뜩이나 만취해 이런저런 실언들이 쏟아지는 마당에 더 받으니 이젠 더더욱 가중될 것으로 보인다.

홍민동은 검찰서기답게 수사 조서 이런 데에 능숙하니 이젠 더 확실히 이 대목에 대해 알아낼 공산이 크다. "하하. 지금 방금 전 말씀하신 그 난화라는 친구분에 대해 알려주십시오. 어디에서 많이 듣던 분인 것 같아서요."

"어! 그런가요."

희라는 정신없이 막 줄줄줄 다 말해버린다. 그러자 민동은 고개를 끄덕이며 "네, 알겠어요" 하고 본래 제자리로 돌아간다. 그는 2018년 9급 검찰합격 후 살사댄스 바람이 불어 최근 2년간 거침없이 배우며 학원에 나오는 여성들을 닥치는 대로 사귀었다. 지금도 쥐도 새도 모르게 만나는 여자들이 수도 없이 많다. 대체로 다 유부녀들이다. 그러면서도 방금 전 수험생 희라에게서 들은 대목에 대해 심히 불쾌감을 느낀다.

문제는 지금 이 시점에서 이희라에게서 그 말을 들은 홍민동도 그렇지만 그녀는 그가 현재 난화와 맞선 본 남자란 걸 모른단 게 심각하다. 그러니 대체 넋두리가 말썽을 일으킨단 것이다. 이런 걸 입방정이라고도 볼 수 있다.

한 시간도 채 안 되어 민동은 "그만 가겠다"고 말하고 나가 버린다. 나가자마자 곧바로 살사댄스회원 유부녀 임숙에게 전화를 건다. 그랬지만 그녀는 지금 이 시각 광교 댄스학원에서 살사를 연습 중이라 미처 받을 수가 없다.

그러자 그는 또 다른 회원 권희에게 전화를 하자 그녀는 받는다.

"권희 누나 뭐 합니까? 오늘 같은 날 만나서 술이나 한잔합시다."

"그래."

권희는 종로2가에 사는 사람이라 지금 이 시각 민동을 만나기가 무척 수월하였다.

종로2가에서 종각으로 금세 달려왔다. 8시 15분쯤 둘은 종각 라라 카페에서 만난다.

검찰서기 홍민동은 자신의 분함을 엉뚱한 데다 풀려고 한다. 최근 맞선 본 대상이 이 남자 저 남자와 동거생활을 했단 대목이 분통이 터지는 것이었다.

번개같이 아메리카노를 한잔한 뒤 밖으로 나가 인근 모텔로 들어가 관계를 맺는다.

그는 2년간 늘 그렇듯 살사회원들과 스스럼없이 육체관계를 맺어오고 있다. 다 끝나고 야탑 집으로 들어간 그는 아까 법원직 수험생 이희라가 와서 말한 대목이 여간 께름칙한 게 아니었다. 핸드폰을 이리저리 만지작거리더니 결국 난화에게 전화를 건다.

"어! 오늘 그 모임에 잘 갔다 왔어?"

"음, 갔다 왔지."

이 순간 그녀는 설마 며칠 전 꾼 악몽이 현실로 일어나진 않았으리라! 안도하며 다정다감하게 말을 한다. 그런데 갑자기 그의 말투가 다소 거칠어지기 시작한다.

6일 맞선 본 이래 줄곧 자상하고 부드러운 말투를 견지하던 그가 갑자기 그러자 그녀는 혹시 며칠 전 꾼 그 악몽 그 내용이 발생한 건 아닌지! 문득 두려움도 앞선다.

하지만 그가 여기서 그 본론으로 들어갈 일은 없다. 발설한 이희라를 최대한 보호해야 하기 때문이다. 그렇기에 그냥 형식적인 대화만 몇

마디 하고 끊는다.

내일부터 한 주의 시작 월요일임에도 불구하고 만나자는 말도 없이 그냥 끊자 벌써부터 난화는 정말 이상하다고 여기며 수심에 가득하다.

끊고 안 되겠다 싶어 그녀가 문자를 보낸다. 〈왜 내일 월요일인데 말이 없지?〉 이런 물음에 그는 〈음 피곤하다. 쉴 필요가 있다〉였다.

그녀의 불안은 더더욱 가중될 수밖에 없다. 그렇다고 꿈 얘길 그대로 할 수도 없었다. 점점 속이 타들어갈 수밖에 없었다. 난화는 왠지 그 원인인 것만 같은 예감이 머릿속을 강타하자 도저히 안 되겠다 싶어 희라에게 전화하여 한번 떠보리라! 생각한다.

곧바로 희라에게 넣는다.

"어떻게 시험공부는 잘되고?"

"음 그런대로 돼! 근데 오늘은 우리 학원에 이전 합격자들이 모여 친목 도모하는 날이었어! 내 선배들이지 나도 이번엔 될 거니까. 나도 가서 한마디 했지."

그러자 난화는 깜짝 놀라며 완전 아연실색하여버린다. "어어!" 난화가 몹시 놀라자 희라는 순간 이상하게 여긴다. 뭐 그리 놀랄 만한 말을 한 것도 없는데 그러니까 그렇다. '나도 가서 한마디 했지.' 이 대목 때문이다.

"어! 난화야. 왜 이리 놀라니?"

"아니, 아니야. 그냥 그래서 그래, 흠흠."

난화는 여간 놀란 게 아니다. 바로 무슨 한마디인지 묻고 싶긴 하지만 우물쭈물거린다. 그러자 희라가 "야, 내가 네 대신 네 아픔과 상처를 우리 학원장에게 말하고 또 법적인 대화도 하고 누군가 검찰합격자인 것 같은데 어쨌든 누군가가 다가왔기에 그에게도 네 아픈 상처의 넋두리를 해줬어. 그들은 얼굴표정이 충분히 네 아픔을 공감하는 느낌이었어!"

이 말에 난화는 분명 그 꿈이 적중하여 그 대화의 대상인 홍민동일 거라는 두려움이 가슴속으로 까맣게 드리워진다.

"뭐야 그런 그게 그 그 그랬단 말이야 으악!"

난화가 소스라치며 놀라 쓰러지는 소릴 내자 희라는 왜 그런지 사뭇 이상하게 생각하며 멍하니 있다.

"아니, 난화야. 왜 그러는데?"

"……."

난화는 잠시 아무 말도 못 하고 침묵을 지키다가 "그래, 알았어. 다음에 통화하자" 하고 뚝 끊어버린다.

그녀는 끊고 난 뒤, 아무리 생각해봐도 방금 전 홍민동과 통화할 때 그의 말투가 왠지 석연찮았는데 그 후 희라와의 통화내용이 이를 뒷받침하는 느낌 좀처럼 지울 길이 없다.

희라가 홍민동이라고 이름을 정확히 밝히진 않았지만 검찰합격자 그 누군가라는 대목이 홍민동을 뜻하는 것만 같다.

불안함이 물밀듯이 밀려온다. "어! 이를 어쩌지 내 넋두리가 큰 화근과 낭패가 되는구나! 으으으."

이 순간부터 그녀는 온몸이 굳어지며 아무것도 할 수가 없을 정도로 답답하기만 하고 숨이 막힐 뿐이었다. 이젠 확인차 한 번 더 민동에게 전화해보리라 생각하며 번호를 꾹 누른다. 받긴 하였으나 "왜 또 전화하는 건데? 쉴 필요가 있다고……" 하고 뚝 끊는다.

더더욱 그녀의 넋두리가 큰 패착이 됨이 확실히 확인되는 순간을 맞는다. 침대에 누워 온갖 상념들이 밀려온다. 먼저 친구 희라가 무척이나 원망스러웠고 또 자신의 어이없는 넋두리 실수가 밉고 짜증 나기만 하였다.

　난화의 고심은 시곗바늘과 함께 깊어만 간다. 잠이 잘 오지 않아 무심코 책꽂이를 보자 『명심보감』이란 책이 보였다.

　손이 저절로 그쪽으로 간다. 꺼내어 무심코 쭉쭉 훑어본다. 중간쯤인가 보니 '**특히 말조심하라. 자신의 고충을 타인에게 말하면 되레 엉뚱하게 부메랑으로 화살이 되어 날아와 자신의 가슴에 비수가 온다.**' 이런 구절이 나온다. 그녀는 이 대목이 너무 사무치게 와닿기 시작한다.

　"아! 맞아 맞아. 내가 괜히 희라에게 새해 첫날 술 먹고 푸념을 늘어놓은 것 같네! 으으으 이런 책에도 나오는 그런 화살이 날아오잖아!" 하며 혼잣말로 중얼중얼거린다.

　조금 더 읽자 '**한번 그러면 그걸 주워 담을 수가 없다. 그래서 결국 패가망신당한다.**' 이런 말도 나온다. 자신의 가슴을 꽉꽉 찌르는 듯한 표현들이었다. 화가 치밀어 올라 그 책을 방바닥에 확 집어 던진다. 아무리 친한 절친 사이라 하더라도 넋두리가 주는 무지막지한 폐단의 쓴맛을 보는 순간이다. 희라가 민동이라고 이름을 밝히지 않았어도 지금 벌어지는 정황만 놓고 보면 거의 100% 그라는 느낌이 아닐 수가 없다.

　"아! 이럴 땐 빨간색 꽃이슬을 한 병 하자!" 하고 냉장고로 달려가 꺼내어 병째로 확 들이켠다. 조금 알딸딸해졌는데 다시 침대에 누워 우두커니 천장을 바라보니 며칠 전 꾼 그 악몽이 어쩌면 그렇게 100% 적중하는지 섬뜩할 정도였다. 그렇다고 희라를 원망한들 소용없고 또 친구가 나 자신과 민동 사이를 아는 것도 아니고 고의도 없으므로 그저 속절없는 노릇이었다.

이미 엎질러진 물이니 이걸 어떻게 주워 담아야 할지 막막할 따름이다. 잠이 잘 오지 않을 수밖에 없다. 그랬는데 어떻게 뒤척이다 보니 들긴 들었다.

이번에도 또 꿈을 꿨는데 친구 희라가 말한 그 넋두리가 큰 패착을 당하는 걸 꾸게 된 것이다. 즉 희라가 난화에게 넋두리한 내용 학원장이자 형법강사인 방원중과 쥐도 새도 모르게 은밀히 밀월을 이룬 부분이 어떤 경로를 통해 알려져 제3자의 입으로 돌고 돌아 희라가 무척 수렁에 빠지는 내용이다.

한참 꾸다가 깨어났다.

"어어어 어휴~~ 꿈이구나 꿈." 한숨을 푹 쉬고 이번엔 냉장고로 달려가 식수를 꺼내어 한 병 확 들이켠다.

"나는 그런 넋두리로 친구에게 피해를 주진 않는데 꿈엔 제3자가 문제구나. 이것도 실제 현실로 재현될까! 며칠 전 꿈이 적중한 것처럼 말이야 참나" 하며 혼잣말로 중얼중얼거린다.

그러다가 다시 침대로 올라가 퍽 쓰러진다.

잠시 꾸벅 졸은 것 같은데 벌써 아침이 되어버렸다. 홍민동에게 전화하려다가 그냥 관둬버린다. 별로 좋지 않은 일이고 어쩌면 그와 난 이젠 헤어짐을 맞을지도 모른다. 그렇듯 체념 속으로 빠져든다. 민동은 어제 권희와 데이트를 한 걸로 모자라 오늘은 월요일을 맞아 더 확실한 데이트를 즐기기 위해 임숙에게 카톡을 보내 만나자고 한다.

임숙과 오전 10시에 종로5가역에서 만났다. 만나자마자 그녀는 "난 어제저녁에 댄스연습에 집중하느라 전화를 받지 못했어. 미안해. 그런데 지금 근무시간일 텐데 어떻게 나왔어?"라고 말하며 느닷없이 그의 입술을 향해 꾹꾹 누른다.

"아아 뭐 잠시 출장 간다고 하고 나왔지 뭐, 그럴 수도 있지 뭐!"

민동은 임숙의 손을 잡고 어디론가 걸어가는데 임숙의 친구 홍자가 지나가고 있다. 홍자는 임숙에게 아는 체를 하려다가 그러지 않는 게 낫겠다고 판단한다. 왜냐하면 보아하니 저들이 댄스 배우다가 만난 사이인 것 같고 또 임숙은 39인데 남자는 30대 초반으로 보여 다 그런 밀월 같은 걸로 느껴졌기 때문이다.

홍자는 카페로 들어가 남편 모르게 애인을 기다리고 있다. 그러면서 바깥을 이리저리 살핀다. 임숙과 그 남자가 사라졌나 확인하는 것이다. 보이지 않는다.

다른 데로 가는가 보다. 생각하며 우두커니 앉아 있자 애인이 들어온다.

"안녕."

홍자는 문득 시샘하는 마음이 든다. 자신의 눈앞에 나타난 애인은 49살이라 자신과 10년 차나 나는데, 아까 친구 임숙과 지나간 남자는 30대 초반으로 보이니 여간 배가 아픈 게 아니었.

"으윽 그년은 영계를 잡았는데 난 이게 뭐야!"라고 아주 작은 혼잣말로 중얼중얼거린다.

그러자 애인은 의자에 앉으며 "어어 그게 무슨 말이야?" 물으며 조금 당황스러운 표정으로 얼굴이 굳어지며 괴로운 표정을 짓는다.

"아니 아니야. 별것 아니야."

홍자 애인 조경문은 무척 의아한 기분에 사로잡힌다. 어느 정도 눈치를 채고 매섭게 노려본다. 그러자 이번엔 그녀가 눈을 딴 데로 돌려버린다.

조경문은 개의치 않고 웃으며 그간 재밌었던 얘기라든가 보고 싶었단 표현 같은 걸 한다. 그녀도 반응을 보이며 야릇하게 웃으며 화답하고 있을 때 이 카페로 임숙과 젊은 남자가 들어온다. 홍자는 속으로 쿵 한다. 그녀가 쿵 한 까닭은 작년에 태화고교동창회에 나갔다가 임숙과 한 남자동창를 놓고 격돌을 벌린 적이 있었기 때문이다.

난투극까지 이어졌는데 결국 그 남자동창은 제3의 여자동창을 만나 애인이 돼버린 사연이 떠오르기 때문이다.

그만큼 별로 좋지 않은 기억 때문이다.

지금 이 순간 홍자는 저들이 보지 못하는 틈에 나가버리고 싶지만 상황은 그리 좋진 않다.

그녀의 이런 불안한 표정은 경문으로선 더더욱 이상하게 여길 수밖에 없다. 그의 의심스러운 표정을 눈치챘는지 그녀도 태연해지려고 노력한다. 다행히 임숙과 남자는 잘 안 보이는 곳에 가 앉는다.

"어휴~~"

홍자는 경문에게 "나가자"고 하자 그는 "알았다"고 하고 나가게 된다. 이를 임숙과 홍민동은 보질 못했다.

둘은 나가 영화관에 들어간다. 한편 계속 카페에 있던 그들은 1시간가량 있다가 나와 민동의 차 포르쉐 911 카레라를 타고 가평으로 떠난다.

가평에 들어가기 조금 전 변두리에다 이 차를 세우고 그는 거침없이 카섹스를 즐겨버린다. 그렇기에 차 유리문을 유난히 진하게 선팅을 하기도 한 것이다.

이 시각 영화관에서 나온 둘은 서로는 자유자재로 만날 수 있는 사이가 아니라 엄청 조심스러워 그만 헤어지기도 한다.

홍자가 집에 들어간 시각은 정오가 조금 넘어서였다. TV를 켜고 상념에 빠진다. 자꾸만 아까 그 카페에 들어온 임숙의 젊은 남자가 떠오르기 때문이다.

　홍자는 무심결에 폰을 들고 누른다는 게 작년 4월 15일 국회의원선거 당시 같은 선거운동원이었던 이서여에게 넣는다.

　서여는 종로4가에서 옷 가게를 하는 여자인데 홍자와 함께 지난 선거에서 국민밖에 모르는 당 선거운동을 했었다. 그랬지만 불미스럽게도 이 당 후보는 고배를 마시고 말았다. 그 당시 피켓 들고 왔다 갔다 하다 보니 둘은 친해졌었다.

　홍자도 그때까진 액세서리 대리점을 하였으나 잘 안되어 문 닫고 지금껏 그냥 쉬고 있다. 뭐라도 하려고 생각 중인데 아직은 이렇다 하게 정해지진 않았다.

　"어! 홍자 씨. 이렇게 오랜만에 웬일로 전화를 다 했어요?"
　"그냥요. 히히 요즘 이것저것 답답하죠. 뭘 해야 할지 모르겠네요."
　"아! 아직 일을 정하지 않았나요?"
　"네, 그래요. 갑갑한데 제가 한번 들러 옷이나 하나 살게요."
　"네, 오시면 환영합니다. 하하하."

　홍자는 끊고 벽시계를 보니 오후 1시가 조금 넘어가는 시간이었다. TV도 너무 재미없어 그냥 꺼버리고 멍하니 있다가 서여에게 문자를 보내 〈지금 갑니다〉라고 보낸다. 그러자 〈네〉라고 한 글자로 답장이 온다.

　홍자는 곧장 전철을 타고 종로4가 서여가 옷 가게 하는 곳으로 간다. 특별한 건 없고 그냥 옷을 구경하러 가는 것이다. 다른 한편으론 아까 본 임숙의 애인이 매우 젊어 보여 배가 아픈데 이를 희석시키려는 포석차원도 있다.

아이쇼핑을 통해 그러려는 것이다. 오후 1시경이었다. 이서여가 먼저 말한다.

"아이고 요즘 그놈의 산타바이러스인가 무엇인가 때문에 옷 가게도 잘 안돼요."

"음 그렇긴 해요. 이번 바이러스는 한번 걸리면 그냥 사망이니 말이에요. 너무 무서워요. 그러니 누가 여기저기 돌아다니겠어요."

홍자는 기분전환차원에서 옷이라도 야릇한 걸 입고 싶었다. 한겨울에 맞지 않게 핑크색 잠바를 구입한다.

"오랜만에 만났는데 어디 가서 밥이라도 한 끼 할까요?"

"네."

홍자는 옷도 산 김에 서여에게 밥까지 대접하고 싶었다. 서여는 잠시 외출 중이라고 피켓을 달고 나간다.

이서여는 느닷없이 "아니, 홍자 씨. 옷 가게 장사도 잘 안되는데 우리 모처럼 만났는데 낮술이나 확 들이켭시다. 이건 제가 사는 겁니다. 히히히"라고 제안한다.

홍자로서도 그리 싫진 않았기에 "좋아요"라고 화답한다.

밥을 먼저 먹고 난 후 술을 먹기 시작했다.

"참나. 골치 아프군요."

빨간색 꽃이슬이 몇 잔 들어가자 서여부터 넋두리가 시작됐다.

낮술이 세긴 셌는지 "난 그때 선거운동 끝나고 그 국민밖에 모르는 당 후보가 개인적으로 만나자고 전화가 걸려왔었어요. 그래서 만났다고……." 이렇게 실수를 시작한다.

"아! 그때 그 후보가 그랬다고요?" 서로는 이런저런 말들이 오고 가더니 서여는 더욱더 큰 실언이자 넋두리가 터져 나온다.

"그 후보는 유부남이면서도 결혼생활에 만족을 못 하고 욕심이 꽤 많죠. 나보고 이상형이라며 만나달라고 구걸하더군요. 그래서 만나줬죠. 그런데 내게 술을 잔뜩 먹이더니 차로 끌고 들어가 그만 으으."

그러자 홍자는 "아니 그 후보는 꽤 청렴한 인권변호사로 알려졌잖아요. 참나 인권도 본능 앞에선 그냥 퍽 무너지는구나!" 하며 혀를 끌끌 찬다.

홍자는 최대한 절제하고 참으려고 부단히 애를 썼으나 분위기에 휩쓸려 그만 실언차원의 넋두리가 쏟아진다.

"내 고교동창 임숙은 30대 초반 영계를 물고 다닙니다. 근데 난 재수 없게 49살을 물고 다닌다고요. 이게 뭔 꼴인가요? 어휴~~~"

"그래요. 영계가 그렇게 좋아요? 호호."

이젠 양쪽이 넋두리를 한 차례씩 주고받았다. 문제는 서로가 다 실수를 한 건데 앞으로 여러 가지 일들이 생길 여지를 남겼다.

둘은 어느 정도 술을 마시자 취기가 올라 이제 그만하기로 하고 일어나 집으로 향한다.

이서여는 종로4가 집에 들어가 보니 남편은 보이지 않았다. 주방에 앉아 커피를 한 잔 타서 마시면서 뭔가 생각에 잠기던 중 변호사 강두진이 떠오른다. 한동안 잠잠했었는데 오늘 홍자가 찾아와 이런저런 대화를 하는 바람에 새삼 떠오르는 것이다.

보고 싶어지는 마음을 주체할 길 없어 두진에게 무작정 전화를 건다.

"아하! 서여 씨. 너무 오랜만이에요. 어떻게 전화를 다 하고……?"

"보고 싶으니까 했죠. 어떻게 지냈어요? 변호사님."

"뭐 그렇지 뭐!"

두진은 더 생각할 것도 없이 "지금 바로 만납시다"라고 말한다.

그는 자신의 집 방배동 한신빌라 A동 301호에서 나와 재규어 XJ를 몰고 그녀의 집 종로4가 쪽으로 세차게 달려온다. 그녀의 집 덕비연립 앞에 선다. 그러자 서여는 쏜살같이 차 안으로 뛰어 들어간다. 그러자 두진은 재빨리 액셀을 밟고 양평 쪽으로 빠져나간다.

그곳에 도착하니 저녁 시간이 다 됐다. 고급 레스토랑으로 들어가 양식을 먹기 시작한다. 그 후 양주를 한잔하는데 서여는 난데없이 아까 홍자에게서 들은 넋두리를 발설하기에 이른다.

"내 친구 중 홍자라는 애가 있는데 젊은 남자를 꽤 좋아하고 걔 고교 동창이 젊은 남잘 데리고 다닌다고 여간 짜증 내는 게 아닙니다. 어휴~~ 꼴에 밝히기는."

이 말을 듣자 그는 "어! 그 사람 작년 내 선거운동원이잖아요. 생긴 건 참하게 생기고 현모양처 같은데 그런단 말이에요. 나 참!" 하며 한심하단 표정을 짓는다.

유부남 변호사 강두진과 유부녀 이서여는 저녁 식사 후 인근 아늑한 모텔로 들어가 붉은 시간들도 꽉 채웠다.

다 끝나고 잠시 쉬는 사이에 그에겐 아내에게서 전화가 오고 있고, 그녀에겐 남편으로부터 전화가 걸려오고 있다.

"쉿! 이것 내가 먼저 받아서 따돌릴게." 그가 먼저 받아 "나 나 지금 학교동창회 하느라고 오늘 들어가기 힘들어. 그렇게 알아" 하고 따돌려버린다.

그러자 그녀도 이와 똑같은 수법으로 남편에게 전화를 걸어 따돌려버린다. 이젠 양쪽 다 그렇듯 따돌렸으니 안심모드로 들어간다.

이날 밤은 모처럼 오랜만에 만난 한때 국회의원입후보자와 선거운동원 간의 밀월의 시간이었다.

다음 날 화요일 아침에 일어난 이들은 다시 서울로 올라오는데 종로 5가역 쪽으로 갔다. 이곳에 근사한 카페가 있었던 기억 때문이다.

오전 11시경에 이곳에 들어선다. 아메리카노를 주문하여 조금씩 마신다.

어젯밤의 달콤했던 기억들을 떠올리며 한 모금, 두 모금씩 마신다. 약 5분쯤 지나자 홍자와 경문이 밖에서 이리저리 서성인다. 이를 본 이서여는 깜짝 놀란다.

"어! 저기저기 홍자가." 이에 변호사 강두진도 깜짝 놀란다.

눈이 황소 눈처럼 커진다. 어젯밤 홍자에 대해 말하며 흉을 보았는데 지금 이 순간 보이게 되니 놀랄 수밖에 없다.

서여는 홍자 옆에 있는 사람이 홍자가 말한 그 남자란 걸 실감한다. 49세 정도로 보였기 때문이다.

홍자가 그 남자와 카페로 들어온다. 서여는 피하고 싶은데 마땅치 않다. 이서여, 강두진은 마스크를 더 올려 쓴다. 얼굴을 완전 가리기 위함이다.

그 커피는 그냥 그대로 두고 호시탐탐 이곳을 빠져나가려고 궁리에 궁리를 다할 때 또 다른 손님들이 들어온다.

그러는 사이 홍자는 다소 당황스러운 표정이 역력했다. 왜냐하면 임숙이 민동과 들어오고 있기 때문이다.

홍자는 임숙을 부딪치고 싶지 않은데 왜 하필 그녀가 들어오고 있어서다. 얼굴을 피하려고 노력하였으나 끝내 홍자와 임숙은 정면으로 부딪쳤다.

"어! 넌 홍자."

"아! 넌 임숙."

서로 상대의 이름을 부르며 불쾌한 표정이 역력하다. 방금 전 홍자가 "아! 넌 임숙"이라 하며 놀란 대목에 있어 이서여와 강두진이 구석 자리에서 다 듣게 됐다.

서여는 속으로 '아아 임숙이란 여자 맞아. 어제 내게 찾아와 낮술 먹을 때 푸념한 그 임숙이란 여자가 저 여자구나!' 감을 잡는다.

보아하니 같이 온 남자가 말한 그대로 30대 초반 젊은 남자로 보였다. 변호사 강두진도 조금씩 고개를 갸웃거리기 시작한다. 들어온 젊은 남자가 어디선가 본 듯한 느낌이 들어서다. 그렇지만 기억이 잘 나질 않는다.

변호사 강두진은 업무관계로 서울검찰청에 갔을 때 본 기억이 순간 스쳤다.

임숙이 민동과 자리에 앉아 이런저런 대화 중 직장얘길 하는 소릴 잘 들어보니 진짜 서울검찰청 직원이 맞았다.

두진은 서여에게 살짝 귀띔을 한다.

"서여 씨. 저 남자는 서울검찰청 직원 같아!"

그러자 그녀는 검찰청 직원을 더 눈여겨본다.

"아아."

"그러니까 저 홍자란 여자가 저 임숙이란 고교동창이 저 검찰직원 30대 초반을 데리고 다닌다고 투덜댄 거구나! 쯧쯧."

그렇듯 소곤소곤거린다. 홍자는 그 커피를 최대한 빨리빨리 먹는다. 경문은 이 영문도 모르고 덩달아 빨리빨리 먹는다. 그녀는 "오빠 다른 데로 나가자"라고 하자 그는 "그래" 하고 나온다.

그녀가 지금 이 순간 황급히 나가버리는 이유는 친구 임숙의 애인을 보자 배가 아파서 그러는 것이다. 결국 두진이 민동의 실체를 알게 된 사건이다.

14일 오전 종로5가 근사한 카페에서 일어난 일이다.

홍자, 경문은 나가 전철을 타고 광교 쪽으로 가버린다. 지금 방금 전 그녀가 번개같이 빠져나간 이유를 임숙은 모른다. 임숙은 홍자가 작년 8월 태화고교동창회 때 한 남자동창을 놓고 자신과 격돌을 펼쳤기에 그 앙금으로 그러는가 보다 생각한다.

어쨌든 무척 껄끄러운 상대인 홍자가 나가버림으로써 임숙은 다소 홀가분하게 검찰서기 홍민동과 데이트를 즐기게 됐다.

민동은 "누나 아는 친구인가 봐?" 묻자 임숙은 "그렇긴 해. 고교동창"이라고 대답한다.

민동과 임숙이 계속 대화하는 소릴 두진과 서여는 듣게 된다.

사실 두진, 서여는 그들을 잘 아는 사이는 아니지만 돌고 도는 관계 속에서 들었거나 본 적만 있는 정도이다.

"야, 민동아. 너도 이젠 결혼해야지? 나 같은 여자를 계속 만나면 어떻게 해?"

"음 난 며칠 전 맞선을 보긴 했어. 근데 그 여자는 동거경험이 너무 많아. 작년에도 그랬고 올 들어서도 그랬다고 그래 난 그런 추잡한 여자는 절대 싫어 어휴~~"

"그럼 넌 뭐야? 너도 꽤 오랫동안 그러고 다녔잖아! 넌 그러면 돼? 네 맞선녀는 안 되고? 으으."

지금 이 시간 그도 그녀에게 이런 넋두리를 하는 거였다. 또 다른 문제는 이 넋두리를 조금 떨어진 구석 자리에서 그 커피를 마시던 변호사 강두진과 이서여가 다 듣게 됐다.

아직까진 이를 들은 이들이 무슨 화근이 될 정도는 아니지만 앞으로 시간이 흐르다 보면 이상하리만치 그 푸념이 불규칙적 폐단이 올 수도 있다.

이래서 낮말은 새가 듣고 밤말은 쥐가 듣는다고 하는 속담이 있는 것이다.

어느 정도 시간이 지나자 두진과 서여는 서서히 일어나 나간다.

나간 그는 그녀를 자신의 차 재규어 XJ에 태우고 광교 호수공원 쪽으로 내달린다.

앞서 나간 경문과 홍자도 전철타고 광교 쪽으로 갔는데 일치되고 있다.

이제 그 카페에 남은 건 검찰서기 홍민동과 임숙이다. 이들은 한참 대화를 나누다가 밥 먹을 시간이 됐다고 판단되어 일어나 밥을 먹으러 나간다.

앞서 나간 이들과 뒤에 나간 그들은 너무 공교롭게도 똑같이 광교 쪽으로 갔는데 부딪칠지 안 부딪칠지 모르겠다. 밥을 다 먹은 민동, 임숙은 그의 차 포르쉐 911 카레라를 타고 광교 호수공원으로 내달린다. 앞서간 두 쌍과 마치 약속이라도 한 듯이 일치되고 있다. 기이한 우연이라 본다.

앞서간 변호사 강두진, 이서여는 서로 팔짱을 끼고 광교 호수공원 여기저기를 돌아다닌다. 뒤에 간 검찰서기 홍민동과 임숙도 호수공원 이곳저곳을 돌아다닌다.

날씨는 제법 추웠으나 추운 겨울철에 보는 광교 호수공원은 그야말로 절경이었다.

이들 두 쌍이 그러고 있을 때 이곳에 맨 먼저 간 홍자, 경문은 공원 반대편에서 유유히 돌고 있다.

이렇게 빙빙 돌다 보면 서로 맞부딪칠 수도 있다. 돌다 다른 데로 가면 안 부딪칠 수도 있다. 서로서로 부딪칠 수도 있는 아슬아슬한 시간 차이다. 두진, 서여는 유유히 걸으며 아까 그 카페에서 들었던 말들을 한다.

"어이구! 그 홍민동이라는 검찰직원 말이야. 지도 그러면서 얼마 전 맞선 본 여자는 동거경험이 너무 많고 어쩌고저쩌고 말이야. 어휴 인간들이란 다들 그렇게 이기적이고 추악하다고…….."

"그래 맞아."

이 소리가 마주 오던 민동과 임숙의 귀에 들릴 뻔했으나 다행히 들리진 않았다. 조금 더 걸어왔더라면 들렸을 수 있다.

이들의 눈에 그들의 모습이 포착되기 시작했다. 그러자 서여는 재빨리 두진의 옆구리를 꼬집는다.

"저기 저기. 저기 봐. 아까 그 검찰서기란 사람."

"어어 그러네! 이 사람들이 언제 여길 또 왔지. 아니 이거 봐라 우릴 따라온 거야, 뭐야."

그들이 보이기 시작하자 이들은 쥐 죽은 듯 조용해지기 시작한다. 그들도 점점 가까이 다가가다가 이들이 보이자 멈칫하며 아까 카페에서 봤던 기억을 떠올린다.

그렇지만 별다른 반응이 나오진 않는다.

어떻게 우연의 일치로 저들도 또 이곳에 왔구나! 생각하고 만다. 그들이 지나간 뒤 조금 떨어진 곳에서 홍자, 경문이 오고 있다.

점점 시야에 포착될 정도로 다가왔다. 두진, 서여는 경문, 홍자를 보자 매우 놀라고 경문, 홍자는 더더욱 놀란다.

"어어! 홍자 씨."

"아아! 서여 씨."

아까 카페에서 두진, 서여는 숨어서 다 봤고, 경문, 홍자는 보진 못했는데 어쨌든 지금 이 장소에서 보게 됨은 더더욱 놀랄 수밖에 없다.

이젠 피하래야 피할 수도 없는 막다른 골목인 셈이다. 홍자는 어제 서여의 옷 가게에 들른 게 실수였고, 서여 또한 어제 변호사 두진과 그런 관계를 넋두리한 게 패착이다. 그는 오랜만에 작년 총선 선거운동원이었던 홍자를 보니 반가워 웃으며 "안녕하세요. 잘 지내셨죠?"라고 형식적으로라도 덕담을 건넨다.

"네 그렇지요."

3.
그렇다고 침묵 속에 생을 마감할 순 없다

　그녀는 짧게 답례하며 속으로 낄낄거리며 웃는다. 어제 서여의 넋두리 때문이다. 변호사 두진이 서여를 차로 끌고 들어가 그랬다. 이 대목이 문득 떠오르기 때문이다.
　상대적으로 어제 홍자의 넋두리는 다소 그렇게 크진 않다. 하지만 그녀들 다 온전하지 못한 관계임은 똑같다. 그렇다.
　"좋은 시간 되세요."
　"네네."
　이들은 그저 이런 형식적인 덕담 차원의 인사를 하는 것으로 쓱 지나간다. 그녀들은 이미 어제 자신들의 남자들에 대한 정보를 공유했기 때문이다.
　그녀들은 어느 정도 지나가다가 뒤를 한번 쓱 쳐다보고 웃는다. 손가락으로 브이 표시를 해주기까지 한다. 하마터면 임숙과 홍자는 여기서도 부딪칠 뻔했는데 살짝 비켜 지나갔다.
　이들 모두는 저녁이 되자 이 인근 모텔로 들어가 붉은 시간들을 채웠는데 희한한 건 똑같은 모텔이었는데 시간 차가 있어 다 그렇게 빗나가 볼 순 없었는데 이들로선 다행일 수도 있다. 특히 홍자와 임숙 같은 경우가 그렇다.

  서로는 고교동창이긴 하지만 앙금이 있고 게다가 홍자가 임숙의 애인 민동이 젊은 남자라고 꽤나 탐내기 때문이다. 어느덧 겨울도 막바지로 접어든다.

  두진은 다음 날 변호사푸른로펌사무실 출근하여 우두커니 앉아 따뜻한 밀크커피를 한잔하면서 엊그제와 어제 연이틀 서여를 만나 관계를 가진 달콤했던 기억을 떠올리며 야릇한 미소를 지으며 유튜브에서 달라붙는 옷을 입은 몸매 좋은 여자들이 나와 요가를 하는 채널을 보고 황홀경에 빠진다.

  "참나 이렇게 매혹적이라니."

  그러는 중 동료 여변호사가 다가와 "이봐요. 강두진 씨. 지금 뭐 하는 거예요? 여기 신성한 로펌에서 그런 거나 보고 있고 어휴~~ 진짜 같이 법률장사 못 해먹겠네!" 하며 화를 버럭버럭 낸다.

  이 여성변호사는 강두진과 똑같은 41살인데 아직 결혼을 못 했는데 이 로펌에서 근무하는 여러 변호사들에게 거의 매일 프로포즈를 걸고 있다. 그러나 그들은 단호히 거절하고 있다. 그러다 보니 엉뚱하게 두진이 그런 것을 본다고 사사건건 시비를 거는 것이다.

  일종의 노처녀 히스테리현상이 벌어지는 것이라고도 볼 수 있다.

  이들이 언쟁이 벌어지자 다른 한 남자변호사가 다가와 이를 말린다.

  "아아 우리 멋진 변호사들끼리 그러면 안 되죠. 하하."

  그러자 여성변호사 박미란은 다른 곳으로 움직인다. 두진 옆으로 다가와 말린 남성변호사 박채남은 "잠시 나가서 담배나 한 대 피웁시다"

라고 제안한다. 그러자 두진은 "좋아요" 하고 흡연실로 간다.

흡연실로 들어간 둘은 일본담배를 꺼내어 피운다.

채남은 두진의 서울대 법대 1년 후배이다. "하하 선배님 우리 친구 원중이가 술을 한잔 사겠다는데요. 한번 만납시다."

"나는 잘 모르는 사람인 것 같은데."

"잘 몰라도 괜찮아요. 그 친구는 형을 본 적은 있죠. 막상 보면 본 듯한 기억이 날 수도 있어요."

"뭐! 그러지 뭐."

채남은 푸른로펌 퇴근 무렵 선배 두진과 함께 종각 영광고시학원으로 달려간다. 채남은 오늘은 차를 놓고 온 관계로 두진의 재규어를 동승하고 간다.

그 학원에 도착한 시간은 저녁 7시였다. 방원중은 오늘 형법강의가 잡힌 날인데 일부러 취소해버렸다. 이들과 저녁 식사를 하기 위함이다.

원중은 예전에 이들과 같이 사시를 공부하였으나 몇 차례 떨어져 포기하고 집안에 돈은 많아 여기 종각에다가 학원을 차린 것이다.

3명은 만나 학원주변의 숯불갈빗집으로 들어간다. "아아! 내가 원중 후배를 예전에 본 기억이 난다. 그래 그래 맞아 맞아."

"안녕하세요. 선배님 저는 선배님의 서울 법대 1년 후배 됩니다. 저도 예전에 공부할 때 학원에서 본 적이 있어요. 근데 저는 낙방했죠. 그래서 아버지 돈 받아서 여기다가 공무원학원을 차린 겁니다." 그 후 또 술을 먹다 보니 넋두리가 시작된다.

이번 넋두리의 시작은 두진부터 시작된다. 그는 얼마 전 서여를 만났을 때 벌어진 일을 늘어놓는다. 즉 검찰서기 홍민동에 대한 스토리를 말하며 푸념 섞인 투로 말한다.

즉 자신은 그런 삶을 살지 않았는데 민동이 삐뚤어진 삶이라 말하며 자신의 외로운 인생에 대해 한탄하는 그런 것이다.

"아! 말이야 검찰이 바로 서야 나라가 바로 서는 것 아니겠어! 근데 말이야. 내 어제 어느 카페에 잠깐 들렀는데 예전에 어디선가 본 듯한 검찰서기가 불륜을 저지르고 있더라고 나참!"

그러자 학원장 방원중은 "아! 그래요. 참! 우리 본원에도 검찰직 합격자들이 상당수 있습니다만 일선에서 법을 집행하는 사람들이 그러면 정말 안 되죠. 에잇, 문제다 문제! 그런데 선배님은 어제 그 카페에 무슨 일로 가셨지요?"라고 묻는다.

이 물음에 두진은 무척 경직된 표정으로 "아아 난 그냥 볼일로 갔었지" 하고 에둘러 피한다.

사실 두진 자신도 불륜을 저지르러 서여를 그 카페에서 만난 건데 검찰서기 민동을 헐뜯고 있는 것이다.

"그 검찰서기가 이름이 민동이라고 하더라고……."

"어! 민동이라고요. 가만 있어봐. 민동이라면 그 그 홍민동을 말하는 것 같은데요. 우리 본원에 2018년 검찰합격자 중 홍민동이란 사람이 있어요. 그 친구인가……!"

학원장 방원중은 재빨리 폰을 꺼내어 며칠 전 종각 엔엔뷔페에서 검찰, 법원합격자우호모임에서 찍힌 민동의 사진을 강두진 선배에게 보여준다.

"자! 선배님 여기 이 친구가 맞아요? 이 친구 이름이 홍민동이라고 하는데요."

두진은 그 사진을 보자 어제 오전 종로5가 그 카페에서 본 그 사람이 맞았다.

"어! 어제 그 카페에서 본 그 검찰서기가 맞아 맞아. 참 얍삽하게 생겼네! 쯧쯧 이게 뭐야. 수사권을 다루고 법을 다루는 최고법조인이 말이야!"

채남도 그 사진을 보고 무척 한심한 표정을 짓는다.

결국 방원중 원장이 이 사실을 알게 되는 순간을 맞이한 것이다. 그럭저럭 대화하다 보니 시간이 흐르고 흘러 마칠 시간이 됐다.

원중은 다시 학원으로 들어갔고, 두진은 음주를 한 관계로 대리를 불러 집으로 갔다.

원중은 학원장실에서 컴퓨터를 켜고 이런저런 사회기사들을 훑어본다. "참. 세상은 말세다, 말세" 하며 혼잣말로 푸념을 하던 중 누군가가 원장실 문을 노크한다. 가서 열어보니 법원직 수험생이자 애인인 이희라가 헌법문제가 어려운 게 있다며 문제집을 들고 왔다.

"야, 나 지금 술 먹어가지고 제대로 집중이 안 되긴 한데 일단 물어봐. 어디가 골치 아프냐?"

그러자 그녀는 그 까다롭다고 여겼던 문제를 보여준다. 그러자 방원중 원장은 자세히 설명을 해준다.

다 끝나고 그녀는 숙소로 가려다가 커피를 한 잔 타서 마신다. 홀짝홀짝 다 마시고 가려고 일어나는 순간 "야, 희라야. 나참 어이가 없다. 우리 학원출신 검찰합격자 중 최고법조인답지 않게 불륜을 저지르고 다니는 놈이 한 놈 있다"라고 그가 말한다.

"네 그래요. 그럼 원장님이 나하고 맺은 관계는 뭐예요?"라고 희라는 쏘아붙인다.

그러자 원중은 깜짝 놀라며 "야야야, 나와 네가 그런 건 우린 법조인이 아니니까 괜찮은 거야! 그러나 그 검찰서기합격자는 최고법조인이라 그러면 안 되지! 흠흠" 하고 헛기침을 한다.

"나 참 원장님 논리하고는 참 논리 하나는 완전 궤변이네! 개소리."

"뭐야. 야, 너 지금 나한테 말 다 했어? 이 시발."

잠시 회오리가 친다.

이번엔 그가 격해진 마음을 추스르고자 커피를 타서 마신다. 그녀는 나가려다가 "아니 근데 그 이 학원 그 검찰합격자가 도대체 누구예요?" 묻는다.

원장은 아까 마신 취기가 완전 가시지 않아서인지 실수로 "2018년 합격자 홍민동이다"라고 말해버린다.

"홍민동."

그녀는 조금 갸웃갸웃거리더니 "아! 원장님 혹시 그 모임 날 내게 와서 '그 난화라는 친구분에 대해 알려주십시오. 어디에서 많이 듣던 분인 것 같아서요'라고 말한 그 사람이 홍민동 아닌가요?" 묻는다.

"그래 맞아. 그놈이 홍민동이야."

"음."

그녀는 더 말하지 않고 그냥 나가 숙소 고시원으로 가버린다. 그는 음주운전을 할 순 없어 전철로 을지로입구역 근처 집으로 간다.

그녀는 고시원에 들어가 가만히 생각해보니 기분이 조금 찝찝하기 시작했다. 왜냐하면 그 모임 날 검찰합격자 민동이 다가와 '그 난화라는 친구분에 대해 알려주십시오. 어디에서 많이 듣던 분인 것 같아서요'라고 한 대목과 바로 그날 밤에 난화와 통화 시 "나도 가서 한마디 했지"라고 했을 때 난화가 소스라치게 놀란 대목이다.

그 뒤 계속되는 통화에서도 더더욱 친구가 놀라서 비명까지 지른 대목이 뭔가 연결고리가 있는 듯한 두려움마저 든다. 너무 궁금한 나머지

3. 그렇다고 침묵 속에 생을 마감할 순 없다

지 더 이상 안 되겠다 싶어 곧장 난화에게 전화를 건다.

"그때 그 모임 때 너에 대해 물은 사람은 그 난화라는 친구분에 대해 알려주십시오. 어디에서 많이 듣던 분인 것 같아서요 하고도 말했었어."

이미 민동일 거라고 확실하게 짐작하고 있던 난화는 "그래, 그런 거구나! 으으" 하고 지친 목소리로 말한다.

난화는 전화를 끊고 가만히 생각해보니 며칠 전 희라와 통화 시 학원장에게 넋두리하고 누군가 검찰합격자에게 넋두리했다 했는데 그게 바로 홍민동이란 게 100% 확실해지는 순간이다.

난화는 지금 이 시간부로 잠도 오지 않고 자신의 실없는 넋두리가 짜증 나 얼굴을 이리저리 흔들며 머리카락을 이리저리 흔든다. 그 후 혼자 "으으으아아아아아악" 하며 괴성을 질러버린다.

한편 희라도 왠지 석연찮은 느낌이 많이 들어 공부하는 데 정신집중이 잘되지 않는다.

그러나 시험 날이 점점 다가오니 일단 집중하는 데 최대한 노력을 한다.

이날 밤 희라는 고시원에서 제대로 잠을 이루지 못하였다. 수험생이라 예민한 것도 있고 원래 성격이 그렇기도 하다.

그래서 급기야 늦은 밤 또다시 친구 난화에게 전화를 넣는다.

"왜 또 늦은 밤에?"

"음 되게 신경이 쓰여서 그래. 아까 말이야. 우리 원장의 말에 의하면 그 남자가 홍민동이라고 하던데 혹시 아는 사람이니?"

이미 아까 난화는 그라는 걸 100% 확인하였지만 이젠 더 확실히 쐐기를 박는 순간이다.

사실 친구 희라의 잘못은 하나도 없지만 난화 입장으론 난감하고 몹시 짜증이 날 수밖에 없다. 다 된 밥에 재를 뿌려버린 형국이기 때문이다.

이제야 난화는 툭 터놓고 토로해야 할 시점이라고 판단이 섰다. "그 검찰서기란 남자 홍민동이란 사람이 나와 맞선 본 사람이야!"

"어! 뭐라고 그 검찰서기가 너와 맞선을 본 사람이라고……?"

그녀들은 잠시 아무 말도 못 하고 우물쭈물 소강상태로 빠져든다. 그러다가 다시 난화가 말을 이어간다.

"그 남자가 뭔가 시큰둥해졌어."

이에 희라는 모든 게 포착됐다. 자신이 그 검찰법원합격자모임 날 친구 난화라고 밝히며 연속 동거경험 넋두리를 늘어놓은 걸 홍민동이 다 들었으니 심한 데미지를 받고 틀어져버리는 형국이란 것을 말이다.

문득 희라는 아까 방원중 원장으로부터 들은 대목이 떠오른다. 이제야 희라가 당혹감을 감추지 못한다.

그래서 이를 발설 안 할 수가 없는 상황으로 치닫는다.

"야, 생각해보니 다 내 실수였다. 난 그런 일이 발생할 거라고 도저히 예측할 수가 없었다. 그건 그렇고 그렇지만 그 맞선남 검찰서기 홍민동이란 남자도 네게 그런 내가 말한 넋두리 내용으로 틀어질 만한 성품과 자격을 갖춘 놈은 아닌 것 같다. 우리 학원장의 말에 의하면 그놈 검찰서기 민동은 불륜을 저지르고 다닌다고 그러더라고 증인도 있고……."

이 말을 들은 난화는 화들짝 놀라며 얼굴이 몹시 붉어지며 불쾌한 표정으로 순식간에 바뀐다.

"뭐야 그 사람이 그런 말이 있어! 어휴~~ 그랬으면서 내 건에 대해 못마땅한 생각을 가질 수 있단 말이야!"

희라로서도 친구 못지않게 기분이 좋지 않았다. 자신이 괜히 쓸데없이 친구를 위한 넋두리를 해놓고 친구에게 큰 피해가 생겼고 게다가 그 상대남도 별 볼 일 없는 난봉꾼이면서 불쾌감을 지닌다니 어처구니가 없는 일이었다.

"야, 난화야. 그 맞선남 새끼 참 더러운 놈이다. 아니 법을 다루는 검찰서기란 놈이 그게 뭐야! 지가 유부녀들 만나 그 짓 하고 다니는 거는 괜찮고, 네가 남자와 동거한 건 짜증 난다 이거지? 나 원 참 쓰레기 같은 심보. 그런 놈들은 이 사회에서 추방시켜버려야 돼! 으으으으."

난화보다 희라가 더욱 격분하기에 이른다. 이렇듯 흥분되다 보니 스마트폰에 침이 팍팍 튀길 정도로 열변을 토하게 된다.

친구에 대한 죄책감이 포화되어 그런 것도 있다.

"야, 난화야. 진짜 미안하다. 내가 괜히 쓸데없이 널 위한 넋두리를 한다는 게 이런 불상사가 생겼다. 그렇기도 하고 또 이참에 그런 놈들은 아예 안 만나는 것도 현명하긴 해! 이런 사실을 알게 됐으니 말이야! 으으."

"네 말이 맞다. 맞아!"

"일단 알겠어. 끊고 다음에 통화하자."

"그래."

그녀들은 서로 이런 참혹한 현실을 직시하는 순간을 맞이한다.

전화를 끊었으나 희라는 좀처럼 분노가 멈출 줄 몰랐다. 그래서 다시 책을 펴고 2시간 정도 더 보고 자려고 하였으나 좀체 집중할 수 없었다. 책을 확 집어 던진다.

난화도 잠이 오질 않는다.

그녀들은 불면의 밤을 보낼 수밖에 없었다.

문제는 이때부터이다. 특히 희라는 4월 초에 법원서기보시험을 봐야

하는데 이런 문제가 생기니 여간 예민해진 게 아니었다.

다음 날 목요일 강의실에 들어가 형법강의를 듣는데 방원중 강사의 설명이 귀에 들리질 않는다.
즉 의협심이 발동하기도 하고, 자신의 실언이 빚은 참사에 대해 여간 괴로운 게 아니다.
방 강사와 간간이 눈을 마주치긴 하지만 그녀는 그럴 때마다 눈을 확확 돌려버린다. 방 강사는 희라가 시험날짜가 점점 가까워지자 무척 까다로워져 그런가 보다! 하고 생각한다.
실은 친구문제 때문이다. 점심때가 되자 그녀는 심히 큰 불안감을 느끼기 시작한다. 정말 시험이 코앞으로 다가왔기 때문이다. 도저히 안 되겠다 싶어 난화를 만나기로 판단한다. 희라는 저녁때가 되기 전 난화에게 문자를 넣고 수정구 창곡동 삼진반도체회사 앞으로 전철을 타고 갔다. 창곡동은 난화가 사는 동네이기도 하다.
창곡 사거리에 위치한 삼진반도체이다.
난화는 약속대로 그곳에 그 시각 나와 있다.

희라는 난화를 만나 인근 식당으로 들어가 밥을 먹으며 그 문제에 대해 토로한다.
"미안하다." 이게 희라가 처음 꺼낸 한마디였다.
"아니 괜찮다." 이게 난화가 그 말에 내놓은 첫마디였다.
어느 정도 밥을 다 먹자 희라는 그 검찰서기 홍민동의 만행에 대해 일침을 가할 복안을 늘어놓기 시작한다.
난화는 그날 민동이 시큰둥한 반응을 보인 날 후로도 완강히 헤어지자는 뜻은 피력하진 않았고 그에게서 문자는 날아온다고 말한다.

또 다른 문제는 이번 홍민동 사건은 그 방원중 원장이 구체적으로 어느 경로를 통해 그런 사실을 알게 됐을까 이것이다.

그녀들의 궁금사항은 이런 것이었다.

그건 그렇고 일단 민동을 처단한다는 쪽으로 가닥을 잡는다. "야, 희라야. 넌 시험 날도 가까이 오는데 이런 부분에 대해 그렇게 신경 써도 될까?"

"아니 내가 괜히 그들에게 엉뚱한 푸념을 늘어놓아 일어난 일이라 내가 책임을 져야지! 으으."

"그렇게 안 해도 되는데 그래."

그녀들은 이 정도까진 말이 진전되었으나 어떻게 구체적으로 그를 골탕 먹인다에 대해선 의견을 내놓지 못하고 있다.

아직 구체화하진 못하고 그만 헤어지려는 순간 난화에게 민동으로부터 전화가 온다. 그녀는 일단 받지 않는다. 그 사이 희라는 "어휴 저 검찰서기자식 꿩 대신 닭도 놓치고 싶진 않다는 거지! 참나 더러운 자식"이라고 욕을 해버린다.

그러다가 그녀들은 그저 순조롭게 이젠 난화가 민동과 헤어지는 수순을 밟는 게 좋겠다는 쪽으로 급선회한다. 이렇게 결론을 내고 헤어져 난화는 이 동네가 집이니 걸어가면 되고, 희라는 종각으로 전철로 돌아간다.

"야, 난화야. 이렇게 화가 날 땐 소주 한잔 확 하면 좋긴 하지만 난 곧장 가서 공부를 해야 하니까 힘들다. 다음에 시험 끝나고 한잔해야지."

"그래. 그게 좋지."

각자 집으로 가긴 하였으나 고민은 계속 이어지는 것이었다. 결국 난화가 결단을 내려야 하는 형국이라 그렇다. 희라는 친구를 만나 그런 결론을 맺고 돌아오면 상당 부분 정신적 부담은 사라질 거라고 예상하였으나 좀처럼 그렇진 않았다.

특히 법원서기보 같은 경우는 교양과목도 무척 어렵지만 법과목도 꽤 있어 여간 집중에 방해가 되는 게 아니었다.

"아! 이 시험 망쳤구나! 2달 반밖에 안 남았는데 말이야!"라고 고시원에서 혼잣말로 중얼중얼거린다.

이 시각 난화는 창곡동 집에서 "아! 매일같이 그 자식에게서 문자는 오는데 이걸 어떻게 따돌리지" 하고 혼잣말로 중얼중얼거린다.

그러는 사이 홍민동으로부터 또 전화가 걸려온다. 당연히 안 받는다. 그랬더니 이번엔 문자가 날아온다. 〈왜 요즘 전화나 문자를 안 받습니까?〉

이것이다. 아예 대꾸하지 않는다.

그러자 그는 그녀에 대한 불쾌감이 하늘을 찔렀다. 자신이 18년 검찰합격 후 광교 살사댄스학원을 다니며 유부녀들과 그런 것은 아름다운 정당화 사유로 여기지만 맞선녀가 동거했던 경력은 도저히 참을 길이 없고 분노가 치밀어 올라 어떻게든 응징을 해야 한다는 쪽으로 기운다.

그런 악감정으로 그는 잠도 안 올 정도이다.

게다가 지금 현재와 최근에 그녀가 전화나 문자에 대해 반응하지 않는 것도 그 동거관계와 뭔가 연결고리가 있을 거라고 의심하기도 한다.

지금 이 늦은 밤 이들 난화, 희라, 민동 각각 3명은 분노의 밤으로 불면을 이루고 있다.

날이 밝자 그는 서울검찰청에 출근하여 이런저런 궁리를 거듭하면서 오늘은 시간을 내어 난화의 회사에 쳐들어가 뭔가 결말을 보겠다는 결심을 한다. 여기서 그가 뜻하는 결말이란 그녀가 자신에게 회사 앞에서 무릎 끓고 회개하는 것 정도를 말한다.

'다시는 남자들과 동거 같은 건 안 할 거고 꿈도 꾸지 않겠습니다.' 뭐! 이 정도 참회를 해주면 용서해줄 수도 있는 정도이다.

"내가 오늘은 네 머리카락을 다 뽑아서라도 버르장머리를 완전 고쳐주겠다." 이렇게 혼잣말로 중얼중얼거린다.

서울검찰청 서기 홍민동은 계장에게 "난 오늘 조금 일찍 가봐야겠어요. 급박합니다."

"그래요. 가봐요."

약 2시간 정도 일찍 나오게 된다. 창곡동 삼진반도체가 6시에 끝남을 알기 때문이다.

당연히 직장에서 곧장 오는 거라 아반떼였다. 삼진반도체 정문 앞 약 40미터 떨어진 카페 앞에 차를 세우고 안에서 정문을 집중한다.

즉 회사 내에 동거남과 함께 나올 것이라 추측하기에 이른다. 눈이 빠지게 기다리던 중 난화가 나오긴 하는데 홀로 나오고 있다.

민동은 더 생각할 것도 없이 차에서 내려 막 뛰어간다.

"야아아아아." 그러자 난화는 너무 놀라 주춤주춤거린다.

"어어어."

그는 그녀의 손을 잡아당기며 차량 쪽으로 끌고 간다. 바로 이때 예상치도 않게 작년 1년간 그녀와 동거한 박성호가 불현듯 나타난 것이다. 노가다 옷차림으로 나타나 두 사람이 실랑이가 벌어진 곳으로 천천히 걸어온다.

"뭐 해? 난화야. 내가 그냥 호락호락하게 물러날 그런 노가다 오빠로 보이냐? 이 팔뚝 봐라. 난 너무 일을 많이 하여 이렇게 두꺼워! 이 든든한 팔뚝으로 널 위해 살게 기회 좀 줘. 아니 옆에 있는 놈은 또 누구야? 지난번엔 여기 직장동료와 애인 되어 손잡고 나오더니 또 바뀌었어? 나참 우리 난화 왜 이렇게 막 됐어! 나하고 동거할 땐 참 조신했는데 말이야! 하하."

검찰서기 홍민동은 당황하면서도 짐작하는 상황이다. 그 동거남들이 이런 것들이구나! 판단한다.

이 상황에서 난화는 민동이든 성호든 아무런 관심이 없다. 그래도 노가다 성호는 민동처럼 여기저기 유부녀들을 만나고 다니는 그런 난봉꾼은 아니었다.

단지 그녀가 봤을 때 싫증이 났었단 대목이다.

성호는 민동을 확 밀친다.

민동은 이 회사원이 아니기에 지금 퇴근하며 눈에 보이는 직원들이 막아줄 이유는 없다.

성호는 "야, 이봐 아저씨. 난 솔직히 지금 뭐가 뭔지 아무것도 몰라. 일단 뒤에서 보니 당신이 무력을 쓰는 듯한 느낌이 든다고…… 저리 저리 가라고" 하며 협박성으로 나간다.

민동은 다 예상은 하고 있었으나 기분은 몹시 좋진 않았다. 그렇다고 난화를 완전히 잡기 위해 혈투를 펼칠 정도는 아니다. 그냥 놓치고 싶진 않을 정도로 남는다.

"아아! 나 여기 검찰서기요. 나 대충 어떤 사람인 줄 알겠죠. 그러니 알았으면 조용히 피해주세요. 또 이 여자는 나하고 맞선도 봤고 지금 한창 교제 중인데 요즘 소원한 일이 생겨 그러는데 다시 뜨거워질 것

3. 그렇다고 침묵 속에 생을 마감할 순 없다

입니다. 됐죠?"

성호는 손을 번쩍 들고 그를 한 대 후려칠 듯한 폼을 잡으며 "야 이 씨. 그럼 왜 난화가 당신에게 안 끌려가려고 몸부림을 치냐고. 그게 뭘 뜨거워 뜨겁기는" 하며 진짜 그를 한 대 갈길 태세다.

그러자 민동이 검찰공무원증을 꺼내어 보여주며 겁을 주려고 한다. 그러자 성호는 그 증을 확 빼앗아 멀리 바닥에 확 집어 던져버린다.

"어휴~~ 무슨 이런 게 이게 뭐야!"

민동은 지금 상황이 자신에게 위신상 별로 좋지 않을 거라는 판단하에 재빨리 그 증을 주워 들고 뒤로 돌아 빠른 걸음으로 차를 타고 달아나버린다.

성호는 너무 어이가 없다는 표정을 지으며 국산담배를 한 대 꺼내어 불을 붙이며 "휴우~~" 내뿜는다.

아까부터 지금까지 벌어진 장면들을 차현진이 뒤에서 다 지켜봤다. 현진은 그녀와 6일간 동거하다가 헤어진 직장동료이다.

현진도 이제야 난화가 새로 만난 제3의 남자가 검찰서기란 것을 알게 되는 순간을 맞이한다.

1월 17일 퇴근 시 삼진반도체회사 앞에서 민동과 성호 격돌하는 것을 현진이 다 봤다.

그녀는 지금 이 순간 이해 불가할 정도로 바로 앞에 서 있는 남자 성호에게 무언의 측은지심을 느끼기 시작한다.

"야, 너 어쩌다 돌고 돌아 검찰서기까지 만났니? 그 직장동료 남자는 어떻게 된 건데?"

"음 벌써 찢어졌지 뭐!"

"그래서 곧장 검찰서기를 만나 너도 참!"

성호는 노가다 하던 힘과 근력으로 난화의 허리를 움켜쥐고 끌고 가 세워진 용달차 안에다 밀어 넣는다. 그녀는 이 상황이 그리 싫지도 않다. 시동을 걸고 핸들을 거침없이 돌린다. 차가 빠져나가는 장면을 뒤에서 지켜보던 직장동료 현진은 가슴이 답답하기만 하였다.

오늘 저녁은 검찰서기 민동은 민동대로, 직장동료 현진은 현진대로 우울한 시간들로 채워졌다.

한편, 용달차로 빠져나간 그들은 불과 10분 정도 나가 번화가에 한식당으로 들어간다. 그렇게 순순히 따라 들어간 난화에게 성호는 매우 들뜨기 시작했다.

저항하지 않은 것만으로도 다시 자신에게로 돌아올 수 있을 거라고 기대한다.

밥이 나오기 전에 그는 "야, 네가 엉뚱한 놈에게 넘어간 후 내가 얼마나 괴로웠는지 알아? 야 내가 새해 벽두부터 너와 헤어지고 진짜 사는 게 사는 게 아니었다. 매일 소주로 시간들을 때웠다" 하며 넋두리를 늘어놓는다.

이들은 이날 밤늦게까지 소주를 먹다가 헤어졌다.

한편, 직장동료 차현진과 검찰주임 홍민동도 앞으로 김난화를 차지하기 위한 계략을 짤 것은 확실하다.

엊그제 종각학원 주변에서 회식하며 홍민동에 대해 신랄하게 헐뜯은 그들은 오늘도 어김없이 지인들에게 민동에 대한 흉을 늘어놓는다.

강두진, 박채남 변호사는 같은 푸른로펌에서 일하면서 이런 박자를 잘 맞춘다. 민동도 서울검찰청에 출근하여 절친 동료인 전영철에게 구원을 요청한다. 주말인데도 업무가 밀려 출근한 것이다.

"아하! 영철 씨. 그년이 달아나려고 하는 것 같아! 꽉 잡을 묘책이 뭘까?"

"아니 근데 민동 씨는 그 여자 말고도 댄스학원 다니면서 여러 여자들이 많잖아! 만나선 안 될 여자들도 많고 말이야."

그러자 민동은 얼굴이 일그러지며 다른 데로 가버린다. 동료 전영철은 예전부터 그에게서 그런 음란 내용을 많이 들어 알고 있다. 민동 자신도 유부녀들을 많이 만나고 다니다 보니 심란한 일들이 터져 간간이 영철에게 넋두리를 늘어놨었기 때문이다.

검찰공무원으로서 행실을 조신하게 해야 함에도 불구하고 그렇지 않은 그를 볼 때 영철은 어처구니가 없을 뿐이다.

민동은 오늘 또 전화, 문자공세를 이어간다. 이에 난화는 여간 귀찮고 짜증 나는 게 아니다.

그녀는 오늘 또 그가 나타날지도 모르니 이젠 옛 애인 성호를 부를지도 모른다. 사실 이 대목에서 그녀가 민동을 피하는 까닭은 그가 광교 살사댄스학원에서 유부녀들을 만나고 다니는 것이다.

그런데 그는 이 진짜 이유를 모르고 그녀가 과거 동거했던 남자들과 다시 연결됐기 때문이라고 대착각을 하고 있다.

사실 난화 입장으로서도 검찰서기 민동이 그런 불륜만 저지르고 다니지 않는다면 한없이 좋아하는 마음은 변함은 없다.

어젯밤 늦게까지 소주를 먹긴 하였으나 자신의 보디가드로 성호를 부를 정도의 마음은 아직은 아니다.

퇴근 시간이 점점 가까이 다가오자 별안간 희라가 또 걱정이 됐는지 난화에게 전화가 걸려오는데 받는다.

"어제 퇴근 무렵 그 민동이 회사 앞에 왔었어. 근데 재밌는 건 작년 1년간 동거하던 박성호가 그 시간에 이곳에 나타난 거야! 나는 급당황한 거지! 하하."

"어! 어떻게 그렇게 일치가 되지? 희한하다. 하여간 그 검찰서기 그 새끼 거길 왔다고 아아 진짜 그거 안 되겠는데……."

희라는 더더욱 예민해지기 시작하였다. 자신의 직접적인 일이 아니어도 그렇다. 자신의 넋두리가 큰 빌미를 줬기 때문이다.

"야, 그놈이 차라리 너와 헤어져버리면 끝이지만 댄스 배우면서 불륜 행각을 일삼으면서 또 널 별미로 여기며 안 놓치려고 그러잖아! 그게 또 문제가 되는 건데!"

"그렇긴 해!"

"야, 난화야. 나올 때 주변을 잘 돌아봐. 그리고 쏜살같이 달려가라고."

"음."

4.
수험생의 본분을
망각한 채

 희라는 공부 도중 이런 코치까지 하고 나선다. 난화는 통화를 마친 후 회사 정문을 나오는데 예상대로 민동이 와서 대기하고 있다. 문득 희라가 코치한 내용이 떠올라 100미터 전력질주를 하듯 번개같이 앞만 보고 달려간다. 그러자 그는 이를 악물고 뒤를 따라갔으나 잡을 수 없었다.

 이 동네 인근이 그녀의 집이라 금세 들어갈 수 있었다. 난화는 무사히 집으로 피신한 후 희라에게 연이틀 그가 난입한 사실을 알린다. 당황한 희라는 이날 야간 수업에 형법이 들은 날이다. 방원중 원장 겸 형법강사가 들어오는 시간이다.

 저녁 6시 30분쯤 들어오고 있는데 강의실로 들어오기 전 그녀는 번개같이 복도로 나가 "잠깐, 방 오빠. 오빠. 잠시 잠시만 할 말이 있는데" 하며 그의 팔을 세게 잡아당긴다.

 원중은 누가 볼까 두려워 이리저리 주변을 둘러보며 "야, 희라야. 이런 데서 그런 호칭을 막 쓰면 돼? 어휴 신경 쓰여 미치겠다!" 한숨을 푹 쉰다.

 "아니 그 그 그게 검찰서기 민동이란 놈이 내 친구 회사에 연이틀 연속 나타나 방해를 하는데 이를 어쩌지?"

"뭐야! 그 민동이 그런단 말이야!"

방 강사는 민동이 희라의 친구 난화와의 관계는 잘 모른다.

"야, 난 지금 뭐가 뭔지 모르겠다. 네 친구 회사에 걔가 연속으로 가는 것도 영문을 모르겠어! 다음에, 다음 기회에 얘기하자."

그는 형법 책을 들고 강의실로 뛰어 들어간다. 이에 그녀도 같이 뛰어 들어간다.

강의가 끝나고 원중은 희라에게 오라고 손짓을 한다. 원장실로 들어간 이들은 아까 그 말이 무슨 말인지 더 자세히 말하려고 한다.

"아까 그 말이 뭐냐? 난 그런 것까진 잘 모르지!"

학원장 방원중은 정확한 내막을 알 리가 없다. "지난 합격자모임 때 내가 말한 그 난화라는 친구 말이에요. 그 친구를 괴롭히는 사람이 바로 홍민동입니다."

"뭐야? 그게 홍민동이라고 이 이런 우리 본원의 합격자 출신이 그렇단 말이야! 우리 학원의 체면이 말이 아닌데 으으으."

이들은 민동의 망발을 차단해야겠다는 쪽으로 서로는 의견이 일치되고 있다.

한 사람은 본원의 위신과 체면이고, 다른 한 사람은 친구를 정신적으로 구출하는 측면이다.

"친구 난화가 그 검찰서기로부터 신경쇠약이 걸렸으니 폭행치상죄로 고소하라고 알려줄까요?"

"그래. 그런 것도 좋겠다."

내친김에 이들은 피해자 난화를 직접 만나 코치를 할 심사로 그녀에게 전화하고 창곡동 원룸으로 차를 몰고 간다. 난화는 창곡동에서 홀로 살고 있다.

늦은 시간이지만 이들은 나름 상당히 중요한 일이다. 늦은 밤에 이런 건으로 찾아주는 희라와 원장이 그저 고마울 따름이다.

"야, 아까 또 왔었다고?"

"그래."

방 원장이 나서기 시작한다. "아아! 제가 여기 희라 씨에게서 들어서 잘 압니다. 그 남자 놈이 하필 저희 본원의 검찰직 합격자입니다. 볼 면목이 없군요. 이참에 하나 알려드릴게요.

이런 경우는 형법 제262조와 257조, 259조에 의하여 폭행치상죄로 처벌됩니다. 그러니 그런 놈은 그냥 고소를 해버리십시오."

"네 그렇긴 한데 이틀 그랬다고 고소하면 되나요?"

"그럼요."

이들이 그런 법적코치를 했음에도 불구하고 그녀가 선뜻 그러기엔 다소 무리가 있을 수 있다. 이런 코치만 하고 두 사람은 돌아서 갔다.

그래도 난화로선 다소 안도의 한숨을 내쉴 수 있게 됐다.

시간이 점점 지나자 방 원장은 며칠 전 만난 강두진, 박채남 변호사에게 검찰서기 홍민동의 만행에 대해 낱낱이 알린다. 방 원장의 목적은 애인 희라의 부탁을 들어주는 게 주목적이고 다음으론 본원의 이미지를 실추시킨 것에 대해 응징차원도 있다. 일종의 넋두리로 그치는 측면이 강하다.

변호사들은 이미 개괄적으론 알고 있으나 더 구체적으론 모르는데 이젠 더 입체적으로 폭행치상행위까지 알게 되는 순간을 맞이한다. 상황이 이렇게 흐르자 변호사들은 민동이 근무하는 서울검찰청 검사라든 가 과장 같은 사람들에게 퍼뜨리기까지 하였다.

여기서 또 제3의 넋두리가 이어지는 것이다.

한 사람이 다른 사람에게 넋두리를 하면 그 다른 사람은 어김없이 또 다른 사람에게 넋두리를 감행하는 악순환의 고리를 형성한다.

삽시간에 서울검찰청은 홍민동 서기의 폭행치상행위에 대해 여기저 기 군데군데에서 수근거리는 상황으로 치닫는다.

푸른로펌 변호사들과 서울검찰청의 검사들은 서로 다 아는 사이들이 기 때문이다.

이리저리 돌고 돌다 보니 직원들 세계에도 알려진다.

동료 전영철 주임에게까지 알려졌다. 이 냉혹한 현실도 모르고 민동 은 영철에게 푸념한다.

영철은 민동이 난화에 대해 얘길 하며 넋두리를 시도해 들어오자 몹 시 짜증 내버린다.

"아니 민동 씨 정말 너무 그러는 것 아냐? 잠시 잠시만 저쪽 안 보이 는 데로."

영철은 민동을 휴게실 구석으로 "오라" 하여 "최근 여기 서울검찰청 에 이상한 소문이 파다하다"고 말한다.

"이봐요, 민동 씨. 난 민동 씨 편입니다. 내가 매우 걱정되어 그러는 것입니다. 어떻게 오늘부로 민동 씨가 공직자로서의 윤리의무라든가 또 한 여성에게 폭행치상까지 저지른 행위가 여기저기 소문이 파다하 다고……."

직장동료 영철의 표정은 짜증 반, 걱정 반이 섞여 있다.

이 말은 듣자 민동은 얼굴이 굳어지며 "어! 그걸 어떻게 알았지 이상

4. 수험생의 본분을 망각한 채

하다. 누군가 첩자가 있지 않고는 그럴 수가 없는데" 하며 벌벌 떤다.

민동은 점심때가 되자 영철을 데리고 나가 특별 점심을 사 주면서 그런 정보를 듣게 된 경위를 묻는다.

이에 그는 "여기 검사나 과장들에게 들었어"라고 귀띔을 한다.

"뭐야 검사나 과장. 근데 그들이 내 그런 사적영역을 어떻게 알았지? 진짜 이상하다. 이들이 알 수가 없을 텐데."

민동의 의구심은 완전 하늘을 찔렀다.

"누구 검사와 과장인데?"

"조태복 검사와 최배철 과장."

"알겠어! 내가 교묘히 영철 씨에게서 들은 게 아닌 것처럼 그들을 한번 떠볼게."

민동은 다시 들어와 조태복과 최배철에게 찾아가 다른 건을 얘기한다. 그런 말이 나오게 유도하는 측면도 강하다.

그랬지만 그들은 좀처럼 넘어가질 않았다. 이에 더 안 되겠다 싶어 민동은 그들에게 "아주 근사한 저녁을 사겠다"고 유혹한 후 퇴근 뒤 나가 양재 주변의 고급 룸살롱으로 들어가 그들에게 극진한 환대를 하였다. 이에 그들은 너무 흥분되어 헤롱헤롱거리며 몸 둘 바를 몰라 하였다. 그 틈에 살짝 그 건을 떠본다.

양주가 몇 병 들어가자 정신을 못 차리며 조태복 검사와 최배철 과장은 "그래 홍 주임. 그것 말이야. 우리가 아는 변호사들이 알려준 거라고 흠흠" 하며 고개를 끄덕끄덕거렸다.

"어느 누구 변호사입니까?"

"음 서초역에 푸른로펌이라고 거기엔 강두진, 박채남 변호사가 있다고 그들이야."

"아, 네. 강두진, 박채남."

민동에게 고급술을 얻어먹자 그들은 헐레벌떡해지며 그렇듯 실토해 버린다. 특급정보를 알자 속이 후련한 그는 특별보너스로 태복과 배철에게 여종업원들을 한 명씩 붙여준다. 그러자 그들은 너무 기뻐 펄쩍 펄쩍 뛴다. "우아아아아."

다 끝나고 돌아간 이들은 내일을 위해 잠이 들었는데 민동은 서초역 푸른로펌 강두진, 박채남 변호사에게 엄청난 불만과 앙금이 증폭되기 시작한다.

내일 월요일인데도 그는 하나도 즐겁지 않았다.

민동은 난화를 만나고 싶긴 하지만 그리 쉽진 않으리라! 판단되어 조금 만만하게 임숙 아니면 권희를 만나려고 차례로 전화를 넣는다.

월요일은 임숙을 만나고, 화요일은 권희를 만나는 것으로 연속으로 만끽하였다.

이틀 지나 수요일이 되자 그는 다시 일이 손에 잡히질 않는다. 그 푸른로펌 변호사들이 도대체 어떤 경로로 나의 사생활을 알게 됐을까! 이것이다.

그저 우두커니 앉아 있는데 핸드폰으로 재난안전문자가 뜨기에 반사적으로 보게 된다.

"에잇 매일 시시콜콜하게 이게 뭐야! 확진자 몇 명, 사망자 몇 명 어휴~~"

그러다가 일반사회기사가 나온 부분을 눈여겨보게 된다. 속보라고 적혀 있고 「법률로펌푸른대표 강두진 배임죄로 조사 받다」라는 기사가 떴다.

"어! 이 사람은 우리 조 검사와 최 과장에게 내 사생활을 알려준 인간이잖아! 근데 어떻게 또 이 인간이 배임죄까지 저질렀지. 참나 로펌의 공금을 그랬고만……! 이 사람 이거 콩밥 좀 먹겠는데."

그가 이런 예상을 하고 있을 즈음 아닌 게 아니라 그 로펌의 여자변호사 박미란은 대표의 배임행위를 검찰에 고소하기에 이른다.

끝내 피의자 두진은 서울검찰청에 조사받으러 오게 됐다.

이에 담당검사는 이 사건을 너무 공교롭게도 검찰주임 홍민동에게 맡겼다. 이에 그는 조사에 나선다.

"푸른로펌을 운영하는 사람이 이런 배임죄를 저질렀으니 참 가관입니다. 이게 뭡니까? 여기 다 증거가 빼곡하게 있군요. 동 로펌 여성변호사 박미란 씨가 고소했고요."

검찰조사관 홍민동은 지금 이 순간 본 건을 조사하는 과정에 무척 어이없게도 얼마 전 조 검사와 최 팀장으로부터 들은 그 내용에 대해 추궁하기에 이른다.

"아니 그건 그렇고 혹시 내가 유부녀 여자들을 만나고 다닌다는 건 도대체 누구한테 주워들은 겁니까? 이것 하나만 제대로 말하면 내가 당신의 배임행위를 덮어줄 수도 있소."

이 말에 피의자 두진은 몹시 당황한 모습을 감추질 못한다.

지금 이 순간 로펌대표 강두진 변호사는 물론 자신이 배임을 저질렀기 때문에 여기 검찰에 와서 조사를 받는 건 있지만 그래도 변호사가 검찰서기에게 추궁당한다는 이 현실 자체가 여간 괴롭고 고통스러운 게 아니었다. 자신이 한참 위라고 생각해서이다.

그런 심정은 여지없이 표정으로 드러나고 있다. 표정이 일그러지기 시작한 것이다.

게다가 조사관이 어이없는 걸 질문하자 더더욱 짜증 나기도 했다.

급기야 터질 게 터졌다.

"아니 이봐요. 조사관님 내가 범법행위를 했으면 그 건만 가지고 얘기가 돼야지 왜 어이없게 딴것 사적인 것 가지고 그러는 겁니까?"

그러자 민동은 압박의 강도를 더더욱 높이며 줄기차게 윽박을 지른다. 그러자 결국 외압에 밀려 피의자 두진은 종각 영광고시학원 방 원장과 14일 종로5가역 그 카페에 구석에서 다 듣게 됐다고 실토한다. 며칠 연속으로 조사를 하자 두진은 끝내 실토하고 만다.

"뭐예요? 방 원장에게서 또 그 카페에서……."

검찰조사관 홍민동은 약속한 대로 이리저리 요리조리 그의 배임행위를 감해주려고 애를 썼다. 심지어 이 건으로 고소한 여성변호사 박미란을 회유하는 복안까지 내놓는다.

그러나 그녀에게 연락을 취해본 결과 "절대 그럴 수 없다!"고 거세게 피력하는 바람에 로펌대표 강두진은 구속을 면할 수 없게 됐다.

민동은 다른 사람보다 특히 학원장 방원중에 대해 격분이 포화되기 시작한다. 그 학원 출신으로 합격이 됐기에 그를 스승으로 깍듯이 모셨으나 엉뚱한 짓을 일삼았기 때문이다.

원래 시작은 두진부터 시작됐지만 말이다.

다소 다혈질인 민동은 영광고시학원으로 쳐들어가기에 이른다.

오늘은 월요일 첫날이었으나 강의가 잡힌 날이었다. 그는 완전 이성을 잃어 지금 한참 형법강의가 진행 중인데도 불구하고 강의실로 뛰어들어간다.

"원장님 정말 그럴 수 있어요?"

"아니 이건 뭐야 뭐야? 여기 강의실에 난입하면 안 되지! 이런 이 시발."

지금 강의는 이희라도 듣고 있었는데 이를 보고 심한 충격을 받는다.

"뭐야 저 사람 합격자모임 때 왔던 홍민동 검찰서기 아냐! 야 이 새끼야. 지금 이게 뭐 하는 짓이야? 이런 공부하는 곳에 와서 방해를 해. 신성한 형법강의실에 난입하다니 저거 주거침입죄로 집어넣어버려."

방원중 원장은 무슨 영문인지 모르기에 무척 당혹감을 감출 수가 없다. 수많은 수강생들도 마찬가지였다.

이에 황급히 원장은 그를 끌고 나간다. 희라도 뒤따라 나가며 그를 향해 막 욕설을 퍼붓는다.

복도로 나가자 그는 원장에게 그 여자 건을 그대로 말한다.

"아니 원장님이 내 여자 문제들을 변호사들에게 떠벌리고 다녔습니까?" 하며 잡아먹을 듯이 매섭게 노려본다.

"어어! 그 그 그걸 어떻게 알았지…… 근데 그 변호사가 먼저 그랬어."

원장은 몹시 당혹스러웠다. 희라는 어떻게든 빨리 수업이 재개되어야 하기에 그를 막 밀며 내몬다.

"그건 그렇고 어서 나가요. 우린 수업을 해야 합니다. 검찰공무원이면 뭘 알 만한 사람이 이게 뭡니까?"

그녀의 완력으로 그는 떠밀려 나간다.

민동을 내몬 뒤, 원장과 희라는 앞이 먹먹했다.

특히 원장은 강두진, 박채남 변호사가 한없이 원망스러웠다. 그들 말고는 이를 발설할 사람이 없기 때문이다.

원장은 다시 들어가 강의할 기분은 아니었으나 그렇다고 안 할 수도 없어 "야, 희라야. 일단 들어가자. 들어가서 난 강의를 해야지!" 하며 들어간다.

"어휴~~ 내 저런 검찰서기 같은 놈은 확 그냥 주거침입과 업무방해로 옭아 넣어버릴 수도 있지만 그러기엔 또 여기 학원 출신이라 그냥 봐줘야지!"

희라의 계속되는 불만이 증폭되자 원중은 안에서 오라는 손짓을 한다. 결국 다시 강의는 재개됐다. 어렵사리 강의를 마칠 수 있었다.

마친 뒤 원중과 희라는 원장실로 들어가 커피를 마시며 아까 벌어진 건에 대해 심각히 의논한다.

원장 원중은 얼마 전 강두진, 박채남 변호사를 만났을 때 그런 얘길 한 적은 있었다고 말한다.

그러자 희라는 "어! 그랬다고 그런데 그 변호사들이 홍민동 서기에게 퍼뜨렸나" 하며 의구심을 드러낸다.

"글쎄."

방원중은 말이라는 게 이토록 무섭다는 걸 실감하는 순간을 맞이한다.

"일단 어떻게 된 일인지 정확한 개요는 모르니 일단 진정하자. 희라 넌 그만 돌아가야지. 고시원 가서 편히 쉬어라."

"그래."

희라는 고시원으로 들어가 가만히 생각하니 이상하단 느낌이 밀려와 더 이상 안 되겠다 싶어 난화에게 전화를 넣는다.

"야, 오늘 저녁에 그 민동이란 검찰서기가 우리 학원강의실까지 난입하여 우리 원장에게 지 여자 문제들을 변호사들에게 떠벌렸다고 버럭 버럭 소릴 지르고 난리 쳤어. 그래서 내가 그렇게 못 하게 쫓아냈지."

"뭐야? 그런 일이 있었다고."

난화는 끊고 난 뒤 속이 부글부글 끓어오른다.

원중은 두진, 채남에게 확인절차 혹시 민동 건 알렸는지 알고 싶었다.

원중은 변호사들에게 전화하여 이게 어찌된 일이냐고 묻고 싶긴 하나 조금 조심하는 심정이다.

난화는 민동이 또 지겹게 전화나 문자할지 모르기에 심란한 마음에 옛 동거남 성호에게 전화를 건다.
박성호는 난화의 전화를 받자 마음이 무척 무거워졌다. 하루빨리 난화를 만나 대책을 강구해야겠다는 생각을 한다.
"내일 화요일에 만나자 난화야. 내일 내가 창곡동 네 집 앞으로 갈게 가기 전 전화할게."
"그래 그럼."
다음 날 정오 박성호와 김난화는 만나 점심을 먹으며 홍민동에 대한 대책을 세우는 데 다각도로 연구한다.
"내 친구 희라가 다니는 학원에 쳐들어가 난리를 쳤다고 하더라고."
"그놈 또 네 회사에 오는 것 아냐?"
"그럴지도 모르지."
다시 박성호와 김난화가 친밀해지면서 홍민동에 대한 방어를 하는 형국으로 치닫는다.
그는 오늘 당장이라도 예전 뜨거웠던 동거생활 할 때처럼 그녀와 합치고 싶은 마음이 간절하다. 난화는 검찰서기 홍민동에 대한 자초지종을 털어놓는다.
"야, 난화야. 그런 놈의 도발을 막기 위해선 천생 네 곁엔 내가 있어야겠다. 그러니 오늘부터 다시 그 창곡동 동거했던 원룸에서 오늘부터 합치자! 음?"
"……."

그의 동거 제안에 그녀는 묵묵부답이다. 난화가 더 이상 이 건에 대해 말을 안 하자 성호는 군침만 삼키다가 그저 가만히 있다. 밥은 다 먹고 난 뒤 카페로 들어간다. 아메리카노 따뜻한 걸 주문하여 홀짝홀짝 마시며 이들은 앞으로 혹시 모를 홍민동 쇄도 봉쇄책을 내놓기에 이른다.

"내가 성호 오빠를 너무 몰라본 것 같다. 오빠는 그 검찰서기 민동 같은 놈처럼 그러진 않잖아!"

자신을 알아주는 듯한 말을 듣자 그는 조금 우쭐거리며 "야, 그게 다 그런 거다" 하며 머릴 위로 한번 쓱 올린다.

성호는 문득 민동은 공무원이라 그런 문제가 불거지면 잘리게 될 수도 있다는 판단이 섰다.

"야, 난화야. 그런 놈은 이참에 잘리게 만들자! 그래야 널 안 따라붙을 것 같다."

"어떻게?"

"그놈이 만나고 다니는 유부녀들 남편들에게 알리는 거지 뭐! 그럼 알아서 판단하게 하는 거지 뭐!"

지금 이 순간 성호는 당분간 노가다를 접고 민동 뒤를 밟아볼까 하는 충동에 사로잡힌다.

"야, 난화야. 내가 알아서 다 처리할게. 넌 신경 쓰지 마. 염려 마."

"어떻게?"

그녀의 물음에 그는 자세히 대답하진 않는다. 1월 말이라 꽤 추운 날씨라 어디 밖에 나갈 기분이 아니었다. 무작정 오후 시간을 카페에 틀어박혀 보낸다.

해 질 녘, 이들은 나와 저녁을 먹으러 들어갔고 마치고 나온 뒤 그는 악착같이 그녀와 밀착된 시간을 지내고자 애를 썼으나 끝내 난화는 "다음에 그러자 오빠" 하며 따돌려버렸다.

그는 집으로 들어가 혼자 이런저런 궁리를 거듭한다.

결국 결단한 바는 당장 내일부터라도 검찰서기 민동을 미행하여 약점을 알아내어 잘리게 한다는 결의였다.

사실 이 대목에서 난화는 현재 민동이 다니는 서울검찰청에 민동의 난봉꾼 문제가 소문이 자자한 것깐진 모른다. 하지만 방금 전 성호의 말대로 그를 잘리게 할 복안을 내놓는다면 결국엔 그가 잘리게 될 수도 있으리란 기대도 한다.

그러나 성호가 구체적인 답을 내놓지 않자 몹시 궁금하기도 하다. 그가 끝내 침묵을 지켰기에 더 이상 묻진 않고 시무룩한 표정으로 조용히 돌아서 간다.

날이 밝자 성호는 노가다 일을 하러 나가지 않고 서울검찰청으로 용달차를 몰고 달려간다. 검찰주임 민동을 염탐하기 위함이다. 원래 난봉꾼들은 점심시간을 절묘하게 활용하기 때문이다.

민동이 점심때를 틈타 뭔가 어떤 짓을 할 것 같은 공산이 크기 때문이다. 그의 예상이 그대로 적중하는 순간을 맞이한다.

민동은 아반떼를 타고 번개같이 정문을 나와 약 5분 정도 달려갔다. 서초동 휴모텔 주차장으로 바로 직진하는 것이었다.

그 뒤 불과 1분도 지나지 않아 어떤 경차가 쏙 들어가는데 집중하여 보니 모닝이다.

"아! 저것들이구나!" 판단하고 용달차는 조금 먼 곳에서 집중한다. 약 20분 지나자 둘은 나오고 있었고 곧바로 바로 옆에 위치한 휴카페로 들어간다.

성호는 이 모든 장면을 동영상으로 찍어버린다. 그녀의 남편에게 알려 어떤 조치를 취하게 하려는 복안이다.

민동과 그 여자는 다시 나와 각자의 차를 타고 흩어지는데 그녀의 모닝을 성호의 용달차는 매우 거칠게 따라붙는다. 그 여자는 권희인데 종로2가로 달린다. 그녀는 종로2가에서 화장품 가게를 운영하고 있다.

화장품 가게로 들어간다. 때마침 잘 따라붙은 용달차는 멈추고 그 가게 안을 주시하자 그녀는 어디론가 전화를 걸고 있다가 끊는다. 그 후 약 10분쯤 지나자 비슷한 연령대의 남자가 들어오는데 느낌상 남편으로 보였다.

성호는 자신의 직업 노가다 출신답게 마치 포클레인처럼 그곳으로 쇄도한다.

권희는 그가 손님이라 생각하며 "어서 오세요" 하고 인사를 한다.

그는 무작정 폰을 꺼내어 옆에 서 있는 남편으로 보이는 남자에게 그 동영상을 보여줘버린다. 상당히 저돌적인 성향이다.

"자! 보세요. 아저씨. 아저씨 부인이 여기 검찰서기와 이런 데로 들어간 겁니다. 방금 전 내가 찍은 거라고요. 이래도 아저씨는 가만히 있을 건가요?"

남편은 이를 보자 너무 놀라 온몸이 굳는 느낌이다.

"어! 당신이 이게 뭐야! 이 이럴 수가 있나."

남편은 자초지종을 알 것도 없이 번개같이 부인 권희의 귀싸대기를 아주 세게 후려친다.

"ㅇㅇㅇㅇㅇ."

"당신 이런 짓 하러 다니려고 간간이 나보고 가게 일 좀 봐달라고 했던 거야?"

그녀는 귀싸대기를 너무 세게 얻어맞아 바닥에 퍽 하고 쓰러졌다.

남편은 성호를 쳐다보며 "근데 왜 아저씨가 이런 걸 찍어 내게 보여주는 거요?" 묻는다.

"네 별것 아녜요. 내가 좋아하는 여자가 있는데 그 여자를 장난으로 만났던 남자가 바로 여기 동영상에 찍힌 사람이요. 근데 이 자식이 내 여자에게 여간 껄떡거리는 게 아닙니다. 그래서 수를 쓰는 겁니다. 이런 놈 그냥 두실 겁니까? 사장님?"

"네. 그런데 어떻게 검찰서기와."

"뭐 그렇게 된 거예요. 하여간 남편으로서 적당한 조치를 취해야겠지요?"

이 정도 얘기를 하고 성호는 돌아서 나간다. 그가 나간 뒤 남편은 부인 권희를 향해 온갖 욕설을 퍼붓는다. 그녀는 쓰러져 흐느끼고 있다. 남편은 내친김에 곧바로 서울검찰청으로 쳐들어간다. 한참 일하고 있던 검찰직원들은 웬 남자가 난입하자 무슨 사건관련자가 불만을 품고 그러는가 하여 방어태세를 갖출 때 그는 정색하며 소릴 지른다.

"야, 이 직원들과 검사들아 잘 들어라. 여기 직원 중에 홍민동이라고 있지? 그 녀석 관련 동영상을 아까 찍었다. 자, 봐라. 그리고 이건 내가 유포하겠다. 국가의 법질서확립을 위하여······."

사실 그렇지 않아도 이곳에 얼마 전부터 홍민동의 그런 소문들이 자자한데 이젠 구체적으로 증거를 들이미는 사람이 나타나는 바람에 더 이상 어떻게 묵과할 수만은 없는 노릇이 됐다.

이에 서울검찰청은 홍민동 주임에 대한 징계위원회를 연다. 오늘 일요일임에도 불구하고 업무가 산더미처럼 쌓여 있어 다들 나왔다. 징계위원회는 직무의 내외를 불문한 체면 또는 위신 손상행위는 공무원의 외부행위가 공직자와 조직의 체면과 위신을 손상하는 데 직접적인 영향이 있는 행위로서 형사처벌 대상은 물론이고 형사책임이 없는 행위더라도 사회 일반 통념에 비추어 비난 가능성이 있다면 공무원징계처분사유라는 의견을 내놓았다.

예로 간통, 폭행, 성매매 등이 대표적이라 밝혔다. 끝내 결국 홍민동은 파면되고 말았다. 그러나 그 이면에는 민동이 얼마 전 강두진을 심문하는 과정에서 무리한 외압을 행사했기에 이곳 검찰청 내에 두진의 선후배들이 교묘히 민동을 숙청한 측면도 강하다.

그로선 이만저만 충격적인 일이 아닐 수 없었다.

검찰공무원에 합격한 지 불과 2년 만에 파면을 당하는 사태를 맞이하였으니 말이다.

이 소식은 돌고 돌아 결국 강두진, 박채남 변호사와 방원중 원장과 이희라에게도 알려졌다.

이들 모두 다 환호성을 터뜨렸다. 결국 소문을 낸 사람들은 서울검찰청 관계자들이다.

이번 일로 방원중 원장으로선 속이 시원한 것도 있지만, 반면 변호사들에게 불만은 하늘을 찔렀다. 왜냐하면 로펌변호사들이 서울검찰청 검사들에게 그 소문을 퍼뜨렸다는 게 드러났기 때문이다.

그 시기에 푸른로펌 대표 강두진이 법정구속 된다. 박채남 변호사는 이 사실을 친구인 방원중 학원장에게 알린다. 그러면서 검찰조서과정에 홍민동의 무리한 강압적 심문도 있었단 걸 알린다. 그러니까 특히 조서과정에 두진 변호사는 원중 학원장에게 들은 민동의 여자 문제를 밝히지 않으려고 하였으나 민동이 극성떠는 바람에 하는 수 없이 실토할 수밖에 없었단 대목이다.

그러자 방원중은 적잖은 충격을 받는다. 결국 민동의 억측으로 그렇게 된 거구나! 생각한다.

방원중 원장은 자신의 대학 1년 선배인 강두진과, 검찰서기 홍민동이 거의 비슷한 시기에 구속, 파면되는 것을 보면서 세상살이가 무척 허무함도 느낀다.

한편 홍민동은 이번 일로 파면된 후 정신적 충격이 이만저만이 아니었다. 그의 부모는 아들이 국가고시에 붙어 검찰서기가 됐다고 기뻐 여기저기 아는 사람들에게 자랑하고 다닐 정도였는데 2년여 만에 불미스러운 일로 파면되자 완전 망연자실 초죽음상태로 빠져든다.

민동도 초죽음상태에서 마음전환차원에서 광교산을 오르려고 생각 중이다. 일단 파면의 결정적 원인이 된 권희의 남편이 검찰청에 들어와 소란을 떤 부분이다.

그렇다면 권희에게 이 대목에 대해 자세히 물어 알고 싶은 마음이 든다. 민동은 산 입구에 들어서자마자 권희에게 전화를 넣는다. 그녀는 받지 않는다. 며칠 전 화장품 가게에서 남편에게서 너무 강력한 귀싸대기를 얻어맞은 정신적 후유증이 작용하는 것 같다.

이에 그는 문자를 보낸다. 이에 그녀는 〈난 지금 무슨 말을 할 기운이 없는 상태라 몸져누움〉이라고 답장이 온다.

그러자 그는 〈왜 어떻게 남편이 검찰청에 찾아와 난동을 떨게 됐냐고?〉라고 재차 문자를 보낸다. 그러자 그녀는 답장을 안 보내려다가

〈29일 너와 내가 만난 그날 화장품 가게에 웬 노가다 옷차림 한 남자가 들어와 너와 내가 휴모텔로 들어간 장면을 우리 남편에게 보여주며 난동을 부렸는데 그때 나의 남편은 날 후려쳤다고…… 그런 뒤 남편이 검찰청으로 찾아가 난동을 친 거지〉라고 보낸다.

이 답장에 대해 홍민동은 이런저런 상념 속에 빠져든다. 왠지 지난달 중순 난화의 회사 삼진회사 앞에 나타나 난동을 친 그 남자 같은 느낌 좀처럼 지울 길이 없다.

게다가 이를 뒷받침하는 대목은 그가 예전에 난화와 동거생활을 했던 경력이 있기에 더욱 그렇다.

그렇다면 난화가 나와 헤어지려는 복안으로 그놈을 화장품 가게로 보낸 것인가!

이런 별별 생각들이 스치고 스친다.

5.
끝없이 일어나는 객기와 만용

　그런 의미에서 난화에게 엄포와 경고의 문자를 보낸다. 〈너 두고 보자〉 그야말로 섬뜩한 짧은 문자였다. 난화는 이 문자에 너무 놀라 사무실에 앉아 한숨을 푹 쉰다. 두려운 나머지 결국 성호를 오늘 퇴근 시 회사 앞으로 오라고 해야겠다고 판단하여 전화하여 "이따가 퇴근할 때 이 회사 앞으로 와줘"라고 부탁한다.
　그러자 성호는 "왜 또 무슨 일이 있어? 또 그놈이야?" 묻는다.
　"일단 오라고."
　이들은 아직까지 홍민동이 검찰공무원으로서 파면된 사실은 모른다. 이윽고 퇴근 무렵이 되자 성호는 마치 보디가드와 같이 창곡동 삼진반도체 앞으로 간다.
　난화는 나오면서 주위를 두리번거린다. 두려운 민동은 보이지 않는다.
　용달차를 세워둔 성호는 그녀에게 "얼른 들어와"라고 손짓을 한다. 그녀는 번개같이 그 차 안으로 뛰어 들어간다.
　이들은 창곡동 다른 곳으로 빠져나간다. 대중식당으로 들어간 이들은 밥을 먹으며 그녀는 민동에게서 온 문자를 성호에게 보여준다. 성호는 이 문자를 보고 깜짝 놀라며 "어! 이 자식 봐라. 두고 보기는 뭘

두고 봐" 하며 얼굴을 붉힌다.
"그놈이 나와 오빠가 연결된 걸 아는가 봐! 그리고 그날 검찰청에 쳐들어간 남편과 우리가 연결된 것도 눈치챘을 것 같아."
"야, 알면 어때. 그런 추잡한 더러운 새끼 진짜 줘패버리고 싶다."
성호의 분노는 완전 하늘을 찔렀다.

한참 밥을 먹는 도중 그녀에게 희라에게서 전화가 온다.
"그래 희라야. 한참 공부할 시간일 텐데?"
"아니 저녁 먹고 잠시 쉬는 중이야. 너 홍민동이 잘린 거 모르지? 걔 잘렸어."
잘렸다는 소식에 난화는 너무 기뻐 벌떡 일어나 펄쩍펄쩍 뛴다.
"와우. 그 새끼가 잘렸다 잘렸어. 아하하하하."
"야, 난화야. 너 지금 뭐 하는 거야? 잘려 뭐가 잘려?"
그녀는 전화를 끊고 난 후 "그 민동 자식이 검찰에서 잘렸대. 잘렸다고." 흥분을 가라앉히지 못한다.
"아! 그랬구나! 아 정말 잘됐다. 그런 놈은 잘려야지. 그래야 국가의 질서가 확립되는 거지. 참 내가 이번에 큰 역할을 하긴 했구나! 난 보람을 느낀다. 그때 그 남편 검찰에 쳐들어간다고 난리치더니 진짜 일을 내긴 냈구나! 그 양반 정말 큰 일 했네! 우하하하하."
한편, 민동은 무작정 광교산을 올라갔다 내려오면서 심경이 복잡하다. 평일이라 산행객들이 그리 많진 않았으나 띄엄띄엄 한두 명씩 나타나기도 하였다.
내려와 저녁을 먹는데 권희에게서 전화가 오는데 받진 않는다.
이미 그로선 오늘 산행을 통해 이젠 모든 원인과 결과는 간파된 상황이다. 자신의 오매불망 아끼던 일터 서울검찰청에서 잘린 아픔과 상처를 이젠 철저히 갚아주리라! 다짐한다.
 1. 권희 남편의 검찰청 출몰
 2. 박성호의 권희 화장품 가게 등장
 3. 강두진 변호사의 실토
이렇게 3요소로 요약될 수 있다.

 산에서 내려오자 그는 막걸리 생각이 나 무작정 막걸리 집으로 들어가 마신다.
 한 잔 두 잔 들어가며 하나하나 정리를 거듭한다. 자신이 잘리게 된 서론, 본론, 결론으로 말이다.
 1월 14일 자신이 임숙과 데이트하러 종로5가 그 카페에 들렀을 때 구석자리에서 두진변호사가 다 엿들었고, 그 후 그가 원중과 만나 대화하던 중 떠벌린 게 발단이었다.
 곰곰이 음미해보니 두진이 먼저 그랬고 그 뒤 원중이 호응하여 정보를 알려준 형국이란 게 보이기 시작하였다. 서로 떠밀 뿐인 것이다.
 그 후 푸른로펌 변호사들이 서울검찰청 검사들에게 퍼뜨린 것이다. 일단 여기까지는 검찰청에서도 그냥 자신을 봐주려고 쉬쉬하는 분위기였는데, 자신이 난화에게 늘어지는 과정에 그녀가 불안심리가 작용하여 옛 동거남 성호에게 SOS를 요청하자 그가 권희의 화장품 가게에 난입하였고, 그 뒤 권희의 남편은 서울검찰청에 들어와 소란을 피우게 된 사건으로 규정짓기에 이른다.
 일단 이렇게 규정짓기가 완성됐으니 이젠 차근차근 자신이 파면된 한을 풀어내리라! 결심한다. 막걸리를 두 병이나 마셔서인지 취기가 몰려온다. 어렵사리 자신의 집 분당구 야탑동으로 들어갈 수 있었다.

한편, 권희는 지난달 남편에게서 귀싸대기를 강타당한 뒤 결국 이 달 들어 이혼을 당하게 된다. 그녀는 우울증에 빠져 이를 풀고자 광교 중앙역 부근의 살사댄스학원으로 가 연일 땀을 흠뻑 빼며 고통을 잊고자 노력한다.

민동은 요즘 너무 정신이 없어 그 학원에는 가질 못했다.

권희는 이혼 후 예전 다니던 댄스학원에 가 운동하다가 민동이 떠올랐는지 연락을 취해본다.

"야, 민동 잘 지내?"

"그렇진 못해. 누나는?"

"난 이혼당했어. 으흑."

"뭐야! 이혼을 당해? 참나 난 직장에서 잘렸는데."

"뭐야! 넌 잘렸다고? 너나 나나 잘린 건 똑같구나!"

권희도 민동의 이런 사실은 처음 안 거고, 민동도 권희의 이런 사실은 처음 안 거였다.

그녀는 그에게 "시간 되면 댄스학원에 놀러 와"라고 말하자 그는 "그렇긴 한데 난 지금 너무 괴로워. 그런 좋은 직장을 잘렸으니 으으윽" 하며 비명을 지른다.

독이 오를 대로 오른 민동은 여러 가지 원인이 있긴 하지만 결정타는 박성호라는 노가다 출신이라 판단하고 그를 타도하는 쪽으로 일단락지어나간다.

민동은 다시 폰을 들고 권희의 번호를 누른다. 그녀가 "왜 또 했어?" 묻자 그는 "지금 잠시 만났으면 좋겠어" 하고 약속장소를 정하고 만난다.

광교 호수공원에서 저녁 6시에 만난다. 추운 바람이 휭하니 분다. 이들은 추위를 피해 재빨리 식당으로 들어간다.

부대찌개를 주문하여 먹는데 줄곧 박성호에 대한 분노를 표출하는 장이었다.

"누나 그때 화장품 가게에 노가다 옷차림으로 갑자기 나타난 남자 대충 이렇게 생겼지? 이렇게?"

민동은 느닷없이 종이를 꺼내어 그의 얼굴을 떠올리며 그림을 그려본다. 예전에 나름 그림 솜씨가 있었는데 지금 한번 그려보는 것이었다.

"어! 맞아 맞다! 이렇게 생긴 남자였어!"

"음 그래 내가 예상한 대로야 그 노가다 아저씨라고……!"

이들의 분노는 끊길 줄을 모른다. 이젠 공공의 적으로 변한다. 타도 박성호가 되는 순간을 맞이한다.

이들은 자신들의 잘못은 전혀 생각하질 않고 누군가를 끝없이 원망하고 증오하는 거였다.

"누나 우리가 그놈에게 철저히 당했는데 여기서 그냥 말 순 없잖아? 때려 엎어야지 안 그래?"

"어떻게?"

민동은 위와 같이 때려 엎어야 한다고 호기롭게 말하였으나 문득 좋은 아이디어가 떠오르지 않아 멈칫멈칫거린다.

그가 자신을 수렁에 빠뜨린 노가다 출신 성호부터 시작하여 로펌변호사들이나 영광고시 학원장과 추가로 희라까지 응징의 계획을 세우고 있는 시점에 강두진 변호사가 배임죄로 법정구속 되면서 애인을 잃은 이서여는 몹시 쓸쓸한 심정인 가운데 또 다른 만남을 찾고 싶은 충동에 사로잡힌다.

작년 4·15 총선 때 같은 선거운동원이었던 홍자에게 모레 화요일 시간되면 같이 산행하자고 하려고 연락을 취해본다.

홍자는 반갑게 받으며 "요즘 어떻게 지냈어요? 서여 씨?" 묻는다.

"네. 그냥 그럭저럭 지냈습니다. 홍자 씨는요?"

"네. 뭐 그렇지요."

"다름이 아니라 모레 화요일 시간 되면 산행을 하는 게 어떨까요? 기분도 조금 그렇고요."

"네 그것도 너무 좋은 생각입니다."

그녀들은 의견이 일치되어 북한산에 오르기로 합의하였다. 이윽고 18일 화요일이 되자 이들은 서여의 옷 가게에서 만나 서여의 차 K7을 타고 떠난다. 홍자는 차가 없어서 그러는 것이다.

작년 4·15 총선 선거운동원들이고 그 당시 나름으로 좋은 사이로 지냈기에 다시 만날 수 있는 것이다.

이들은 차 안에서 이미 지난달 중순 광교 호수공원에서 일어난 일을 기억하기에 기분이 다소 뒤숭숭하기도 하다.

"홍자 씨. 그날 좋았어요? 히히."

"뭘 좋아요. 좋기는 그런 것들."

그녀들은 같은 39살인데 이런 쪽에 욕망이 꽤 강하다. 홍자는 나이든 애인을 불쾌하게 생각하는 것만큼, 서여는 최근 두진 변호사가 법정구속 되면서 짝을 잃어 여간 괴로운 일이 아니다.

그렇기에 오늘 홍자를 끌어들여 산을 오르려는 것이다. 어느새 목적지에 다다랐다.

겨울철 북한산은 그야말로 절경이었다. 요즘 눈이 내리진 않았지만 산 그 자체가 대단하였다.

이들은 내려 한 걸음 한 걸음 오르기 시작한다. 중턱쯤 오르기 전에 이서여는 또 넋두리를 시작한다.

"홍자 씨 내 애인 강두진 변호사는 구속됐습니다. 참 허무하죠. 참 잘나갔던 사람인데 말이에요."

"어! 그래요. 그래요. 그 사람이 그렇게 됐어요? 작년 우리가 그 사람 국민밖에 모르는 당 국회의원선거 나왔을 때 한참 선거운동 할 때 보면 굵직굵직하게 아는 사람들도 꽤 많던데 그런 사람도 그렇게 되는군요."

"난 내 애인이라 더 괴로워요. 난 너무 외롭잖아요. 남편은 시들시들 하고……."

그러다가 잠시 침묵을 지키며 묵묵히 산을 오른다. 홍자도 요즘 조경문과의 관계가 시들시들하긴 마찬가지이다.

그녀는 욕심이 너무 많아 태화고교동창 임숙의 애인인 꽤 젊은 홍민동을 보며 복통과 시샘하는 마음이 극을 달린다.

그녀는 이날도 산에 오르며 그때처럼 임숙을 시샘하는 말 넋두리를 이어간다. 홍자가 수도 없이 이 말을 반복하는 걸 보면 임숙의 애인 민동을 보고 여간 반한 게 아니다.

"그때 말한 그 고교동창은 젊은 영계를 물고 다닌다고요."

계속 이 말을 듣던 서여도 임숙이란 여자에 대해 지난달 종로5가 그 근사한 카페에서 엿들은 기억과 두진에게서 들은 내용을 생각나는 대로 말할 것 같은 충동적인 넋두리의 유혹에 휩싸인다.

그 유혹을 견디지 못하고 끝내 발설하고 만다.

"네, 홍자 씨. 홍자 씨의 친구 그 임숙이란 사람은 젊은 남자를 만나긴 합니다만 그 남자는 검찰서기였어요. 근데 그 사람 잘렸다는 소문이 됩니다."

"예에."

홍자는 임숙과 사이가 매우 안 좋고 껄끄러운데 이런 새로운 정보를 접하게 된다.

서여는 이날 홍자를 만나 작년 선거운동 했던 추억도 떠올리며 또 그 선거운동 했던 후보가 구속된 현실을 얘기하며 서로 넋두리를 늘어놓는 시간으로 채웠다.

이날 밤 임숙은 민동에게 전화를 넣어 "댄스학원에 나오라"고 말한다. 그러자 그는 "난 요즘 직장 잘려서 아직은 그럴 정황이 없어" 하며 넋두리를 늘어놓는다.

그녀는 깜짝 놀라며

"어! 그런 일이 있었다고 아아 그랬구나! 참 안됐다. 이를 어쩌지 어쩌다가 그런 일이 다 벌어졌어?" 소릴 지른다.

한편, 지금 한참 4월 초 법원서기보를 대비하여 피치를 올리고 있는 이희라는 최근 홍민동이 파면된 사실에 대해 더더욱 힘이 나고 신이 나는 바람에 공부가 더더욱 잘된다. 이젠 한 달 반밖에 남질 않았는데 어떨지 모를 일이다.

이윽고 대망의 시험 날이 다가왔다. 긴장을 많이 해서 그런지 평소 암기력 부족인지 모르지만 그녀는 시험장에 들어서자 이런저런 상념들이 쌓여 당황하다가 시험지를 받아보자 기억나는 게 아무것도 없었다. 그래서 여기저기 찍을 수밖에 없었다.

그러니 결과는 안 봐도 뻔한 노릇이다.

그녀는 이번 자신의 암기력 부족의 원인을 오로지 홍민동에게 돌려버린다. 그가 난화를 괴롭히는 바람에 너무 신경 쓰여 집중할 수 없었다. 이런 쪽으로 홀로 넋두리를 늘어놓는 것이다.

게다가 이런 원인을 유발한 그에 대한 보복심까지 증폭되기에 이른다.

"아! 그 자식 때문에 난 이번 시험 망친 거라고……."

이렇듯 혼잣말로 중얼중얼거리더니 결국 절친 난화에게 전화하여 만나자고 말한다.

시험 본 바로 다음 날 화요일에 난화가 사는 창곡동으로 달려간다. 난화도 희라를 반겼다. 애써 어제 어려운 시험을 봤기에 위로해주고 싶은 거였다.

"시험은 잘 봤니?"

"아니 뭘 잘 봐. 완전 망쳤다고…… 그놈 홍민동 때문이야. 그 자식이 널 괴롭히는 바람에 내가 너무 신경이 예민해져 그만 이렇게 된 거라고. 으으으."

"으윽. 나 때문에 신경 써서 공부에 방해가 됐다니 내가 미안하다! 아아."

그런데 희라가 봤을 때 이곳 난화의 집엔 남자의 옷들이 여기저기 걸려 있어 고개를 갸웃한다.

"야, 난화야. 근데 여기 네 집에 무슨 남자 옷들이 이렇게 있는 건데?"

"……."

잠시 침묵을 지키는 난화이다. 그러자 희라는 조금 눈치를 채는 듯이 미소를 짓는다.

"야, 너 저번에 작년에 동거하던 남자가 회사 앞에 쳐들어와 생난리를 쳤다고 했는데 혹시 그 사람과 다시 결합한 거 아냐? 아무튼 홍민동보단 낫겠지!"

난화는 고개를 끄덕이며 "그래 맞다!" 하며 겸연쩍은 미소를 짓는다.

그녀들이 한참 밀크커피를 먹으며 담소를 나눌 때 현재 동거남 박성호가 들어온다.

"어! 오빠 일찍 들어오네! 조금 늦을지도 모른다고 했잖아?"

"아니 뭐 그렇지 뭐! 하하."

희라는 친구 난화가 이렇게 노가다 하는 남자를 좋아하고 동거를 한다는 게 매우 의아하기도 하다. 난화는 삼진반도체를 다니기에 마음먹으면 더 좋은 직업군의 남자를 충분히 만날 수도 있는데도 왜 이럴까! 이상하단 생각도 한다.

물론 꼭 직업으로 인생의 모든 걸 결정한다고 볼 수는 없지만 말이다.

성호는 들어오자마자 냉장고로 달려가 소주 파란색 꽃이슬을 꺼내 들고 와 막 들이붓는다. 이에 그녀들도 덩달아 마시게 된다. 그는 자신이 하는 일이 잘 안 풀릴 땐 이렇게 마구 소주를 먹곤 한다.

성호, 난화는 지난달 중순부터 다시 합쳤다. 그가 줄기차게 다시 "동거할 수 있게 받아달라"고 애걸복걸하는 바람에 그녀가 크게 흔들렸다.

난화가 서둘러 동거결정을 한 것은 어쩌면 민동의 급습을 막기 위함이기도 하다.

희라는 어제 시험에서 너무 망치다 보니 홧김에 막 소주가 막 들어가고 있다.

"야야야, 희라야. 천천히 천천히 먹어라. 너무 그렇게 막 먹으면 안 좋아!"

"아니, 아니야. 기분이 더러울 땐 꽃이슬이라도 막 먹어야지 뭐!"

이들은 홍민동이 앞으로 무슨 짓을 저지를지도 모르니 단단히 막아내자는 쪽으로 의견이 일치됐다.

시간 가는 줄 모르고 소주를 먹는 중 희라에게 학원장 원중으로부터 전화가 걸려온다.

받자마자 그는 "어제 시험 잘 봤니?"라고 묻는다.

"뭘 잘 봐. 잘 보기는 그놈 때문에 완전 망쳤지 뭐! 으으."

방원중과 이희라는 학원장과 수강생 관계이기도 하지만 쥐도 새도 모르는 은밀한 애인 사이이기도 하다.

"시험도 다 끝났으니 이젠 한번 만나야지. 안 그래 희라야?"

"그렇긴 한데……."

희라는 앞에 이쪽저쪽 눈치를 보더니 얼른 전화를 끊는다. 이에 난화는 "야, 희라야 내 눈치는 보지 마!" 하며 더 리얼한 대화를 해도 괜찮다는 표정을 짓는다.

이런 상황에 대해 성호는 무슨 얘기인지 자세히 모르기에 그저 우두커니 가만히 있을 뿐이다.

해 질 녘, 희라는 난화 집에서 나와 자신의 집, 분당구 동원동으로 돌아간다. 절친 난화를 만나 소주를 들이부었으나 시험을 망친 울분은 좀처럼 가실 줄을 몰랐다.

이젠 또 뭘 할까! 고민에 사로잡힌다. 그 법원서기보를 1년을 더 하기엔 지겹다는 마음도 든다. 물론 1년 더 했다고 꼭 붙으란 법도 없지만 말이다. 워낙 어려운 시험이라 그렇다. 인터넷 이것저것 꾹꾹 누르다 보니 7급이 있고, 법무사가 있다.

과목을 비교해보니 법무사가 낫겠다 싶어 해볼까! 하는 충동에 사로잡힌다.

학원을 알아보려고 검색해보니 최근 야탑역 부근에 법무사학원이 새로 생겼다.

4번 출구인데 걸어서 10분 거리라 꽤 좋았다. 며칠 쉬었다가 한번 가보리라! 생각한다.

취기가 가시기도 전에 그녀는 침대에서 곯아떨어졌다.

아침이 되자 학원장 원중에게서 또다시 전화가 걸려온다.

"왜 또……?"

"야, 희라야 법원시험도 끝났는데 이번 시험 본 사람들과 합격자들과 만나 우호를 다지는 시간을 만들어보고자 한다. 우리 학원 발전을 위하여 말이야! 하하."

"지난 1월에 했는데 또 해?"

"네 시험도 끝났으니 조금 한가롭게 할 수 있잖아? 시험 망친 건 너무 신경 쓰지 마라. 더 열심히 해서 다음에 붙으면 되지 뭘! 흐흐."

"원장 마음대로 하셔요."

원중은 끊자마자 본원우호의 날을 잡아보려고 물끄러미 달력을 쳐다본다. 이번 주 토요일이 좋겠다는 생각이 든다. 그래서 본원 직원에게 이번 주 13일 월요일에 지난 1월처럼 본원 출신 우호의 모임날을 정하라고 지시를 내린다.

그러자 직원은 본원 출신 합격자든 이번에 시험을 친 수강생을 포함하여 모임을 개최하는 날이라고 공지를 띄운다.

이 순간 가장 먼저 이 공지를 본 사람은 홍민동이었다. 그는 현재 심각한 방황 속에 빠져 있다. 그런 중 이런 공지를 보자 더더욱 격한 감정이 끓어오른다.

그로선 무척 달갑지 않은 일이다. 자신의 현재 처지가 그렇기 때문이다. 문제는 원중 입장으로는 당연히 민동 같은 인간, 검찰에서 파면된 자는 이번 모임에 제외해야 된다고 생각하면서도 순간 깜빡하여 직원에게 이 대목을 알리질 못했다.
 이에 직원은 모든 합격자와 수강생에게 카톡을 날리게 된 것이다.

 하루하루 시간 지나 그날 13일이 찾아왔다.
 공지에 그때 1월과 똑같이 장소와 시간을 정하였기에 종각 엔엔뷔페에 저녁 7시에 사람들이 몰려들기 시작하였다.
 이 학원은 법원 검찰공무원전문학원이다 보니 합격자들과 이 직종 수험생들이 한자리가 됐다.
 7시 10분쯤 되자 홍민동이 시무룩한 표정을 지으며 들어오고 있다. 이를 지켜보던 방원중 원장과 이희라는 매우 놀라 얼굴이 굳어진다.
 "어! 저 저게 저 인간이 여길 올 수 있지."
 방 원장은 도저히 안 되겠다 싶어 민동에게 다가가 "민동 씨. 민동 씨는 오늘 여기 참석하면 안 됩니다. 그러니 그냥 돌아가주세요" 하며 그를 매섭게 노려본다.
 "왜 안 된다는 겁니까? 제가 왜 안 되냐고요?"
 "민동 씨는 얼마 전 공직자로서 그런 불미스러운 일이 발생했으니 안 돼요. 그러니 이 자리에 오면 안 되는 것이죠."
 "거 참, 어떻게 여기저기 돌고 돌아 여기까지 다 퍼지긴 퍼졌군! 으윽."
 그가 물러설 것 같지 않은 자세를 취하자 원중은 도저히 안 되겠다고 판단하여 고함을 치기 시작한다. 어느 정도 떨어진 자세에서 이를 지켜보던 서울검찰청 절친동료였던 전영철이 일어나 실랑이가 일어난 지점으로 걸어온다.
 영철입장으로도 마냥 민동 편을 들 수도 없는 노릇이다. 민동이 성범죄로 그리된 것이라서 그렇다.

"아아, 민동 씨. 민동 씨가 이해하고 그냥 돌아가주는 게 낫겠어! 일단 원장님이 그렇게 판단하고 계시니까 말이야! 자 그만 그럽시다" 하며 그의 팔을 막 당긴다.

그러자 민동은 확 뿌리치며 "아니, 놔아. 놔아! 놓으라고 놔!" 하며 고함을 친다.

"아니 검찰에 잘린 사람은 이런 합격자모임에 오면 안 되는 거야! 이 시발."

난동을 부리는 수준으로 치닫는다. 그는 욕설에 이어 몸을 막 비틀더니 이리저리 뛰어다니며 더 거친 욕설을 퍼붓는다. 그가 이 순간 더더욱 격분하는 까닭은 원장이 예전에 자신의 여자 문제를 여기저기 변호사들에게 떠벌리고 다녔다는 정보가 있었기 때문이다.

결과적으로 그런 일로 말미암아 자신이 파면됐다는 피해의식이 엄습하기 때문이다.

게다가 믿었던 절친동료 영철마저도 학원장 편을 드니 여간 짜증 나는 게 아니다.

그가 그토록 저항하며 퇴장하지 않으려고 몸부림을 치자 원장은 급기야 경찰에 신고한다.

신고접수를 받은 종로경찰서는 불과 3분도 채 안 되어 경찰들이 종각 엔엔뷔페로 들어온다. 민동은 제복 입은 순경들을 보자 어이가 없다고 여기며 더욱더 크게 고함친다.

"뭐! 이런 순경들이 들어와. 다 이것들 내 아랫것들이잖아! 이것들이 감히 검찰서기에게 두 눈 부릅뜨고 제재를 해? 에잇~ 참나."

그가 이런 말을 하자 장 내에 모인 많은 사람들은 한바탕 큰 웃음이 쏟아진다.

"우하하하하."

이 웃음은 그의 그 말을 부정해서가 아니라 이런 와중에도 그런 주장을 했다는 것 자체 때문이다. 아랫것들이란 표현을 들은 순경들은 더더욱 화가 치밀어 올라 그를 잡아당기며 연행하여 간다.

이 장면을 지켜보는 영철은 그저 안타까울 뿐이다. 민동 편을 들기도 그렇고 그래도 대의명분상 학원의 입장을 고려하지 않을 수 없기 때문이다.

그가 끌려간 후 잠시 소강상태가 됐다. 그러자 이희라가 흥을 돋우기 위해 전면에 나서 "와아 우리 영광고시학원의 출신 여러분. 이렇게 만나 뵙게 되어 매우 반갑습니다. 방금 전 생난리를 친 인간은 얼마 전 검찰직원이었는데 여러 여자 문제가 얽혀 파면된 자입니다. 그럼 오늘 이런 자리엔 자기 스스로 오지 않는 게 상식과 원칙인데도 저렇게 뻔뻔하게도 나타난 겁니다. 후안무치한 놈 맞죠? 저런 놈은 이 자리에서 내쫓아야 하는 게 맞습니까?" 하며 열을 올린다.

그러자 뷔페에 모인 많은 본원 출신들은 일제히 "우아아아아" 함성을 치며 자리에서 벌떡 일어나 우레와 같은 기립박수를 보낸다.

그러나 영철의 마음속은 꽤나 불편하기 짝이 없다. 17년 이 학원에 함께 다니며 9급 검찰을 붙기 위해 혹독한 맨투맨 스터디를 하며 지냈던 추억이 서리기 때문이다.

이들이 이렇듯 유쾌, 상쾌, 통쾌한 영광학원인의 밤을 보낼 때, 종로경찰서로 끌려간 그는 인근소란죄로 조사를 받는다.

그는 자초지종을 말하였으나 경찰은 좀체 받아들이질 않는다. 그러자 그는 도저히 안 되겠다 싶어 영철에게 전화를 넣어 "원장에게 잘 말해 빨리 빠져나오게 해줘"라고 애걸복걸한다. 그 뒤 방 원장은 희라와 이런저런 대화를 한 후 "야, 그 자식 한번 봐주자"고 하자 그녀는 "그래요. 파면된 것만으로도 우린 대만족이니까" 한다.

지금 한참 모임행사가 진행 중인 상태에서 원중, 희라가 경찰서에 찾아가 선처의 뜻을 내비쳤다. 이에 민동은 가까스로 풀려날 수 있었다.

뒤돌아서서 가는 민동의 얼굴엔 한이 가득 차 있었다. 그는 하루를 침통하게 보낸 뒤 다음 날 수요일이 되자 새로운 활로를 뚫어볼까 하는 생각에 포르쉐 911 카레라를 타고 여기저기 돌아다닌다. 검은색이라 야성이 돋보이기도 하였다. 새로운 삶을 개척하는 야성 말이다.

집에서 나와 야탑역을 도는데 새로 생긴 법무사학원이 눈에 들어온다. 생긴 지 얼마 안 되어 산뜻하게 보였다.

차를 세우고 들어가보리라! 마음먹고 들어간다.

이것저것 훑어보니 이곳은 완전 법무사만을 대비하는 전문학원이었다. 복도에 비치된 음료자판기에서 밀크커피를 한 잔 빼 옆 의자에 앉아 상념에 잠긴다.

아! 내가 새로운 시험에 도전할 것인가! 이것이다.

커피 잔이 다 비워져가는 순간 그는 문득 "아! 난 할 수 있다!"라고 결단하고 바로 상담실로 들어가 접수한다.

바로 해당 교재를 구입하고 오후 강의부터 듣겠다고 밝힌다.

예전 9급 검찰을 공부할 때 그 과목과 다르기도 했지만 나름 진지하게 임한다. 시간 가는 줄 모르게 오후강의가 다 지났다.

야간시간에도 강의가 잡혀 있어 연속으로 들을 생각이다. 이왕 하려고 마음먹은 거 정말 제대로 해보자는 심리가 작동한다. 밖에 나가 김밥을 2줄 먹고 들어온다.

야간강의는 헌법인데 책을 한번 대략 쭉 훑어본다. 정각 7시가 시작인데 어디선가 본 기억이 나는 한 여인이 헌법 책을 들고 쑥 들어온다.

그녀는 그를 보자 "어!" 하고 깜짝 놀라며 소스라치는 몸짓을 취한다. 그도 그녀를 보자 "아!" 하며 쿵 하는 심정이다.

그녀는 바로 이희라였다.

엊그제 종각 엔엔뷔페에서 격돌이 벌어져 인근소란죄로 그를 신고하여 종로경찰서까지 가 다툼이 일었는데 여기서 또 보게 되는 상황이다.

둘은 여간 짜증 나고 당황스러운 게 아니었다.

희라는 태연한 척하며 그 책을 들고 구석 자리로 가 앉는다. 그러면서 속으로 "으으. 저 인간도 이거 법무사공부를 하러 왔구나! 검찰 파면되고 할 게 없으니 그런 거 아냐. 근데 왜 하필 나하고 같은 학원에서 보게 되냐고" 하며 푸념을 늘어놓기도 한다.

이런 푸념은 민동도 마찬가지였다. "으으 저런 역겨운 년이 법원서 기보를 공부하던 게 법무사를 공부하러 들어오네! 넌 공인중개사나 해라." 이렇듯 속으로 비난한다.

이들이 그러는 사이에 헌법강사가 들어온다.

남자강사인데 꽤 키가 큰 편이다.

"아! 지난번에 이어 계속 강의를 이어가겠습니다. 네 그렇습니다. 기본권입니다."

민동, 희라는 짜증 나는 것도 잠시 이젠 집중할 시간이 왔다. 민동은 안 했던 과목이라 무척 생소했고, 희라는 중복되는 과목이라 알아듣기에 편했다.

 어느새 1시간이 지나고 10분 쉬는 시간이 됐는데 둘은 화장실을 가려고 일어나 나가다가 두 눈이 부딪쳤다. 마치 종합격투기에서 계체량을 할 때 노려보는 그런 모습이다.

 민동은 속이 부글부글 끓어올라 제대로 집중이 되지 않았다. 희라는 들어오다가 헌법강사와 옷깃이 쓱쓱 부딪쳤다. 그러자 강사는 환하게 웃는다.

 강사가 웃는 모습을 보자 민동은 고개를 갸웃거린다. 그녀는 강사가 웃은 것에 대해 뭔가 생각에 잠긴다. 강의시작 전 강사는 희라를 쳐다본다. 그녀도 그를 주시한다.

 "아 네. 오늘 처음 본 분들이 제법 보이는군요. 저는 헌법을 강의하는 배철준이라고 합니다. 저는 정자역에서 현직 법무사로 일하고 있습니다. 근데 이 학원이 생겨 오게 됐습니다. 학원장님과는 친분이 있습니다. 그래서 야간에 이렇게 강의를 하는 거예요. 앞으로 잘 부탁드립니다. 하하하."

 이렇게 짧게 인사말을 하고 다시 강의에 들어간다. 방금 전 철준이 환하게 웃은 이유는 희라를 보고 야릇한 관심이 생겼기 때문이다. 그는 법무사이자 이 학원 헌법강사이기도 하고 게다가 유부남이기도 한데 이렇듯 학원에서 마음에 드는 여자들만 나타나면 이런 윙크 같은 걸 보낸다.

 금세 수업이 다 끝나갈 시간이 다 됐다. 밤 10시 가까이가 되자 마친다는 말을 하며 나가버린다.

 희라는 민동의 눈치를 보며 쏜살같이 빠져나간다. 그 뒤를 불만으로 가득 찬 얼굴로 민동이 빠져나간다.

6.
변화를 일으키며 회오리를 따라간다

희라는 동원동 집으로 들어가자마자 영광고시 학원장인 방원중에게 전화하여 "오늘 야탑에 법무사학원에 갔는데 민동이 와 있어요. 그걸 공부하려는가 봐"라고 말한다.

"뭐! 그랬다고? 참 그거 기이한 일이네. 넌 가는 곳마다 꼭 그런 것들이 걸리니?"

"아까 생각으론 그 학원 가지 말까 했는데 지금 생각해보니 그냥 다닐 수 있을 것 같다. 왜냐하면 그런 자식들 그냥 초월해버렸으니 말이야!"

"야, 근데 그놈이 우리에게 앙금도 있을 텐데 그놈이 널 해코지할 수도 있을 것 같은데 말이야! 괜찮을까?"

"걱정 말라고. 난 가방에다 날카로운 칼을 갈아 가지고 다닐 거라고. 여차하면 확 찔러버릴 거야! 정당방위이니까 얼마든지 그럴 수 있다고 형법의 정당방위……."

"뭐? 칼을."

원중은 깜짝 놀라며 온몸이 굳는다. 희라가 농담이기를 바랄 뿐이다. 끊고 나서 그는 궁리를 해본다. 구태여 꼭 그 학원이어야만 하는가! 다른 데로 가면 어떨까!

만약 희라가 계속 그 학원을 고수한다면 위험하니 자신이 매일매일 그곳에 가 보디가드 역할을 해주는 방법 같은 걸 생각해본다.

어쩌면 이희라로서는 며칠 전 법원서기보를 보고 벌써 떨어진 것 같으니 더 방황하지 않고 곧바로 법무사학원을 다니면서 새로운 돌파를 시도한다는 것은 수험생으로선 참 바람직한 일이기도 하다. 문제는 난적 홍민도 그 학원으로 들어왔기에 문제이긴 하다.

다음 날도 헌법은 들어서 책을 들고 들어간다. 야간 수업인데 이날도 강사는 어제처럼 희라를 보고 자꾸 웃는다. 그녀는 7시 수업이 시작되기 5분 전 잠시 복도로 나와 원중에게 전화하여 "여기 헌법강사가 자꾸 나를 보며 웃는다"라고 귀띔한다.

"야, 희라야. 내가 볼 땐 네게 관심 있어서 그러는 거야! 그 인간이 그냥 그럴 리가 없어. 그러니 네가 알아서 잘 처신하고 잘 피하라고. 피하는 게 상책이다. 또 괜히 헌법이 어쩌고저쩌고 하며 내용 들먹이며 접근해 들어올 수도 있어 그게 원래 접근 전법이니까 그럼 그냥 됐다고 해. 공부는 내가 알아서 합니다, 라고 말해."

"그래."

그녀는 끊고 들어가 착석하고 수업에 집중한다. 민동도 수업에 집중한다. 약 15분 정도 책 내용을 설명하더니 그 강사는 느닷없이 "아아 제가 말이죠. 여기 앞에 너무 미인들이 많아 제가 설명하는 데 조금 방해가 되기도 합니다. 아하! 조금 이해해주시길 바랍니다" 하며 뭔가 운을 띄운다.

그러면서 헌법강사 배철준은 이희라를 집중하여 바라본다. 그녀도 그를 집중한다.

그러자 주변의 다른 여자수험생들이 다들 눈치를 챈다.

배철준 강사는 지금 이 정도로 언질을 줬으니 이젠 다시 강의에 집중해도 되겠다 판단하고 시작한다.

이 상황을 그녀는 재빨리 그대로 원중에게 문자로 보낸다. 원중은 〈그거 참〉이라고 답장을 보낸다.

원중은 오늘은 야간에 형법이 들었음에도 불구하고 가족이 몸이 아픈 사람이 있어서 가봐야겠다고 핑계 대고 수업을 일찍 끝내고 야탑으로 달려간다.

원중이 야탑에 도착한 시각은 저녁 8시 반쯤이다. 그가 타고 온 벤츠 S클래스를 이 학원 주변에 세운다. 자신도 종각에서 학원을 운영하는 사람이라 그런지 이 야탑에 새로 생긴 법무사학원에 대해 눈여겨보는 마음은 새삼 새롭다. 아무래도 업종이 같기 때문이고 학원장이라 그렇다.

그는 희라에게 〈여기에 도착했다〉는 문자를 보낸다. 그는 이 순간 그녀에게 이 학원을 다니지 말라고 해야겠다는 생각을 하게 된다. 이게 속 편할 거라고 판단한다.

지금 이 순간 그녀는 수업 중이라 그 문자를 못 봤다. 수업이 한 차례 끝나면 보게 될 수 있다. 8시 50분쯤 되자 한 차례 휴식을 갖는다. 그제야 그녀는 그에게서 온 문자를 보게 된다. 복도로 나와 전화를 넣는다.

"아! 그렇다고 금세 여기까지 달려와?"

"뭐! 그렇지 뭐, 일단 지금 그냥 나와라. 내가 밖에 차 안에서 기다리고 있으니까."

희라는 "알았다" 하고 가방에다 물건들을 챙겨 나가는 찰나에 헌법강사 철준은 강의를 위해 들어오고 있다. 그러는 중 그녀가 가방 들고 나가자 "어! 왜 이리 일찍 가십니까? 아직 수업이 안 끝났는데요"라고 강사가 말한다.

그러자 그녀는 아무 말 없이 그냥 확 뛰쳐나가 엘리베이터를 기다릴 새도 없이 계단으로 막 뛰어 내려간다. 강의실이 2층인데 강사는 그녀가 내려간 1층 쪽을 유리창으로 바라본다.

그랬는데 그녀가 벤츠 S클래스에 올라타는 장면이 보이고 옆 운전석엔 남자가 있는 게 보였다.

철준은 다시 들어와 강의를 진행하기 전 속으로 그녀의 뒤태를 한번 떠올려본다.

꽤나 매력적인 여자였다고 느낀다. 강의를 집중하질 못한다. 심란하기 때문이다.

내일은 헌법이 든 시간이 아니라 몹시 아쉽다고 느낀다. 한편 아까 달아난 희라는 원중의 벤츠를 타고 모란 쪽으로 빠져나가 생맥주집에 들어가 맥주를 마신다.

원중은 희라가 시험 끝날 때까지는 집중차원에서 추근거리지 말라고 말했었는데 이젠 시험도 끝났고 지금쯤은 오붓한 데이트를 할 순간이 왔다고 판단하게 된다.

며칠 전, 영광학원 출신 모임 날은 상황이 여의치 않아 안됐지만 지금은 그렇다고 생각한다. 여태 학원장 원중은 수강생 희라를 바라보기만 하며 몸이 무척 근질근질거렸는데 이젠 몸을 하나로 섞을 기회가 도래했다고 판단한다.

섹스 할 타임이 왔다. 그간 희라와 참았던 섹스를 할 시간이 왔다. 속으로 벌렁벌렁거린다.

생맥주가 몇 병 들어가자 이들은 몸이 흔들리기 시작하였다. 서로는 눈을 빤히 쳐다본다.

"야, 희라야 너 시험 끝날 때까지 내가 그저 꾹 참았다. 네 속살이 그리웠다고…… 우하하하하."

이렇듯 다소 혀가 구부러진 소리로 원중이 말하자 희라는 살며시 미소를 짓는다.

"가자, 원장님."

그녀의 호기로운 짧은 한마디에 그는 흥분되어 벌떡 일어나 그녀의 손을 잡고 밖으로 나가 곧바로 모텔로 들어가 붉은 시간들을 채운다. 지금 이 시각 야탑역 부근 법무사학원에선 밤 10시가 조금 넘자 강의가 다 끝나고 헌법강사 배철준은 집으로 들어가기 전 무심히 그녀의 모습을 한번 떠올려본다.

철준은 집이 모란인데 승용차를 몰고 간다. 내일은 헌법이 없고 모레 들었다. 모레가 그토록 기다려진다. 이름 모를 여자수강생을 떠올리며 가다 보니 금세 모란 집 주변에 다다랐다. 차가 코너를 도는데 힐튼모텔에서 아까 그 여자수강생과 아까 벤츠 운전석에 탔던 남자가 나온다. 철준은 가슴이 쿵 한다.

"어! 이게 뭐야 여기서."

잠시 차를 세우고 그들의 동태를 살핀다.

4월 16일 밤 10시 20분 철준이 자신의 집 모란으로 가다가 모텔에서 벤츠남과 여수강생 나오는 것 목격한다.

그들은 나와 마트 쪽으로 걸어가더니 무슨 먹을 것을 사 들고 나와 다시 그 모텔로 들어가는 것이었다. 이때 헌법강사 배철준은 저들이 애인이라는 생각을 하게 된다.

남자가 마스크를 끼고 있어 제대로 알아볼 순 없지만 나이 차도 대충 그럴 것 같다고 느낀다.

게다가 벤츠 S클래스 쥐색을 몰고 다닐 정도면 꽤나 돈도 있을 거라고 추측한다. 그걸 보자 자신의 그랜저가 조금 초라해 보이기도 하다.

다시 슬슬 액셀을 밟으며 집으로 향한다. 모란동 스위트빌라로 들어간다.

한편 다시 모텔로 들어간 그들은 아까 그런 것으로도 모자라 또다시 붉은 시간으로 채워간다. 학원장이면서 형법강사인데 그 학원 수강생과 눈이 맞아 그러면서, 얼마 전 파면된 검찰서기 출신 홍민동의 삐뚤어진 요란한 삶에 대해서 온갖 흉을 다 늘어놓는다.

다음 날은 야탑 원원법무사학원은 헌법이 안 들은 날이라 철준은 정자역 법무사사무실로 가 현직만을 집중한다.

하루 내내 그는 온통 학원수강생 이름 모를 그녀가 머릿속에서 아른거린다. 그렇지만 참으며 오늘 하루만 잘 버티면 내일은 그녀가 강의 들으러 올 것이기에 볼 수 있으리라는 기대감에 젖어 있다. 어젯밤에 학원에 온 벤츠남을 보고도 그녀를 한번 차지해볼 수도 있으리라는 야심에 가득하다.

이미 희라는 원중과 치밀한 방어벽을 세우고 있는 마당에 철준의 도전이 상당히 무모한 행동이 될 수 있다.

철준은 오늘은 법무사업무를 마치고 집에 들어가지 않고 홀로 모란역 주변 한 생맥줏집에 들어가 맥주를 마신다. 2병쯤 마셨을 때 핸드폰 벨이 울려 보니 집에서 와이프가 하는 거였다. 받기 싫어 안 받는다. 그랬더니 문자가 날아온다.

〈자기 지금 어디에 있는 거야?〉

이런 문자가 오자 그는 "어휴~ 정말 못생긴 게 왜 그리 안달을 부려!" 하고 혼잣말로 중얼거린다. 그는 10년 전 법무사공부를 할 때 학원에서 만난 여자와 결혼하였다. 그 여자도 같은 공부 중이었는데 결국 떨어졌다. 지금은 공인중개사를 하고 있다.

철준은 권태기가 극도로 심해져 거의 매일 술로 답답함을 채운다. 늦은 밤 집에 들어선다. 와이프가 "왜 그렇게 늦었어? 전화도 안 받고?" 묻자 "됐어" 하고 그냥 방으로 들어가버린다.

다음 날은 야탑 원원학원에 헌법이 들은 날이라 그녀를 볼 수 있으리라고 한껏 부풀어 오른다. 머리도 잘 빗고 야릇한 향기가 나는 메르세데스 벤츠 향수도 막 뿌리고 학원으로 달려간다.

그러나 강의 시작 시간인 저녁 7시가 됐는데도 그녀는 보이지 않는다. "이게 어떻게 된 일인가!" 이렇게 속으로 낙담하기 시작한다.

희라가 안 보이는 까닭은 원중이 '학원에 며칠간 나가지 말라'고 코치했기 때문이다.

다른 법무사학원을 알아보자는 훈수를 뒀다. 희라가 안 보이자 민동도 생각이 조금 복잡해진다.

이들이 이곳에서 이런 복잡한 관계를 형성하고 있을 즈음 2달 전 배임죄로 법정구속을 당한 강두진은 가석방이나 형집행정지 신청을 하여 빠져나오려고 온갖 궁리를 다 하고 있다.

급기야 푸른로펌의 박채남 변호사는 법무부 쪽에 핵심간부를 찾아가 대표였던 강두진을 빼내는 걸 간청하기에 이른다.

두진은 워낙 인맥이 두둑하여 쉽게 가석방으로 나올 수 있게 됐다. 두진이 나오자마자 푸른로펌에 찾아가 자신을 고소한 박미란 변호사에게 막 욕설을 내뿜는다.

"아니 이봐요. 미란 씨 우리끼리 정말 이럴 수 있습니까? 이게 도대체 뭡니까?"

"뭐가 이럴 수 있어? 그럴 수 있지!"

변호사 미란은 버럭 화를 내고 나가버린다. 그녀는 분이 풀어지지 않아 그를 인근소란죄로 또 고소의 뜻을 밝히자 결국 당황한 두진은 입을 꽉 다물고 피해버린다.

두진은 이것으로도 분이 풀리지 않아 검찰조서과정에 자신에게 심하게 닦달한 홍민동을 찾아내려고 안간힘을 다한다.

불법 강압수사를 한 대목을 물어 형사고소를 할 것임을 다짐한다. 그 당시는 힘에 밀려 하지 못했으나 이젠 풀려난 만큼 더 이상 넘어갈 수 없단 발로이다.

두진은 자신의 그 당시 법정구속 될 때 홍민동 검찰서기도 파면된 사실을 소문을 통해 알고 있기에 그의 실체를 알기 위해선 서울검찰청에 잘 아는 조태복 검사와 최배철 과장을 만나 알려달라고 하는 게 최상이라 판단한다.

곧바로 그들에게 전화하고 찾아간다. 퇴근 무렵인데 서울검찰청에서 그들이 나오고 있다. 두진은 정문에서 기다리다가 그들이 나오자 손을 마구 흔든다.

"자아 갑시다. 가서 식사라도 하면서 그 자식에 대한 얘길 합시다."

"……."

그들은 두진이 왜 그러는지 아직은 잘 모른다. 일단 따라가본다. 그가 데리고 간 곳은 인근 식당이다. 찌개백반을 먹어가며 얘기가 오고 간다.

이들 3명은 다 서울 법대를 나온 사람들이라 친근감은 존재한다.

"무슨 일입니까? 선배님?"

2년 후배인 검찰과장 최배철이 먼저 묻는다.

"아아! 그 홍민동이란 놈 말이야. 그때 걔도 파면된 것은 전해 들어 알긴 아는데 내 그때 어떻게 하다 보니 힘에 눌려 속절없이 당했는데 그놈을 불법 강압수사와 인권탄압으로 고소하려고 해!"

"아! 글쎄 그 그 그건 안 될 것 같은데요. 선배님 그 정도는 그게 해당되진 않습니다."

"뭐야?"

강두진은 느닷없이 격분이 포화되어 그렇듯 고함을 치고 먹던 밥을 그치고 숟가락을 탁자에 탁 치고 나가버린다.

방금 전 검찰과장 최배철이 그렇게 말한 이유는 자신도 물론 전 검찰서기였던 홍민동을 좋아해서가 아니라 같은 조직의 일원이고 조사과정에서 벌어진 일이라 묻지 마 감싸고도는 것이었다.

이에 두진은 그 불법 강압수사 부분을 정식으로 형사고소 할 뜻을 분명히 하게 된다. 가혹행위 이런 걸 묻겠단 발로이다.

두진은 바로 다음 날 푸른로펌에 출근하여 변호사 박미란을 내쫓아 버린다. 그녀는 쫓겨나면서 부당해고를 반드시 묻겠다고 이를 바득바득 갈며 나간다.

한편, 야탑 원원법무사학원에는 희라가 며칠간 나오지 않자 헌법강사 배철준과 수강생 홍민동은 의아하기도 하고 당황하기도 한 심경 속으로 빠져든다.

이에 철준은 강의하는 게 제대로 집중이 되질 않아 순간순간 까먹고 재차 교재를 보게 되는 지경에 이르렀고, 민동은 그녀에 대한 악감정이 워낙 강했던 상태라 궁금한 마음도 많이 든다. 자신과의 악감정으로 피한 것인가! 이런 생각을 한다.

배철준 강사는 그래도 나름 헌법을 잘 가르치려고 노력을 한다. 그 언젠가는 그녀가 오리라! 기대하며 하루를 최선을 다하리라! 다짐한다.

이에 민동은 처음 접하는 헌법이지만 나름 잘 적응해나간다. 서울대 농대를 나왔기에 헌법을 접할 기회는 없었지만 이 학원의 철준 강사가 다각도로 설명하니 조금씩 알아들을 만하였다.

아까 민동의 절친직장동료인 전영철 검찰서기가 전화하여 "파면됐지만 소청심사위원회에 소청심사제도를 통해 다시 복직할 수 있는 길을 찾아봅시다"는 제안에 대해 민동은 "아니 난 절대 그런 건 안 합니다"라고 딱 잘라버렸다.

그만큼 이번 건에 대해 이쪽저쪽으로 악감정이 무척 많다는 반증이기도 하다.

이날, 푸른로펌에서 내쫓겨난 박미란 변호사는 다른 로펌을 알아보는 시간을 갖기로 하였다.

미란은 다소 침통하여 자신의 모교 고려대 철학과를 나와 현 성균관대에서 철학을 가르치는 교수 친구를 만나 넋두리를 할 심사로 전화를 넣는다.

자정을 가리키는 시간이었으나 친구 차배숙은 웃으면서 반갑게 받는다.

"어! 변호사 친구 무슨 일이야?"

"음 난 오늘 참 더러운 꼴을 다 당했어! 로펌대표가 날 잘라버린 거라고. 으으."

"아! 그래 왜?"

"그건 지금 전화상으로 다 할 순 없고 내일 시간 되면 만나서 말하자고……."

"그래."

미란이 그 얼마나 분통이 터지면 이렇게 늦은 시간에 전화를 했을 것인가!

밤 시간에 잠도 잘 오지 않아 터질 것만 같은 가슴을 짓누르고자 식수를 막 들이붓는다.

어렵사리 잠을 이루고 일어나 실개천으로 나가 조깅을 하며 마음을 다잡는다.

조깅 중 다시 배숙 교수에게 전화하여 "이따가 저녁때 만나" 하고 제의한다.

결국 이들은 저녁 배숙이 일하는 성균관대 인근에 붉힘카페에서 7시에 만나기로 약속한다.

이윽고 그 시간이 되자 그녀들은 만난다. 꽤 오랜만에 만나는 사이라 무척 반가움을 나타낸다.

"와아! 반갑다. 친구."

"그렇지."

한참 바이러스 기간이라고 매스컴의 영향인지는 모르지만 주먹으로 악수를 한다.

만나자마자 미란은 배숙에게 온갖 넋두리를 늘어놓는다. 단연 푸념의 영순위는 어제 로펌에서 잘린 것이다.

"아니 나 진짜 재수 없게 그런 또라이 같은 놈에게 잘렸다고……."

"음."

차배숙 철학교수는 짧게 "음"이라 말하고 더 이상 말하진 않는다. 그녀가 이 건에 대해 길게 말을 안 한 까닭은 아직은 모르겠다. 두 여성은 똑같이 아직까지 노처녀이다. 배숙이 지금 이 순간 침묵을 지킨 까닭은 아마 미란이 욕하는 대상에 대해 동정심이나 관심 같은 것을 지니고 있어 말조심하는 것일 수도 있다.

언젠가 한번 미란이 일하는 푸른로펌에 놀러갔다가 두진 변호사를 보고 조금 울렁거렸던 건 사실이다.

친구 배숙이 별말을 안 하자 박미란은 그저 형식적인 대화로 전환한다. 아메리카노가 거의 다 비워져가자 미란은 자신이 최근 겪은 또 다른 건을 말한다.

"야, 배숙아, 난 요즘 이런 일도 있었다. 내가 아는 한 사람이 체비지를 불하받게 해줄 수 있으면 어떻게 힘 좀 써달라고 하길래…… 내가 아는 시청 관재과 공무원에게 부탁하여 해결해달라고 했지. 그런데 그렇게 잘됐어. 그래서 체비지를 불하받게 된 그 사람에게 난 수고료로 천만 원을 받았어. 히히히."

"야, 너 그럼 알선수뢰죄가 되는 것 몰라?"

"글쎄 그 알선수뢰죄는 공무원만이 해당되는 거라 난 거기 해당되지 않을 거야!"

변호사 박미란은 어제 로펌에서 해고되면서 정말 어처구니없는 넋두리를 저지르고 만다.

아무리 차배숙 교수가 절친이라 하더라도 이를 완전히 믿을 수가 있을지 모르겠다.

그녀는 변호사라 알선수뢰죄는 아닐지 몰라도 제3자 뇌물수수죄로 처벌될 수 있음에도 불구하고 이런 위험천만한 걸 절친에게 넋두리 해버리는 우를 범한다.

이 말을 들은 배숙은 그저 끄덕끄덕거렸다.

미란은 지금 이 순간 분명 실언임에도 불구하고 배숙을 너무 믿어 대형실수인 것을 좀처럼 직감하질 못한다.

"가서 밥이나 먹자 배숙아."

"그러지 뭐!"

둘은 나가 인근 식당에 들어가 밥을 먹는다. 지금 이 순간 배숙은 속으로 뭔가를 궁리하고 있었고, 미란은 밥과 반찬을 집어 먹는 것에만 집중되어 있다.

어느새 시간이 흘러 식사를 마친 그녀들은 밖으로 나와 흩어졌다. 미란은 오늘 자신이 한 그 넋두리가 너무너무 시원했다는 걸 느끼며 매우 기분 좋게 자신의 집 낙성대로 향하였다. 오늘 따라 그녀가 타고 가는 아우디 A8은 상당히 경쾌하게 나갔다.

반면, 차배숙은 자신의 집 갈현동으로 지프를 타고 간다. 그러나 기분은 그리 유쾌하진 않다. 넋두리한 사람은 시원하지만, 그걸 받은 사람은 그저 그렇다.

배숙은 집에 들어가 이런저런 생각 속에 잠긴다. 그러면서 푸른로펌 대표 두진의 모습을 한번 떠올려본다. 작년 11월경 친구 미란과 약속으로 그곳에 갔을 때 봤던 그의 모습이 아련하다.

그 당시 여자로서 도저히 용기가 나질 않아 그에게 뭐라고 말은 하지 못하고 명함만 던지고 나온 기억들이 주마등처럼 스쳐 지나간다.

그간 안 보자 잠잠했던 차에 오늘 친구 미란을 만나 대화 중 그에 대한 주제가 오고 간 원인으로 떠오르는 것이다.

그렇다면 또다시 용기를 내어 한 번 더 찾아가 뭔가 실마리를 열어볼까 궁리하게 된다.
이날 밤은 그녀로선 무척 길게 느껴지는 시간 같았다.

아침에 일어나 그녀는 대학교수로서 출근도 하지 않고 내친김에 푸른로펌에 가보리라! 다짐한다.
자신의 차, 검정 지프를 타고 서초역 쪽으로 거세게 달려간다. 최근 강두진의 상황은 전혀 모른다. 박미란이 그를 배임죄로 고소하여 복역살다 나온 자체는 모르는 것이다. 그런 정보가 없으니 모를 수밖에 없다.

배숙은 오전에 무작정 가보는 것이다. 41세 노처녀로 사느니 한번 찔러보는 게 낫다고 판단하는 것이다. 두진도 나이가 자신과 엇비슷하기에 노총각은 아닐 거라고 추측되지만 혹시 모르니 가는 것이다.
명분은 왜 우리 친구 박미란 변호사를 해고했냐며 항의 차 가는 것이다. 그럴싸한 명분을 거는 것이다. 일단 문 열고 들어간다.
"안녕하세요. 저는 박미란 변호사의 친구입니다. 왜 엊그제 우리 친구를 해고하였습니까? 정말 그래도 되는 겁니까?"
배숙은 로펌사무실에 고함을 치며 들어간다. 이에 많은 변호사들이 앉아 있다가 너무 놀라 움찔한다.
밖에서 소란이 벌어지자 결국 강두진 대표도 나오게 된다. "아! 왜 이리 밖이 시끄럽습니까? 왜 그런 거예요?"
그는 그녀를 보자 어디선가 본 듯한 기억이 엄습한다. 방금 전만 해도 버럭버럭 소릴 지르던 그녀가 갑자기 야릇한 미소를 짓기 시작한다.
"저 기억 못 하시겠습니까? 저는 작년 11월경 변호사 친구 박미란을 만나러 이곳에 왔던 성대철학과 교수 차배숙이라고 합니다. 그때 제가 명함만 던지고 갔죠. 히히."

그녀가 말하자 두진도 이젠 가물가물 기억이 나기 시작한다. "아, 네. 이젠 기억은 나긴 하는데 근데 왜 여길 오셔서 난리를 피웁니까? 교수님?"

"네. 왜 우리 친구 미란을 아무런 이유도 없이 부당하게 잘랐습니까? 그래도 되는 겁니까?" 하며 고래고래 소릴 지른다.

"아! 교수님이 친구 미란 변호사를 위해서 온 거로군요. 그러나 그런 건 꽤나 불필요한 행동이십니다. 그러니 그만 돌아가주세요. 그 여자는 다 잘릴 만한 짓을 하여 잘린 것입니다."

교수가 와서 항의하고 있지만 움쩍도 하지 않고 커피 한 잔 대접도 없이 얼음장 같은 말로 정리한다.

그랬지만 그녀의 실제 목적은 친구 미란을 위해 여길 온 게 아니라 대표 강두진에게 접근하러 온 것이다.

철학교수 배숙은 지난번도 그랬지만 이번에도 어떻게 할 길이 닿지 않자 어제 저녁 급조하여 만든 꽃그림이 그려진 명함을 그에게 건넨다.

"하하하. 사실 제 마음은 이거였어요. 명함."

"어, 그때도 명함을 주셨잖아요. 근데 또?"

두진이 명함을 받자마자 배숙은 얼굴이 홍당무가 되며 확 뒤로 돌아 머리카락을 위로 한번 쓱 올리고 번개같이 뛰어나간다. 그는 "참나 저 교수는 명함을 주는 게 무슨 주특기야 취미야 뭐야! 에잇" 하고 꽃그림이 새겨진 명함을 보자 뭐라고 휘갈긴 게 있는데 자세히 보니 **'좋아하기도 힘든 세상입니다'**라고 적혀 있다.

이때 비로소 그는 그녀가 저번에 이어 오늘 또 와서 이런 걸 주며 그런 행동 한 걸 직시하는 순간이다.

두진은 나름 만족스러운 미소를 지으며 대표실로 들어가 이런저런 상념 속에 빠져든다. 명함은 서랍 속에 넣는다.

사실 두진은 2월 초, 법정구속 되면서 뜨거운 애인 서여를 만날 기회가 없어 무척 침통했는데 이젠 풀려났으니 다시 만나려고 계획을 세우는 중이다.

그러던 차에 방금 전, 웬 난데없이 홍당무가 되어 달아난 차배숙 교수가 출현하면서 또 다른 싱숭생숭한 기분이 들기 시작한다. 그렇다고 서여를 접을 정도는 절대 아니다.

점심 식사 하기 전, 내친김에 서여에게 연락을 취해본다.

4월 25일 정오 두진이 서여에게 전화하여 구속 해방 사실 알리자 서여는 기쁨을 느낀다.

그녀는 받으며 놀란 목소리로 말한다. "어! 어떻게 지금 내게 전화를 할 수 있지? 지금 어디 있는 건데?"

그가 교도소에 있을 거라고 알고 있는 그녀로선 이렇듯 당황스러울 수밖에 없다.

"음. 나 며칠 전 석방되어 나왔어. 바로 전화하려다가 조금 늦었지. 하하."

"그럼 만날 거야? 내가 뭐라도 먹을 걸 사 줘야지. 호호."

그녀는 그가 석방된 사실을 듣자 너무 기뻐 환호성을 터뜨리며 푸른 로펌 서초역으로 K7을 몰고 달려간다.

오후 1시가 조금 넘어가고 있었는데 두 사람은 인근 식당으로 들어간다. 그녀는 계속 그를 위로하는 멘트를 이어간다.

"변호사 오빠. 복역생활 하느라 얼마나 고생이 많았어?"

"야, 말도 마라, 완전 개고생하다 나왔다. 내 위치와 신분과 위신이 완전 쭈그러들었다. 흑흑."

그가 그렇듯 죽는 소리를 하자 그녀는 그의 어깨를 툭툭 쳐주며 더 많은 위로를 한다. 밥이 나와 먹기 시작한 뒤, 두진은 아까 성균관대 철학교수 차배숙이 와서 꽃그림 명함을 던지고 간 사실을 털어놓는다.

"어! 오빠에게 또 다른 여자가 달라붙었어? 참나 어딜 가든 인기도 좋아! 하하하."

"글쎄."

이서여는 이렇듯 자신의 애인이 이렇든 저렇든 그리 깊게 생각하진 않는다. 반면, 강두진은 자신의 애인이 타인과 왠지 접촉하는 느낌이 들면 반 죽이려고 든다.

그러니 복역 중에도 서여가 딴 남자를 만나 뛸까 봐 걱정과 불안감이 엄습하여 잠을 제대로 이루질 못하였다. 한창 식사 중 아까 그 명함을 던지고 달아난 배숙으로부터 문자가 날아온다.

그러자 그는 "어! 이 여자가 내 번호를 어떻게 알았지! 이상하다. 어떻게 알았을까!" 하고 고개를 갸웃거린다. 일단 뭐라고 왔는지 보기로 한다.

〈행운으로 당신의 번호를 알게 됐습니다. 그 꽃 명함은 괜찮은가요? 시간 되시면 만나서 밥이라도 한 끼 할까요?〉

이런 내용인데 이걸 그대로 서여에게 보여준다. 그러자 그녀는 마구 박수를 치며 "와아아아" 하며 소리 지른다.

"난 그만 로펌으로 일하러 가야 하니까 그만 일어납시다. 서여 씨?"

"그래. 변호사 오빠."

밖으로 나가 그는 일하러 갔고, 그녀는 종로4가 옷 가게로 간다. 그가 방금 전 그만 일어나자고 한 속내는 점점 교수 배숙에게 관심이 움

터나기에 얼른 들어가 전화를 해보려는 심리가 작동해서 그렇다. 그는 로펌사무실에 들어가기 전 1층 로비에서 배숙에게 전화를 넣는다. 전화벨이 울리자 그녀는 떨리는 환호성을 터뜨리며 받는다. 이들의 통화 내용은 "내친김에 오늘 저녁에라도 만납시다" 이런 거였다.

이 말을 먼저 제안한 건 강두진이었다. 그가 그런 이유는 배숙이 먼저 구체적인 약속시간을 정하질 않을 거라는 판단이 들었기 때문이다. 여자의 내숭차원으로…….

결국 둘은 저녁 7시에 혜화역 부근에서 만나게 된다. 혜화카페로 들어선다. 두 사람 다 머쓱한 표정으로 서로를 바라본다.

서로는 야릇한 웃음만 지을 뿐 뭐라고 말을 이어가지 못할 때 먼저 말을 꺼낸 건 그녀였다.

"꽃 명함이 좋았어요?"

"그렇습니다."

형식적인 얘기로 시작하더니 그녀는 느닷없이 "저는 당신을 처음 본 순간 희열을 느꼈었습니다. 하하하하" 하며 호탕하게 웃어버린다.

"혹시 제 번호를 알게 된 건 친구인 박미란 변호사가 알려준 건가요?"

"아닙니다. 그냥 알게 됐습니다."

그토록 그녀는 끝까지 번호를 알게 된 경위를 밝히지 않는다. 그러자 그는 더더욱 궁금증에 사로잡힌다.

"친구인 박미란 변호사를 해고한 건 이해하세요. 그 여자는 잘릴 만한 행동을 했습니다. 그래서 자른 겁니다."

"네에 그럼 그렇겠죠. 이 세상에 그냥이란 게 어디 있어요. 다 그런 거지요."

초코라테를 시킨 그들은 달콤하게 거의 다 먹어간다. 다음엔 식사를 하러 가기로 한다. 보통은 식사한 후 커피인데 이들은 거꾸로 한다.

양식점으로 들어간다. 주문하여 먹기 시작하는데 그녀가 난데없이 친구 박미란에 대한 비난 섞인 넋두리를 늘어놓기 시작한다.

이 심리는 두진과 일체가 되기 위한 포석이기도 하다. 그가 그녀를 해고하였으니 배숙 자신도 미란을 탄핵하는 측면이다.

"저어, 말이죠. 변호사님 그 친구 미란 말이에요. 참 가관입니다. 걔는 지가 아는 한 사람이 체비지를 불하받게 해달라고 힘써달라고 하자 걔가 아는 시청 관재과 공무원에게 부탁하여 해결해줬다고 합니다. 게다가 기막힌 건 그 대가로 수고료 천만 원을 받았다고도 합니다. 이거 제3자 뇌물수수죄 아닙니까?"

7. 법을 망각한 법률세계 시정잡배들

　이 말을 듣자 두진은 깜짝 놀라며 뭔가 유쾌, 상쾌, 통쾌하단 표정으로 변한다. 이참에 완전히 미란을 옭아 넣어버릴 수가 있기 때문이다.
　"어! 그게 사실입니까? 아! 근데 그런 걸 어떻게 아셨죠? 참나."
　"어제 만났는데 그러더군요."
　그렇지 않아도 두진은 가뜩이나 미란 변호사에 대해 앙금과 불만이 증폭된 상태인데 너무 잘 걸렸다고 생각하며 쾌재를 부르는 것이었다.
　속으로 슬슬 그녀를 고발조치 해야겠다는 생각이 엄습한다.
　"아니 나는 말이죠. 대한민국 최고대학을 나와서 지금까지 법조인을 하면서 단 한 번도 법을 위반한다거나 또 도리에 어긋난 행동을 한 적이 없습니다. 늘 바른길만을 걸어왔고 걷고 있습니다."
　"아! 그럼요. 강두진 대표님은 제가 볼 때도 그렇게 보입니다. 호호호."
　두진은 최근에 자신이 법정구속 됐다가 풀려난 사실은 절대 침묵을 유지한다. 그러다가 만약 알려지면 자신은 무척 억울하게 그렇게 된 거라고 피력하려고 생각한다.
　그는 지금 이 순간 속으로 박미란을 고발하는 것을 하나하나 그려본다.
　"네. 고맙습니다 교수님. 교수님을 만나 이렇게 멋진 식사를 함께하니 너무너무 기쁘군요."

"네. 그래요."

둘은 벌써부터 마음이 들뜨기 시작한다. 돌아갈 땐 서로는 손을 잡고 한참 동안 유지하다가 간다. 그는 재규어 XJ를 타고 방배동으로 향했고, 그녀는 지프를 타고 갈현동으로 향하였다.

두진은 이날 밤 미란을 읊어 넣을 온갖 궁리에 궁리를 다한다. 자신이 직접 고발조치를 취하는 것보다는 제3의 인물을 끌어들이는 게 묘수라고 판단한다.

그래야만 이 정보를 알려준 차배숙 교수를 보호하는 측면도 있으리라! 생각한다.

누가 적당한 인물인가!

곰곰이 생각하던 중 방배동에 햇빛로펌 변호사 조풍월이 낫겠다 싶어 곧바로 풍월에게 전화를 넣어 사정을 말하며 부탁한다.

그러자 풍월은 "아이! 그까짓 그런 고발쯤이야. 내 얼마든지 할 수 있어! 난 원래 고소, 고발하는 걸 좋아하잖아! 하하하" 하며 흔쾌히 받아들인다.

"그리고 그 배경은 내가 다음에 만나서 자세히 말해줄게. 부탁해 후배님."

후배 조풍월은 선배 강두진의 부탁을 과연 어떤 식으로 해결해나갈지 사뭇 궁금하다.

풍월은 서울법대 두진의 1년 후배이다. 그러니까 종각 영광고시학원장 방원중과 동기이다.

제3자 뇌물수수죄로 고발하려는 태세를 갖춘 풍월이다.

날이 밝자마자 풍월은 기다렸다는 듯이 방배동사무실에 들어가자마자 곧장 관계당국에 그녀를 고발조치 해버린다. 결국 미란은 수사기관에 끌려가게 됐다.

그녀는 망연자실 심한 충격 속에 빠진다.

이게 왜 어쩌다가 이 지경이 됐을까! 의구심 또한 그득하다. 이 사실을 아는 사람은 엊그제 성대 앞 붉힘카페에서 만난 배숙이밖에 없을 텐데 말이다. 그렇다고 자신이 중재하여 이익을 본 체비지를 불하받은 사람이 그럴 리는 없을 테니까 말이다.

그렇다면 교수 배숙이가 그랬나! 이렇게 의구심이 압축되어 간다. 그런 차원에서 검찰에 끌려간 상태에서 친구 배숙에게 일단 이 상황이나 알릴 마음으로 그대로 알렸다.

그러자 배숙은 깜짝 놀라며 "뭐야. 그런 일이 생겼단 말이야? 이거 큰일인데……" 하며 몹시 당혹스러운 말을 한다. 혹시 두진 변호사가 그런 것 아닌가! 추측한다.

이건 어디까지나 추측만 가능할 뿐이다. 그녀들은 전화를 끊는다.

박미란은 꼼짝없이 제3자 뇌물수수죄로 구속을 피할 수 없게 됐다. 게다가 이득을 본 사람도 그렇고 시청 관재과 직원도 마찬가지였다. 재판결과도 일치됐다.

3명이 한꺼번에 구속되는 것이었다. 결국 3명 다 수원교도소로 수감되었다. 공무원과 이득 본 자는 남자라 남자수용소로 들어갔고, 변호사 미란은 여자라 여자수용소로 들어갔다.

5월 중순 다소 더워진 날씨에 수감생활을 하니 이들은 여간 곤혹스러운 게 아니었다. 여성수용소에 들어간 변호사 미란은 여러 명이 함께 쓰는 혼거실이라 여간 불편한 게 아니었다.

여기저기에서 이상한 쾌쾌한 냄새들이 진동했고, 여성수감자들이 그녀를 끌어안으려고 달라붙기도 하였다.

"언니. 새로 들어온 언니 사랑해요. 와아아아아 사랑해" 하며 여러 명이 달려와 그녀를 끌어안고 볼에 뽀뽀까지 하였다.

"야아, 이건 성추행이잖아! 이게 뭐 하는 짓들이야? 어휴~ 이 시발 것들."

그녀들이 실랑이가 벌어지고 언쟁과 몸싸움이 벌어지자 이를 감시카메라로 지켜보던 여자교도가 출동한다.

교도관 제복을 입은 여자가 뛰어 들어와 "이봐. 이러면 안 돼. 안 된단 말이야! 저리 저리 떨어져. 떨어지라고. 으으으" 하며 그녀들을 옆으로 뜯어말린다.

그녀들을 가까스로 뜯어말린 뒤 일단 자초지종을 묻는다.

미란은 "이봐요. 교도관님. 이년이 날 사랑한다며 달라붙어 끌어안고 뽀뽀하고 난리를 쳤습니다. 날 다른 독거실로 보내주십시오" 하고 부탁한다.

상황이 이렇다 보니 교도관은 더 안 되겠다 싶어 미란을 데리고 나가 독거실로 이송한다.

독거실로 들어간 미란은 이젠 조금 잠잠해지는 듯하더니 고함을 치고 문을 발로 차고 "내가 여길 왜 오게 됐냐고? 난 아무런 잘못이 없는 사람이란 말이야! 날 당장 풀어주지 못해? 어휴~ 열받아!" 하고 격분이 포화된다.

그러자 여자교도관이 "아아! 진정하세요. 당신은 수감자입니다. 여긴 당신 같은 사람들은 개과천선 교정교화 하는 곳이라고요……" 하고 제재한다.

그러자 그녀는 더더욱 격분이 포화되어 느닷없이 달려들어 주먹과 발로 그 교도관의 얼굴과 옆구리 다리를 마구 때린다.

"으으으으으."

이에 교도관은 그 자리에 퍽 하고 쓰러진다. 이 장면이 감시카메라에 잡히자 집무실에서 다른 교도관들이 3명이 출동한다. 그녀들은 수감자 미란을 잡아 일으켜 끌고 간다.

교도관들은 그녀를 형법 제236조에 의해 공무집행방해죄로 검찰에 넘겨버린다.

하룻밤 독거실에서 침통한 시간을 보낸 그녀는 다음 날 아침 수원검찰청으로 이송된다. 결국 그녀는 재판을 받게 됐는데 위의 죄가 되어 가중처벌을 받게 됐다.

즉 형량이 5년이 더 늘어난 것이다. 그녀는 재판 당일 법정에서 "으으으으으윽윽윽흑" 하고 통곡한다.

제3자 뇌물수수죄에 이어 공무집행방해죄까지 추가됐으니 말이다.

이 재판결과는 다음 날 일간신문에 일제히 보도되었다.

「얼마 전 푸른로펌 소속 변호사 박미란 제3자 뇌물수수죄로 구속수감 된 후 복역생활 중 여자교도관을 폭행하여 공무집행방해죄까지 추가되어 가중처벌 불가피」

이 기사가 뜨자 이 내용을 접한 강두진은 너무 기뻐 펄쩍펄쩍 뛰며 환호성을 터뜨린다. "우아아. 그년이 미란이 드디어 가중처벌을 받는구나! 넌 콩밥 좀 듬뿍 먹고 나와라" 하며 어깨춤을 덩실덩실 춘다.

그도 그렇듯 어깨춤을 춘 것도 잠시 아픔이 찾아오기 시작하였다. 작년 2019년 그는 변호사로서 종합소득세를 납부하지 않았다. 이에 서초세무서 소속의 세무주사 이팔현으로부터 서초구 방배동 소재 두진의 집에 있는 세탁기 외 66점의 물건에 대해 압류를 당하였다.

그 뒤 두진은 이팔현이 압류하기 위해 첨부해놓은 소속관서, 압류월일, 관직성명 등을 기재하고 압류한 물건의 압류표시를 떼어버리고, 세탁기 등 66점을 다른 곳으로 숨겨버렸다.

그 당시 두진의 부인은 "아니, 당신 말이야. 공무원이 봉인 압류강제처분의 표시를 숨기거나 못 쓰게 만들면 자기 공무상 비밀표시 무효죄로 처벌될 수도 있단 말이야!"라고 격하게 항의하기도 했지만 그는 막무가내로 이를 숨겨버렸다.

이 범죄사실이 뒤늦게 밝혀지면서 두진도 법망을 피해 갈 수 없게 되었다.

끝내 그도 5월 말, 수사기관에 의해 조사를 받고 재판에 넘겨져 법정구속을 당하게 된다.

그는 이런 현실 자체가 너무너무 서글프고 괴로워 참담한 눈물을 흘리고 만다. 지난달 22일 이리저리 배경을 깔아 가석방으로 풀려났는데 또 이런 참극을 당하게 된다. 두진은 몹시 삐뚤어진 삶을 살면서도 쓸데없는 허세와 위신은 엄청 따지며 사는 인간이라 더더욱 충격 속으로 빠져들 수밖에 없다.

이 사실은 수감 중이던 박미란에게 알려지자 그녀는 너무 기뻐 벌떡 일어나 어깨춤을 덩실덩실 추며 너무 흥분되어 몸 둘 바를 몰라 한다.

"와아! 나만 당할 줄 알았지! 너도 당하는 거야! 와하하."

이들은 서로 한 차례씩 물고 물리더니 둘 다 구속 사태를 맞는다. 이서여는 애인 강두진이 석방되어 나온 기쁨도 잠시 또다시 다른 건으로

잡혀 들어가니 무척 침통하고 갑갑할 노릇이다.

그녀는 속이 터질 것만 같아 홀로 쓴 소주를 마시며 고독을 씹던 중 넋두리 말동무를 찾아 홍자에게 전화를 넣는다.

"홍자 씨. 벌써 세월이 너무 빨라 6월이 됐군요. 참! 시간은 너무 빠르죠. 하하하. 우리 갑갑한데 쓴 소주라도 한잔할까요? 하실 거면 얼른 이리로 오세요."

홍자는 서여의 전화를 받자마자 번개같이 서여가 있는 곳으로 달려간다.

홍자가 임숙 애인 민동 떠올라 괴로워 서여에게 넋두리하려고 달려간 것이다.

반대로 서여가 자신의 애인 두진이 재차 구속되자 괴로워 홍자에게 푸념하려고 전화한 것이다.

그렇다.

오랜만에 찾아가는 서여의 옷 가게였다. "홍자 씨는 지금 뭘 하세요?"

"네 아직도 그냥 놀고 있습니다."

"아아! 그러면 안 되는데……."

서여는 밀크커피를 한 잔 홍자에게 타 주면서 몹시 괴로운 표정을 짓는다.

"제가 두진 변호사하고 사귀는 것 잘 알고 계시죠? 근데 그 남자가 또 다른 이유로 구속된 거예요. 그래서 정말 미칠 것 같아요. 으으흑."

"그러게요. 정말 안됐군요."

홍자도 작년 강두진 국회의원후보 선거운동을 했던 사람이라 다소 걱정은 든다. 홍자는 이보단 임숙의 애인 민동을 탐내는 데에 골몰하는 상태이긴 하지만 지난번에 서여에게서 민동이 잘렸다는 말을 들었기에 조금 뒤숭숭한 것도 있다.

 그렇기도 하지만 배 아픈 시샘은 다른 차원이라 생각한다. 아닌 게 아니라 말이 나온 김에 임숙에 대한 얘기가 나오기 시작한다.
 "난 요즘 임숙을 본 적이 없어서 얘가 어떻게 지내는지는 잘 모릅니다. 지금도 그 검찰서기였던 내가 마음에 들었던 그 남자를 만나는지 말이에요."
 "그 글쎄요. 그 남자도 내가 저번에 말했듯이 잘리고 그래서 그럴 기분이 들까요? 정확한 건 모르지요. 원래 남녀들은 쥐도 새도 모르게 만나는 것이니까요! 하하."
 그녀들은 또 만나기만 하면 끝없는 넋두리를 늘어놓는다.
 지금 방금 전 그녀들의 대화의 대상인 임숙도 민동이 직장에서 잘리는 바람에 그가 극도로 예민해져 그녀를 만나질 않고 현재 야탑역 4번 출구 주변 법무사학원을 다니며 열공 중이라 그런 로맨스는 단절된 상태이다.
 이런 내막을 서여, 홍자가 알리는 만무하다. 임숙은 뭐 이렇다 하게 하는 일은 없고 광교 살사학원을 다니며 그저 놀고 있다. 워낙 돈 많은 남편을 만났기에 그래도 된다.
 민동은 7월 초에 있을 법무사 1차시험을 대비하여 정신이 없다. 공부한 지가 얼마 되지 않아 이번엔 경험을 쌓는 의미이긴 하지만 그래도 집중하고 있다.
 한편, 희라는 원중의 코치를 받고 학원에 나오지 않으며 다른 곳에서 그냥 동영상강의를 들으며 열공 중이다.
 방원중이 애인 이희라는 놓치지 않으려고 포석을 깐 것이다. 이런 정

7. 법을 망각한 법률세계 시정잡배들   137

황은 현재 원원법무사학원 헌법강사 배철준도 대충 안다.

홍민동은 계속 원원학원에 다니는 중인데 원래부터 방원중과 이희라의 관계는 잘 모른다.

이윽고 이들이 준비했던 법무사 1차 시험날이 도래하였다. 신도림고교에서 치러졌는데 오전 10시부터 시작되는데 아침 7시부터 들어와 노트를 훑어보는 이들이 많았다. 민동은 공부 기간이 일천하므로 경험이라 여기며 대충대충 훑어보는 중이었다.

그러는 순간 맨 구석 자리에서 낯익은 한 여자도 노트를 그렇게 보고 있다. 집중하고 보니 희라였다. 한동안 학원에 모습을 드러내질 않더니 시험장엔 나타난 건데 또 하필 같은 고사장이라 여간 찝찝한 게 아니었다.

잠시 그녀를 노려본다. 그녀는 그가 자신을 노려보는 걸 모르고 있다가 잠시 고개를 드는 과정에 서로 두 눈이 딱 부딪쳤다.

"어! 저 인간!" 하고 그녀는 혼잣말로 깜짝 놀라 중얼거린다. 민동은 놀라기보단 짜증 나는 표정으로 고개를 돌려 다시 노트를 쳐다본다.

"에잇" 하고 신경질을 낸다.

지금 이 순간 그녀에겐 방원중 학원장으로부터 문자가 날아온다. 내용은 〈시험은 잘 보되 처음이니 너무 부담 갖지 말고 마음 편히 보고 이따가 끝나고 전화해〉였다.

그녀는 〈알겠어〉라고 답장을 보낸다. 민동은 노트만 뚫어지게 바라본다. 금세 시간은 지나 9시 30분쯤 되자 시험 감독관이 4명이나 들어와 이런저런 설명을 하고 시험시작을 알리는 종소리가 울려 퍼진다.

문제는 감독관 4명은 법원행정처에서 나온 사람들인데 이들 중 한

명은 야탑역 부근 원원법무사학원 헌법강사의 지인이 속해 있다.

배철준 법무사이자 헌법강사는 그 지인에게 은밀히 이희라의 사진을 전송하여주고 혹시 만약에 시험장에서 보거든 쥐도 새도 모르게 자기에게 연락을 취하라고 코치한 상태이다.

정말 찰거머리 같은 헌법강사 철준이다.

그 지령을 받은 감독관은 이리저리 돌아다니다가 희라가 보이자 바로 옆자리에 우두커니 서서 그녀가 문제를 푸는 모습을 계속 지켜본다.

그녀는 그가 그냥 감독관이라 그런가 보다! 여기고 개의치 않으려고 하였으나 2~3분도 아니고 5분 이상 계속 그 자리에 있자 여간 신경 쓰이는 게 아니었다.

참다 참다 더 참지 못한 희라는 "아니 이봐요. 감독관님. 왜 내 옆에만 바짝 붙어 있는 거요? 내가 신경 쓰여 문제를 풀질 못하잖아요" 하며 발끈한다.

그는 깜짝 놀라며 "아! 그 그 그런가요. 그럼 너무 죄송합니다" 하고 다른 데로 간다.

그렇게 오전 시간이 끝나고 감독관은 배철준에게 그녀가 이곳에 있다고 속보를 알린다. 그러자 철준은 이게 웬 떡이냐 싶어 차를 몰고 시험장 신도림고로 달려간다.

신도림고 정문 앞에다 차를 세우고 지인 감독관 방세종에게 전화한다. 세종은 받아 그녀의 동선을 그대로 밝힌다.

그러자 철준은 "그래요. 고마워요. 여기서 기다릴게요" 하고 잔뜩 그녀가 시험을 마치고 나오길 손꼽아 기다린다. 그런데 문제는 희라는 오전 시험을 마치고 나가 김밥을 먹고 들어오는 길에 먼발치에서 철준의 뒷모습을 다 봤고 멀리 실내 3층에서 감독관과 통화하는 소릴 아주

7. 법을 망각한 법률세계 시정잡배들 **139**

작게 들을 수 있었다.

그녀는 놀랄 수밖에 없었고 당황스럽기도 하여 건물 구석으로 들어가 얼른 방원중에게 이 사실을 그대로 알린다.

이 말을 전해 들은 원중은 "뭐야! 그런 일도 있단 말이야? 시험을 공정히 감독해야 할 감독관이 그런 짓을 저지른단 말이야? 참나 살다 살다 보니 별 황당한 일도 다 겪는구나! 으으으" 하며 탄식하며 "야, 희라야. 넌 그냥 마음 편히 오후시험이나 잘 봐. 이것들이 또 무슨 짓을 저지를지 모르니 내가 이따가 끝나는 시간에 그 시험장 앞에서 기다릴게"라고 격려와 안도를 심어준다.

그녀는 오후 시험 시작 벨이 울리자 다시 집중하기 시작한다. 오후 시간에는 감독관 세종은 오전에 그녀에게 야단을 들어서인지 오후에는 옆에 가서 우두커니 서 있는 그런 행동은 하지 않는다.

그렇지만 속으론 웃고 있다.

어느새 오후 시험도 다 끝난 시간이 왔다. 감독관들은 일제히 마친다는 말과 함께 답안지를 걷기 시작한다.

민동도 그렇고 희라도 그렇고 이번은 경험이라 압박은 그리 세진 않았다. 수험생들은 하나둘씩 빠져나가기 시작한다.

희라도 빠져나가 정문을 향해 나가다 원중의 차 벤츠 S클래스를 찾고 있을 때, 민동도 나가 자신의 차 포르쉐 911 카레라에 올라타려는데 지나가던 많은 수험생들은 그를 보자 경탄하기에 이른다. 수험생이 포르쉐를 타고 왔다는 게 매우 특이하게 보여서다.

물론 수험생이라고 포르쉐를 타지 말라는 법은 없지만 말이다. 아무튼 민동은 시동을 켜고 액셀을 밟으려는 순간 희라가 방원중 원장의 차에 올라탄 장면을 보게 된다. "어어! 저 저건 방원중 원장이잖아!"

민동은 몹시 놀라며 이상하단 느낌 속으로 빠져든다. 그는 희라와 원장의 그런 사이는 전혀 모르고 있었기 때문이다. 그러는 사이 배철준 헌법강사도 그랜저에 탄 채 이 상황을 주시하고 있다. 철준은 세종의 정보를 듣고 여기까지 온 건데 이미 그녀는 원중 차에 올라탄 상황이다.

철준은 지난번에도 모란 집으로 가다가 힐튼모텔 앞에서 그들의 모습을 본 적이 있는데 오늘 또 여기서 보게 된다. 이젠 거의 어렵다는 쪽으로 판단한다.

학원에 나오지 않자 법무사시험장 감독관에게 부탁하여 엄청난 무리수를 둔 건데 앞으로 무슨 수를 쓸 순 없을 것 같은 생각이 든다.

체념 속에 짧은 시간 동안 수고해준 법무사시험감독관 방세종에게 문자로 〈수고했어요. 이젠 포기하렵니다〉라고 보낸다.

그렇듯 배철준은 포기를 굳히는 순간이다. 벤츠 S클래스를 타고 먼저 빠져나간 그들은 영등포 쪽으로 달리고 있었는데 너무 공교롭게도 민동이 탄 포르쉐 911 카레라도 그 방향으로 내달리고 있다.

잠시 신호대기 시간에 벤츠가 서자 그 뒤를 포르쉐도 섰는데 민동은 아까 그 넘버를 기억하고 있다.

"어! 아까 그 학원장과 희라가 탄 차잖아!" 하며 놀란다.

문득 이참에 저들의 뒤를 따라가볼 충동이 사로잡힌다. 가뜩이나 저들에게 불만이 가득하기 때문이다. 순간 격분이 포화된 그는 액셀을 확 밟아버린다.

금세 따라붙을 수 있었는데 앞서간 벤츠는 영등포역 주변 현대백화점에 세우고 어느 식당가를 찾아 들어가고 있다.

포르쉐를 얼른 세우고 뒤따라 쫓아간다.

민동은 한참 떨어진 곳에서 밥을 먹는다. 그러면서 집중하며 예의주시한다. 그들은 밥을 다 먹은 뒤 나오자 그도 얼른 나온다.

그들은 어느 모텔을 찾아 들어가고 있다. 이를 보자 민동은 눈이 번쩍 뜨이며 폰을 꺼내어 동영상을 찍어버린다.

"아아! 이것들 봐라. 나를 난봉꾼이라고 그렇게 헐뜯고 결국 내 꿈과 같던 평생직장 검찰청에서 잘리게 만들더니 지들은 이렇게 막 나가고 있어! 이젠 니들 다 죽었어. 다 죽여버릴 거야!"

그는 혼잣말로 중얼중얼거린다.

돌아서 주차장으로 가 포르쉐를 타고 유유히 빠져나가 자신의 집 야탑동으로 간다.

자정 시간에 그는 찍은 동영상을 물끄러미 쳐다보며 조금 흐뭇한 미소를 짓는다.

왜냐하면 그들에게 복수할 절호의 기회가 왔다고 판단하기 때문이다.

이참에 종각 영광고시학원을 쑥대밭을 만들어 아예 문 닫게 만들겠다는 결의를 다진다. 구체적으로 이 동영상이 알려지면 자연스레 수강생들이 하나둘씩 떨어져나가리라고 관측하는 것이다.

그런 달콤한 그림을 그려보며 슬며시 꿈나라로 들어간다.

날이 밝자 그는 번개같이 그 동영상을 여기저기 SNS에 퍼뜨려버린다. 제목은 「종각 영광고시학원 학원장 방원중은 법원직 수강생 이희라와 불륜을 저지르고 다닌다. 이게 참된 사교육인가?」이다.

이 정보가 삽시간에 여기저기 퍼지자 많은 사람들은 이런 건 있을 수 없는 일이라는 측과, 뭘 그런 걸 가지고 그러냐? 사는 게 다 그런 거지 뭐! 하는 측이 대립됐다.

그렇지만 학원장 방원중으로선 도덕성에 치명타가 오는 것은 자명하다. 사교육장이란 특수관계도 그렇고 특히 그의 부인인 반채림이 더더욱 격분하기도 하였다.

일요일 주말에 그녀는 남편 원중에게 접시를 집어 던지며 "당장 나가 죽어"라고 고래고래 소릴 지른다.

그러자 그는 "아! 뭐 그럴 수도 있지 뭐! 이런 일 가지고 그래?" 하며 개의치 않는 표정을 유지한다.

"뭐? 그럴 수도 있다고? 이런 후레자식 봐라."

평소 아무리 화가 나도 쓰지 않던 엄청난 욕을 남편에게 퍼붓는다. 급기야 이들은 갈라서는 사태를 맞는다.

이걸로 끝이 아닌 그 학원은 이미지에 타격을 받아 그 후로 수강생 숫자가 급격히 줄어들어 유지하기가 어려울 지경이었다. 이런 사실을 알게 된 홍민동은 너무 기뻐 펄쩍펄쩍 뛰며 몸 둘 바를 몰라 한다.

이런 문제가 불거진 SNS를 퍼뜨린 자를 색출하려고 부단히 노력하였으나 끝내 방원중은 실패하고 만다. 어떻게든 유포자를 찾아내려고 노력하는 중 왠지 느낌상 홍민동일 거라고 강한 의심을 거듭한다. 그가 지난날 학원까지 쳐들어와 생난리를 친 대목을 집중하기 때문이다.

그렇다고 알아내기가 여간 힘든 게 아니었다. 이 까닭은 민동이 교묘하게 그것을 활용했기 때문이다.

그들만 속이 타들어갈 뿐이다. 학원 문을 닫아야 할 살얼음판 같은 형국이다. 방원중은 이젠 이혼까지 했긴 했지만 그렇다고 이희라와 대놓고 교제하기도 학원이미지가 여간 손상을 받을 거란 두려움도 앞선다. 홍민동은 눈치가 빨라 그들이 자신을 보복하기 위해 야탑 원원법무사학원에 찾아올 것을 예측하고 이 학원에 아예 발길을 끊어버린다.

한편 이 학원의 헌법강사인 배철준은 이희라가 시험이 끝났으니 다른 궁금한 일로 한 번쯤 올 거라고 기대하고 있으나 그녀는 나타날 리가 만무하다.

철준은 시험 본 날 희라가 남자의 벤츠를 타고 빠져나간 기억을 떠올리며 단념 쪽으로 선회한다.

민동은 당분간 법무사공부를 접고 휴식기에 들어간다. 돈 걱정은 없으니 포르쉐를 타고 여기저기 놀러 다닌다.

난화를 만났던 달콤했던 기억이 문득 떠올라 다시 재회의 희열을 맛보려고 불쑥 그녀의 번호를 눌러버린다. 그러나 당연히 받을 리가 없다.

꿩 대신 닭으로 임숙에게 전화를 넣는다. 그녀는 전화를 받으며 막 웃는다.

"아! 민동. 꽤 오랜만에 전화하네? 그간 어떻게 지냈는지?"

"그냥 그렇게 하하."

이들은 옛정을 떠올리며 다시 만남의 시간을 갖는다. 그녀는 "광교 살사학원으로 오라"고 그에게 말하자 민동은 "알았다"고 말한다. 이천 쪽으로 맹렬히 드라이브를 하던 그는 핸들을 돌려 광교 쪽으로 내달린다.

저녁 시간 다 되어 도착되고 있다. 만나자마자 임숙은 민동의 입술에 자신의 입술을 대고 꾹꾹 눌러버린다.

학원 주변인들을 아랑곳하지 않는 것이었다.

임숙은 옷을 사복으로 갈아입고 나와 민동과 저녁 식사를 하러 간다. 식당으로 들어가 돈가스 주문하고 조금 기다리고 있을 때 누군가 현관문을 열고 들어오는데 바로 권희였다.

권희는 이들을 보며 살짝 웃으며 "어! 민동. 오랜만인데 하하" 들어와 이들의 옆자리에 턱 앉는다. 권희는 민동과 불륜문제로 이혼을 당하였는데 불과 며칠 지나 개의치 않고 이곳 광교 살사학원을 다녔다. 권희는 임숙도 민동과 교제 중이란 걸 익히 알고 있다. 민동은 그녀들 뿐만 아니라 이 학원에 애인들이 수두룩하다.

권희가 다른 자리로 피하려고 하자 이들은 "그럴 것 없다. 같이 이 자리에서 먹자"고 하며 돈가스를 하나 더 주문한다.

지금 이 순간 권희는 내심 속으로 이들의 모습을 부러워한다. 예전엔 몰랐는데 이 남자 저 남자 만나면 외로움이 사라질 걸로 여겼으나 이혼한 지 반년이 흐르자 이젠 자신만을 아껴줄 남자가 그리워지는 것이다. 여기 바로 앞에 앉아 있는 민동은 그런 타입은 전혀 아니지만 그래 줄 수만 있다면 얼마나 좋을까! 공상 속에 빠진다.

그러는 순간 돈가스 3개가 들어오고 있다. 종업원은 "맛있게 드십시오" 하고 돌아서 간다.

"네."

이들은 그 음식을 먹기 시작한다.

임숙은 음식을 먹어가며 전에 그러지 않았던 권희에 대한 경계심을 드러내기 시작한다. 왜냐하면 권희가 민동을 바라보는 눈빛이 오래전 학원 안에서 그랬던 것과는 사뭇 다르다는 느낌에서다.

식사를 마치고 민동과 임숙은 광교 호수공원 쪽으로 걸어갔고 권희만 살사학원으로 들어갔다. 권희는 학원으로 들어가 댄스복을 갈아입고 열중하는 중 조금씩 조금씩 그들의 사이에 대해 못마땅하단 생각이 드리워진다.

하려고 폼만 잡다가 할 맛이 안 나 다시 돌아 샤워실로 들어가 샤워를 하고 사복을 갈아입고 나와버린다.

호수공원이 가깝기에 바람 쐴 겸 가리라! 생각하고 유유히 걸어간다.

한여름 밤의 호수공원은 덥지만 간간이 부는 실바람이 있어 조금 괜찮았다. 권희가 언덕 조금 아래에 있는 매점에 들러 캔 맥주를 사 먹으려고 들어가는 순간 바로 앞 파라솔에 임숙, 민동이 맥주를 먹으며 다정하게 대화를 나누고 있다.

그녀는 깜짝 놀라 들어가지 않고 뒤돌아서 언덕 위로 올라가버린다. 예의주시하는데 그들은 한창 무르익자 서로가 입술을 꽉 부딪치며 꾹꾹꾹 누르고 있다.

그러다가 일어나 어디론가 가고 있다.

권희는 다 예상한다.

다소 씁쓸한 기분으로 공원 주변을 이리저리 빙빙빙 돈다. 권희의 불만사항은 홍민동과 자신이 그런 사이였다가 꼬리가 길어 남편에게 이혼당하였는데 그가 임숙과 붙어 다닌다는 게 여간 짜증 나는 게 아니다. 그가 원래 그런 남자라는 걸 알면서도 그렇다.

이런 현실 자체가 화가 나 느닷없이 앞에 있는 소나무를 향해 세게 걷어찬다. 그러자 발이 너무 아파 "으으으악악" 하고 소릴 지른다. 무모한 화풀이였다.

얼른 양말을 벗고 발등을 쳐다보자 조금 까진 게 보이고 피가 나고 있다. 얼른 휴대용 화장지를 꺼내어 닦아댄 후 다시 양말을 신고 자신의 차가 있는 곳으로 가 타고 집으로 향하는데 오늘따라 그녀의 기분, 심정은 몹시 작아진 느낌 그러니까 자신의 차 모닝과 일치됐다.

권희는 이혼 후 종로2가에서 집을 종로3가 쪽으로 옮겼다. 남편한테서 쫓겨났기 때문이다.

번개같이 달려간 모닝은 어느새 종로3가 원룸에 다다랐다. 쫓겨나 돈이 없어 가까스로 원룸을 얻은 것이다.

신경이 꽤나 날카로워져서인지 그녀의 온몸엔 땀이 많이 나고 있다. 중고 모닝이라 에어컨이 안 나와서 그러는지도 모른다.

방에 들어가 이런저런 온갖 망상 속에 사로잡힌다.

무엇보다 자신이 그 남자 홍민동과 관련되어 파경을 겪었기에 그 남자는 자신의 것이 되어야 맞는다고 생각하는 것이다.

그렇기에 그녀가 앞으로 민동을 차지하기 위하여 이전투구로 나갈 가능성이 높다.

지금 이 시각 홍민동과 임숙은 광교 중앙역 주변 모텔로 들어가 그야말로 빨간색 장미꽃을 검은색 장미꽃으로 아주 검붉게 물들였다.

날이 밝자 권희는 새로운 일터를 찾아 나섰고, 모텔에서 일어난 민동, 임숙은 그의 차 포르쉐 911 카레라 검은색을 타고 놀러 다닌다.

어제 오후에 이천 쪽으로 그 차를 타고 내달리다가 임숙의 전화를 받고 핸들 돌려 광교로 갔던 건데 오늘은 맘껏 이천을 향해 내달린다.

정오가 가까이 올 때쯤 동석자 임숙에게 어디선가 전화가 오는데 쳐다보자 그녀의 남편이다.

임숙의 남편은 나이 차가 꽤 난다. 무려 16년이나 난다. 임숙 나이 39인데 남편 나이가 55이다.

남편은 워낙 돈이 많아 벤틀리를 타고 여기저기 골프여행을 다니는 사람인데 집에 안 들어오는 게 태반이다. 그러다가 어젯밤은 집에 한 번 들어왔는데 와이프인 임숙이 없자 몹시 불쾌한 기분에 사로잡혀 지금 이 시각 확인전화를 하는 것이다.

"쉿 내 남편이 전화한다. 음악소리를 잠시 꺼."

"어!"

그녀는 폰을 열며 "아! 우리 남편 어떻게 밥은 잘 먹고" 하며 무척 부드러운 목소리로 말한다.

"야, 너 지금 어디 있어?"

"아! 나 지금 이번 주 토요일에 우리 학교동창회를 하는데 준비하러 나온 거지!"

"야, 무슨 학교동창회 준비를 밤에 하냐? 뭔가 이상해 음······."

8.
광교 호수공원의 아늑한 밤 시간

　다소 소름 돋는 의심스러운 짧은 멘트를 하고 그는 끊는다. 그러자 그녀는 조금씩 겁에 질리기 시작한다.
　어젯밤 남편이 안 들어올 거라고 확신하고 광교 호수공원에서 민동을 만난 건데 설마 이렇게 될 줄은 미처 몰랐다.
　임숙의 남편 최형삭은 이름 그대로 성격 또한 무척 형식적인 타입이다. 고집스럽다는 것이다. 와이프와 나이 차도 많이 나는데도 아량은 전혀 없고 완전 강권이다.
　이렇기에 임숙은 형삭이 방금 전 형식적으로 짧게 말하고 끊었으니 더더욱 공포 속으로 빠져드는 것이다.
　"야, 민동. 드라이브할 맛 완전 뚝 떨어졌다."
　이 말에 그도 표정이 완전 일그러지기 시작한다. 금세 이천에 도착하였다. 내리자마자 끼니를 해결하고자 식당가를 찾아 들어간다. 한편 지금 이 시간 새로운 일터를 찾아 돌아다니는 권희는 종로3가 어느 한 골목에 사회복지사 요양보호사 교육학원이란 간판을 보고 무작정 들어가 수강신청을 한다. 이렇게 해서라도 먹고살겠다는 발로이다. 그러면서 잠시 댄스학원은 접는다. 한때 스포츠댄스 강사를 취득하여 이 방면으로 나가려고도 하였으나 암기력이 안 좋아 1차 필기를 통과하지 못했다.
 이젠 요양보호사를 하려고 마음먹었으니 세차게 달려갈 것 같다.

 어느 정도 시간이 흐르자 요양보호사교육원에서 나가는 실습장에서 한 정신질환환자를 접했는데 이 환자는 예전에 청와대 민정수석을 했던 곽풍광이다.
 나이가 많이 들다 보니 분열증이 온 것이다. 정신병원에서 늘 그는 "내가 누구냐? 내가 명색이 청와대 민정수석이었다. 니네들 까불면 다 죽는다." 이런 과거의 명성을 들먹이며 고래고래 소릴 지르는 지경이다.
 이 환자를 권희가 맡게 된다.
 정신분열증에 걸려 이곳 종각 매화정신병원에 입원한 풍광은 나이도 벌써 75세가 됐으니 세월의 격세지감을 느낀다.
 그가 과거에 한참 조박식 대통령 시절에 청와대 민정수석으로 있을 땐 정말 날아가는 새도 돌을 던져 떨어뜨린다는 유행어가 나올 정도였으니 말이다.
 그 당시 다음 대권을 노려보려는 찰나에 신경과민으로 분열증세가 심해져 여기저기 망언을 일삼고 다녀 낙마할 수밖에 없었던 쓰린 시기를 겪었다.
 실로 여간 까다로운 환자가 아닐 수 없다.
 요양보호사 실습의 혹독함을 맛보는 그녀로선 감내하리라! 다짐한다. 자신의 치정행위가 드러나 집, 가게에서 쫓겨나 돈도 없으니 이렇게라도 살아가리라! 결심한다.
 한창 실습 중 환자 풍광은 분열증 객기가 발동하여 그녀를 느닷없이 끌어안으려고 사력을 다하자 너무 놀란 그녀는 황급히 피하는데 그는 이어 "야, 여자야. 술 가져와. 술 좀 가져와"라고 고함을 친다. 다른 요양사와 직원들이 달려와 "이 환자는 정신도 그렇지만 알코올 중독자입니다. 각별히 조심하셔야 합니다" 하며 한숨을 푹 쉰다.

이런 일이 힘들긴 무척 힘들구나! 하고 낙담하고 있을 때 곽풍광 환자에게 면회객들이 여러 명 왔다는 통보가 직원으로부터 전해온다.

면회객 상당수의 면면을 보자 어디 일간지 같은 데서 많이 본 듯한 사람들이었다.

이들이 우르르르르르 들어오자 풍광은 더더욱 기세가 올라 "이거 봐. 지금 봤지? 내겐 이런 사람들이 올 정도야! 하하" 하고 바짝 목에 힘을 준다.

지금 이 순간에는 정신이 바로 들어오는 거였다.

그중 한 사람이 어디 일간지에 건설업 회장으로 알려졌는데 생긴 외형이 무척 부유하게 보였다.

권희도 그를 매스컴상으로 본 듯한 기억은 스친다. 잠시 가만히 지켜보는데 그는 풍광에게 "아이고, 수석님. 수석님께서 지난날 제게 많은 은혜를 베풀어주셔서 제가 편하게 삽니다" 하며 고개를 푹 숙인다.

"그래 그래. 고마운 줄 알면 됐어! 하하."

그러는 사이 건설업 회장에게 어디선가 전화가 걸려온다. 그는 받으며 "야, 임숙. 왜 지금 바쁜데 전화질이야? 바빠. 얼른 끊어. 난 지금 수석님과 대화 중이라고……."

그가 방금 전 통화 중 임숙이란 이름을 들먹이자 권희는 눈이 번쩍 뜨인다.

속으로 "어! 임숙이라면 그 임숙을 말하는 것인가!" 사뭇 궁금하기도 하다.

순간 몹시 궁금함을 느낀 권희는 이를 참지 못하고 "아니 회장님. 조금 궁금해서 여쭙는 건데 지금 통화 중에 임숙이라고 하셨는데 혹시 종로5가에서 아반떼 타고 다니는 분 아닙니까?" 묻는다.

"어! 보호사님이 우리 집사람을 어떻게 압니까? 그게 맞습니다."

"네 광교 중앙역 쪽에 댄스학원을 같이 다닌 적이 있어서 그만."

"어! 그럼 우리 와이프가 댄스학원을 다녔단 말입니까? 이거 봐라 참 나" 하며 얼굴이 완전 경색되어버린다.

임숙의 남편 최형삭은 건설업 회장을 할 정도로 갑부 중의 갑부지만 와이프 임숙에겐 봉쇄차원으로 아반떼 한 대 사 주고 만 것이다. 좋은 차를 사 주면 더더욱 날뛰고 다닐 거라는 우려가 컸기 때문이다. 꽤 단순함이었다. 아반떼 정도 사 주면 그러지 말란 법도 없는데도 그랬다.

더군다나 형삭은 늘 골프여행을 다니며 여성 회원들에겐 "요즘 댄스는 스포츠댄스라 대학교 평생교육원이고 시청 구청이 주관할 정도로 레크레이션입니다. 건전한 스포츠입니다. 못 하는 게 바보예요"라고 떠들고 다닐 정도였다.

그런 그가 방금 전 보호사로부터 와이프 임숙이 같이 댄스학원을 다녔다는 그 말에 광분, 격분하며 충격에 빠진다.

게다가 자신은 늘 골프여행을 다니며 캐디라든가 여성 골프회원들과 유희를 즐긴 것에 대해선 남자로서 당연한 걸로 여긴다.

이로써 권희는 이 아저씨가 임숙의 남편이란 걸 알게 되는 순간을 맞이하는데 내심 속으론 달콤하단 생각을 한다. 가뜩이나 임숙에게 불만이 많은데 이번 기회에 폭로하여 쑥대밭을 만들 수 있기 때문이다.

남편은 아내 임숙이 댄스학원 다닌 것만으로도 광분할 정도인데 홍민동이라는 전직 검찰서기이자 댄스회원과 연인 사이란 걸 알게 된다면 걷잡을 수 없는 불길이 타오를 것은 자명하다. 그는 그렇지 않아도 며칠 전 와이프에게 전화했을 때 무슨 허구한 날 학교동창회를 한다고 준비한다고 했을 때부터 수상하다 생각했다.

점점 얼굴이 굳어져가고 있을 때 권희는 내친김에 초강수를 쓴다.

"사장님 임숙 회원은 학원에서도 남자들과 너무 가까이 지내고 밥 먹듯이 놀러 다닙니다. 어휴~~ 너무 걱정돼요."

가슴이 쿵 한 최형삭은 "아아아, 네. 예상하긴 했습니다. 그런 낌새는 있었습니다. 알려주셔서 감사합니다. 이젠 제가 처리하겠습니다. 으으으윽." 탄식을 쏟는다.

순간 그녀는 속으로 환호성을 터뜨린다.

"으음 이젠 임숙은 끝나는 날만 남았다."

그와 면회를 마친 이들은 빠져나가고 있다.

권희는 요양보호사 일행들과 조금 더 일을 보다가 시간을 채우고 퇴근길에 오른다.

임숙 남편 최형삭은 돌아가자마자 부인이 전혀 눈치채지 못하게 심부름센터에 의뢰하여 와이프를 감시 미행해달라고 요청하기에 이른다.

결정적 증거를 포착하여 갈라서버리려는 강수이다.

이날 권희는 집에 들어가 너무 기뻐 혼술을 하며 원룸에서 댄스스텝을 밟는다.

"아하~~ 이젠 민동은 내 차지가 될 거다. 내가 걔 때문에 남편에게 얻어맞고 원룸 신세가 됐는데 걔를 임숙에게 뺏긴다는 건 절대 있을 수 없는 일이지! 아하하하하."

취기가 어느 정도 있는 상태에서 그녀는 잠이 든다.

임숙의 남편으로부터 아내를 감시해달라는 의뢰를 받은 종로5가 심부름센터는 임숙을 밀착취재 하러 다닌다. 임숙은 집중력이 저하되어 민동과 계속 놀러 다니다가 불륜을 저지르는 장면을 포착되고 말았다.

끝내 꼬리가 길어져 그 업체요원들에게 동영상이 찍히는 사태를 맞는다. 이게 갈라서는 유력한 단서가 되는 것이다.

곧바로 남편 최형삭은 임숙을 부른다. "당신 좀 얼른 집으로 와봐야겠어!"

몹시 불안한 기분으로 집에 들어가자 형삭은 증거를 들이밀며 갈라설 것을 천명하였다. 깜짝 놀란 그녀는 "어어 이게 어떻게 이렇게 됐지?" 하며 온몸이 굳어진다.

끝내 이들은 갈라설 수밖에 없었다. 한때 갑부남편을 만났다고 좋다고 펄쩍펄쩍 뛰며 동네방네 자랑하고 다닐 때가 엊그제 같은데 너무 날뛰다 보니 속절없이 이렇게 됐다.

남편의 분노는 하늘을 찔렀다. 이 일로 그녀는 집에 머물 수가 없어 빠져나가 홀연히 어디론가 갔다. 더위가 절정으로 치닫는 밤 그녀는 밖에서 배회하다가 카페에 들어가 광교 댄스학원 회원들에게 이런 사실을 알린다. 넋두리가 진행된다.

원래 인간은 갑갑하고 답답한 일이 생기면 그 어느 누구에게 푸념을 하고픈 충동에 사로잡힌다.

많은 회원들은 그녀의 넋두리에 대해 "그저 안타깝다."

"그러니 조금 조심했어야지."

"앞으로 잘 살아라."

대체로 이런 매우 형식적인 덕담으로 일관하였다.

원래 심각한 넋두리를 늘어놓으면 돌아오는 것은 대체로 이런 정도이다. 일부 회원들 중 권희와 친한 사람이 존재할 수 있다. 같은 학원 출신이니 그럴 수 있다.

어김없이 그들은 권희에게 이 사실을 알려버렸다. 이에 그녀는 충격적인 목소리로 "어휴~ 임숙 씨는 정말 너무 안됐다. 불쌍해 쯧쯧" 하고 위로조로 말한 뒤 끊으며 "우하하하하" 하고 웃어버린다.

어제 매화정신병원에서 임숙 남편에게 특급정보를 준 게 주효하는 감격을 맞이한다. 이렇게 곧바로 실행해줄 거라곤 미처 예상하진 못했으나 순발력을 발휘해준 점은 고마울 따름이다.

글쎄 권희는 다소 단순한 듯하다. 민동을 차지하기 위한 발로로 어제 그런 건데 실효성이 어떨지 모르겠다. 까닭은 민동은 어떤 외부적인 요인을 따지질 않는다. 특히 연애를 하는 부분에 있어서 물불을 가리질 않는다. 그저 닥치는 대로 한다. 임숙이 남편과 헤어지게 된다고 민동이 어떤 장애요소가 될 가능성은 전무하다. 그 댄스학원에서 임숙만을 좋아하는 것도 아니다. 다 알면서도 권희는 단순함을 보이는 것이다.

그 후로 얼마 지나지 않아 임숙과 남편은 갈라서게 됐다.

그녀도 갈라설 때 부정행위로 쫓겨나는 거라 빈털터리가 되어 이젠 뭐라도 해야 할 상황이 됐다.

임숙은 정신없이 일터를 알아보러 다닐 때 권희는 민동에게 전화하여 "만나자"고 말한다.

"야, 나인데 8월 되니? 7월보단 조금 낫지? 한번 만날까?"

"누나가 참 오랜만에 전화했네."

이로써 이들은 8월 첫 일요일에 예전에 정을 나누던 광교 호수공원에서 저녁때 만남이 이뤄진다.

만나자마자 그녀는 그간 있었던 사실을 그대로 넋두리를 늘어놓는다. "야, 민동. 난 너 때문에 우리 남편과 헤어지게 된 거잖아? 그럼 네가 날 책임지려고 노력을 해야지! 어떻게 임숙을 만나고 다녀? 그래서 내가 임숙 남편에게 고자질해버린 거야. 널 무작정 좋아하는 내 마음을 좀 알아줘" 하고 조금 흐느끼는 척한다.

"어! 뭐야? 누나가 그랬다고?"

"넌 원래 이 여자 저 여자 막 만나는 성향이란 걸 알지만 난 너 때문에 큰 피해를 당했고 이젠 나도 안정을 취하고 평온을 찾고 싶다."

이런 그녀의 절규에 대해 민동은 겉으론 고개를 끄덕끄덕거릴 뿐 속으론 별로 대수롭지 않게 여긴다.

"내게 너무 기대하진 마! 하하."

이 한마디는 권희 입장으론 상당한 충격 그 자체였다. 이 상황에서 그녀는 남편과 이혼 후 돈벌이차원으로 종각 매화정신병원에 다닌다고 말하진 않는다.

민동은 이런 만남 자체가 무의미하다. "누나 내게 그런 말하려면 이젠 만나자고 하지 마" 하고 쏘아붙이고 달아나버린다.

그가 막 달아나는 뒷모습을 하염없이 바라보는 권희는 속으로 피멍이 들고 있다.

민동은 차를 몰고 한참 가다가 임숙에게 전화를 넣었더니 받질 않는다. 무슨 문제가 생겼을 거라고 추측한다.

권희가 임숙 남편에게 고자질했다니 당연히 문제가 생겼을 것이다.

5분 정도 더 운행하자 임숙에게 문자가 날아온다.

〈나 남편에게 이혼당했다. 생각해보면 다 너 때문이다〉 이런 내용이다.

그 차가운 문자를 보낸 이후로 그녀는 절대 민동과 상대를 안 해버린다.

임숙으로서도 이젠 먹고사는 문제에 신경을 써야 할 지경이라 그렇다. 결과적으로 홍민동이란 한 남자로 인해 두 여자가 다 그렇게 이혼을 당했다.

그러나 그는 조금도 죄책감이 없다.

한 가지 임숙은 권희가 뒤에서 조종하여 이런 파경을 맞은 것은 모른다. 권희는 모든 사실을 민동에게 털어놓고 정식교제를 신청하면 뭔가 좋은 일이 생길 거라고 기대했지만 별 수 없는 현실을 맞이하였다.

내일부터 일단 정신을 가다듬고 요양보호사시험 준비에 집중하리라 다짐한다. 살인적인 무더위가 7월이었다면 8월은 다소 주춤하기 시작하였다.

임숙의 태화고교 동창인 홍자는 아직까지 뭐 이렇다 하게 하는 일은 없이 놀고 있다. 그러던 중 고교동창으로부터 "임숙이 한 연하의 남자와 교제하다가 남편에게 덜미가 잡혀 이혼을 당하고야 말았다"는 소식을 접한다.

홍자는 이 소식을 접한 뒤 너무 기뻐 펄쩍펄쩍 뛰며 환호성을 터뜨린다. 그녀가 이러는 이유는 작년 여름 태화고교동창회 때 한 남자동창을 차지하려고 서로 격렬히 다툰 일이 있어서다.

그때 그 앙금이 엄청나다. 그랬지만 그 남자대상은 그날 제3의 여자동창과 눈이 맞아 교제하게 됐다.

결과는 이랬지만 서로 다투는 과정에서 큰 균열이 생긴 사건이다. 이 기쁨을 함께하기 위해 한때 같은 선거운동원을 했던 이서여에게 만나자고 연락을 취한다.

두 달 전에 그녀들이 만날 때도 서여가 운영하는 종로4가 옷 가게에서 만난 건데 오늘도 그렇다.

그녀는 예나 지금이나 옷 가게를 하며 시간을 보내고 있다. 홍자가 들어오는 시간은 오전 11시 반쯤이다.

"아이고, 서여 씨. 우리가 만난 지가 벌써 두 달이 다 됐죠? 참 시간은 잘 가죠? 히히."

현재 박미란, 강두진 둘 다 구속 상태이다.

"홍자 씨. 오느라고 힘들었죠? 점심때도 다 됐는데 어디 가서 식사라도 하시죠?"

"아니, 아닙니다. 조금 이따가 가기로 하고 일단 내 말을 들어봐요."

"네. 그럼 아이스커피라도 한잔하시죠" 하며 서여는 냉장고 안의 냉커피를 꺼내어 준다. 그러자 홍자는 "네, 고마워요" 하고 마시며 넋두리라기보단 기쁨을 알린다.

8. 광교 호수공원의 아늑한 밤 시간

"내가 저번에 우리 고교동창 중에 임숙이라고 있다고 했잖아요. 그년이 젊은 영계를 물고 다닌다고 제가 그때 넋두리를 했죠. 그런데 말이죠. 이젠 기쁜 일이 발생했습니다."

"어! 그게 뭐예요?"

"아까 다른 동창친구로부터 전화가 왔는데 그년이 한 연하의 남자와 사귀다가 남편에게 걸려 이혼을 당했다는 겁니다. 생각해볼 때 그 연하의 남자는 분명 그 검찰서기 출신 홍민동일 겁니다. 그럼 그들 간의 사랑도 완전 깨졌을 것이고요. 완전 풍비박산이 났을 테니까요! 호호호."

지금 홍자의 예측은 적중한다. 어제 민동이 권희를 만나고 돌아가다가 전화를 해도 임숙이 받지 않고 얼음 같은 문자를 보냈을 정도이니 말이다.

홍자는 자신은 못 먹는 감을 타인이 먹는 꼴은 도저히 못 보겠다는 심리가 작용하는 것이다.

그녀가 민동을 그리워하며 한번 만나 보고픈 욕심이 생길 텐데 실현 가능할지 모르겠다. 계기가 없기 때문이다.

서여는 홍자의 기쁨에 대해 호응해주며 계속 웃음으로 화답한다. "하하하, 홍자 씨. 너무 신났다. 근데 이젠 12시가 다 됐으니 찌개라도 주문합시다" 하고 식당가 책자를 찾아 김치찌개 2인분을 주문한다.

음식이 도착하기 전, 잠시 가게에 비치된 티브이를 켠다. 와우채널 정오뉴스가 나온다.

처음엔 정치에 대한 기사가 나오더니 다음으론 사회면인데 「작년 4·15 총선에서 국민밖에 모르는 당 후보로 나왔다가 낙선한 강두진에 대해 가석방 결정이 나왔다」는 기사이다.

풀려났다가 다른 건으로 재차 구속수감이 되어 서여의 고통이 이만저만이 아니었는데 이렇게 풀려난다는 보도를 접하자 그녀는 벌떡 일어나 껑충껑충 뛰며 엉덩이를 좌우로 흔들며 아주 크게 환호성을 터뜨린다.

"야아아아아 와와와."

그러는 사이 가게 문을 열고 배달원이 주문한 찌개를 들고 온다.

"맛있게 드십시오."

"네."

그녀들은 서로가 기쁜 날이라 웃음꽃이 활짝 폈다.

8월 3일 월요일 정오에 서여 옷 가게에서 찌개 2개를 시켜 먹으며 강두진 석방보도를 보고 환호성을 터뜨린다.

다른 날 먹는 찌개와 전혀 다른 차원의 찌개 맛을 느끼며 그녀는 힘차게 먹는다.

드디어 홍자가 이젠 열을 올리기 시작한다.

"아까 특급정보를 알려준 친구는 우리 고교친구입니다. 이젠 그 친구에게 상황을 알아내어 내가 그 학원으로 댄스를 배우러 가면 자연스레 만날 수 있을 겁니다. 호호."

홍민동은 현재 그 광교 댄스학원에 매일 가는 건 아니고 마음 내키면 가고, 안 내키면 안 간다.

홍자의 구체적인 대시가 벌어질 날이 점점 가까워지고 있다.

이날 민동은 모처럼 댄스를 해볼까 하는 마당에 저녁때 학원 쪽으로 핸들을 돌린다. 혹시 임숙이 받을까 하여 전화를 해보았으나 받질 않는다. 임숙은 남편에게 쫓겨난 뒤 두문불출하며 앞으로 뭘 하며 먹고 살 것인가! 숙고 중이다.

저녁 시간이 되니 조금 전, 오후 5시쯤에 도착한 그는 휴게실에 들어가 음료수를 먹으며 탁자 위에다 노트북을 올려놓는다.

그러다가 화장실이 급했는지 그곳으로 달려간다.

한참 후 나오다가 탁자를 보자 노트북이 사라진 것을 목격하였다.
"어! 내 노트북 내 노트북이 어디로 갔지, 어어! 으으으."
문득 생각하니 누군가 이걸 가져가지 않고는 노트북이 발이 달려 어디로 가진 않았을 거라고 판단하고 여기저기 뛰어다니는데 회원들이 몇 명이 군데군데 있긴 하였으나 그 누가 가져갔을 거라곤 좀체 예측하기 어려웠다.

정신이 하나도 없었다.

그렇지만 집중하려고 노력하였다. 그 안엔 온갖 중요정보가 저장되어 있기에 더더욱 고통스러웠다. 도대체 누구의 소행일까! 이 사람 저 사람 얼굴을 노려본다. 그런데 문득 자신의 눈을 조금 두려워하는 한 회원이 포착됐다.

속으로 "아! 저 인간의 짓일 거다." 관측한다.

이 순간 그가 의심하는 대상은 여자회원이다. 속으로 부글부글 끓어오른다. 이 순간 의심을 받고 있는 여자는 오늘 오전에 홍자에게 그 특급정보를 흘린 태화고교 홍자의 동창이다.

민동의 눈초리가 예사롭지 않다고 느낀 그녀는 여기 머물면 안 되겠다 싶어 얼른 옷을 갈아입고 빠져나가고 있다. 이걸 그도 포착하고 바로 뒤따라 나간다.

그녀가 이 노트북을 훔친 까닭은 혹시 이 안에 그와 임숙 간의 어떤 사적인 정보을 취득하여 홍자에게 전하려는 발로이다. 그러니까 민동과 임숙 간의 사이를 깨뜨리려는 술책이다. 그래서 홍자를 돕겠다는 의지이다.

　그녀는 방채라였다. 채라는 차를 몰고 황급히 빠져나가는데 민동도 그 뒤를 따라간다. 방채라는 수지구 고기동 더블주택으로 들어가버린다. 단독주택이었다.

　그녀도 왠지 느낌이 그가 뒤따라온 것 같아 문을 걸어 잠그고 창문으로 밖을 예의주시하였다.

　그런데 정말 민동이 얼쩡거리는 거였다. 채라는 "아! 저놈이 내가 노트북을 가져간 걸 어떻게 알았지 이상하다. 본 사람이 없는데 혹시 CCTV를 봤나! 그렇게 빨리 그걸 볼 수 있나, 참! 정말 이상하다" 하며 혼잣말로 중얼중얼거린다.

　민동은 밖에서 배회하다가 그렇다고 뭐 이렇다 하게 결정적인 증거도 있는 것도 아니라 속절없이 돌아갈 수밖에 없었다.

　일단 허기져 밥을 먹기로 하고 식당을 찾아 들어간다. 이 시각 채라는 CCTV가 꽤나 신경 쓰여 쏜살같이 다시 학원으로 돌아가 그것을 파손해버린다.

　민동도 밥 다 먹고 학원에 가 이걸 확인하려 하였으나 한발 늦었다. 아차 하는 순간이다.

　8월 3일 월요일 저녁 민동의 노트북을 도난당하는 충격적인 사건이 발생한다.

　그는 밥을 먹으며 분노가 치밀어 올랐다. 어떻게 댄스학원 동료가 자신이 화장실 간 틈에 노트북을 훔쳐 갈 수 있겠느냐, 이것이다. 도저히 이해할 수가 없었다.

　밥을 먹는 중에 너무 열받아 주먹으로 탁자를 아주 세게 꽝 하고 내리친다.

그러자 주인과 주변 손님들이 깜짝 놀라며 일제히 쳐다본다.

"어어어어."

밥을 다 먹은 후, 격분이 포화되어 그냥 돌아갈 수가 없다고 판단한 그는 내친김에 그녀의 집에 강제로라도 들어가 자신의 노트북을 도로 찾아와야 한다고 결심한다.

뚜벅뚜벅 채라의 단독주택 앞으로 가서 일단 초인종을 누른다.

'띵동 띵동 띵동' 눌러도 아무런 대꾸가 없다. 한 번 더 누르자 그녀는 집 안에서 밖을 집중한다.

"어! 저 인간이 안 가고 이게 뭐야! 으으으."

그녀 입장으론 절대 열어줄 수가 없다. 그러자 그는 고래고래 소릴 지르며 "문 좀 열어봐. 이 도둑년아~~ 야 도둑아~~ 문 좀 열어봐" 하고 폭언을 한다.

그녀는 가슴이 쿵 한다. 이 사실을 저 인간이 어떻게 알았을까! 바로 이것이다.

끝내 문을 열질 않자 민동은 해선 안 될 짓 담벼락을 뛰어 넘어 들어가고 있다.

그러자 채라는 "아! 현관문을 잠갔어야 했는데…… 으으" 하며 현관문을 황급히 잠그려고 달려들었으나 때는 늦었다. 민동은 열려진 현관문을 밀고 들어가 "야, 이년아. 이 도둑년아 네가 내 노트북을 훔쳐 갔지? 어서 내놓지 못해? 에잇" 하고 협박을 한다.

겁에 질린 채라는 "아니 그게 무슨 소립니까? 내가 무슨 노트북을 훔쳐요? 당장 나가지 않으면 경찰을 부를 거요. 어서 나가요" 하며 고함친다.

그랬으나 그는 막무가내로 이곳저곳을 뒤졌다. 그러나 그것을 찾진 못했다. 그 순간 채라의 남편이 들어오며 깜짝 놀라며 "이게 무슨 일이야?" 소릴 지른다.

"여기 이 사람이 날 보고 도둑이라고 쫒아 들어온 거야."

"뭐? 자기가 도둑이라고……?"

"얼른 이 사람을 경찰에 신고해."

남편은 재빨리 경찰에 신고하자 불과 얼마 후 경찰이 출동하였다. 민동은 조금 당황하였다. 경찰이 주인 채라에게 "무슨 일입니까?"라고 묻는다.

"아니 이 사람은 제가 다니는 댄스학원 회원입니다만 웬 난데없이 나 보고 노트북을 훔쳐 간 도둑년이라고 여기까지 쫒아와 침입한 겁니다. 이 사람 잡아가주세요."

이에 경찰이 "이봐요. 아저씨 이 말이 맞아요? 아니면 목격했습니까?" 묻는다. 민동은 조금 당황하는 표정이 드러난다. 사실 그녀가 훔쳐 가는 걸 목격한 건 아니기 때문이다.

여기서 이런 상황에 민동은 또다시 무슨 객기인지 객기가 드러나기 시작한다.

"아니 내가 본 건 아니지만 분명 정황상 느낌이 듭니다. 근데 그건 그렇고 당신들 말이야. 난 예전에 검찰서기였는데 말이야! 한참 아래인 경찰들이 어디다 대고 막말을 하는 거야?" 하고 핏대를 올린다.

"지금 당신 검찰서기입니까?"

"아아아! 예전에 그랬단 겁니다. 지금은 그냥 쉬고 있지만 말입니다. 흠흠."

"푸하하하하하."

아주 호기롭게 웃어버리며 경찰들은 "당신을 주거침입죄와 주거수색죄로 체포합니다. 자, 당신은 형법 제321조 주거·신체수색죄를 저지른 거요. 사람의 신체, 주거, 관리하는 건조물, 자동차, 선박이나 항공기 및 점유하는 방실을 수색한 자는 3년 이하의 징역에 처합니다. 자, 갑시다" 하며 연행하여 간다.

"놔아 놔아 놔아. 놓으라고. 이거 놓지 못해? 어디 이것들이 감히 검찰서기에게. 아아악악" 하며 민동은 괴성을 지른다.

그러나 현행범으로서 속절없이 끌려갈 수밖에 없었다. 채라는 아까 학원에서 그 노트북을 훔친 뒤 자신의 보관함에 넣고 재빨리 열쇠로 잠가버렸다.

그가 끌려간 뒤 채라는 곧바로 홍자에게 이 사실을 알린다. 그러자 홍자는 당혹스러움을 감추지 못하고 "아니 뭐야? 그런 일이 있었다고? <u>으으으으</u>. 이건, 이건 아닌데" 하며 울분을 토한다.

홍자가 바라는 건 그저 민동과 임숙이 깨진 것까지이고, 민동이 계속 댄스학원에 오면 자신도 그걸 배우러 가 자연스레 합석하며 친해지는 구도이다.

그러나 그가 법정구속을 당한다는 것은 여간 큰 아픔이 아닐 수 없다. 앞으로 그가 어떻게 법망을 빠져나올 수 있을지 불안하고 초조할 뿐이다.

민동은 경찰에 끌려가 자구행위였다고 강변하고 있는 중이다.

채라가 절도범이기에 쫓아가 노트북을 도로 찾으려고 했다는 대목이다.

그래서 자신의 행위는 위법하지 않다는 것을 외친다. "나는 자구행위입니다. 자구행위란 법정절차에 의하여 청구권을 보전하기 어려운 경우, 그 청구권의 실행불능 또는 청구권의 현저한 실행곤란을 피하기 위한 행위로서, 상당한 이유가 있는 때에는 벌하지 않기 때문이다. 이런 규정이 있습니다. 난 여기에 해당된단 말이죠."

"범행현장을 즉 훔쳐 가는 장면을 목격했습니까?"

"아! 그건 아닙니다만……."

"아니죠. 그냥 그런 느낌만으론 해당 안 됩니다. 당신은 주거·신체수색죄가 맞습니다."

그야말로 홍민동은 위기에 빠졌다.

8월 3일 월요일 저녁 수지 고기파출소에 민동은 연행된다.

고기파출소에서 민동은 심한 소란을 떤다. 그러나 그가 주장하는 대로 되지 않는다. 왜냐하면 실제로 그가 그 도난장면을 목격한 건 아니기 때문이다.

그는 결국 며칠 뒤 검찰로 송치되어간다. 서울검찰청으로 갔는데 너무 공교롭게도 옛 직장이다. 그는 정말 만감이 교차하였다. 그렇게 그곳에서 기세등등하게 생활했건만 근무한 지 불과 얼마 되지 않아 치정문제로 파면되고 또 이런 주거침입죄 수색죄로 끌려왔으니 그렇다.

게다가 민동을 조사하는 담당주임이 바로 절친동료 전영철이다. 영철로서도 몹시 착잡한 심정이다. 예전 종각 영광고시학원에서 함께 9급 검찰을 공부하며 쌓은 옛정이 있기 때문이다.

그렇지만 공과 사는 엄연히 구분될 수밖에 없다. 영철은 혹독할 정도로 조사에 착수하였다. 끝내 민동은 힘없이 재판에 넘겨졌다. 그 후 법정구속을 맞이한다.

그 사실은 조태복 검사와, 최배철 검찰과장도 알게 된다.

올 1월 말 벌어진 넋두리의 연속이 다시 재현되는 사태가 발생한다. 그때와 거꾸로 넋두리가 이어지는 것이다.

위의 검찰들이 강두진, 박채남 변호사들에게 이 사실을 알린다. 그러자 변호사들은 입이 가벼워 곧바로 방원중 학원장에게 알려버린다.

광복절을 불과 얼마 앞두고 벌어진 일인데 다들 입이 가벼운 사람들이라 퍼지는 것도 번개 같다.

방원중은 이 사실을 접하자 또 곧바로 이희라에게 알린다. 또 입방정의 대명사인 이희라는 절친 김난화에게 알려버린다.

난화는 이 사실을 접하고 너무 기뻐 삼진반도체회사에서 근무 도중 벌떡 일어나 어깨춤을 추며 엉덩이를 좌우로 흔들며 "와아아아아아아" 하고 환호성을 터뜨린다.

그 얼마나 홍민동이 자신을 괴롭혔으면 그럴까! 그녀가 근무 도중 난데없이 벌떡 일어나 그런 행동을 하자 다른 직원들은 고개를 갸웃거리며 이상하다는 눈초리를 보낸다. "아니 김난화 직원 지금 왜 그러는 거야?"

이런 물음에 아랑곳하지 않고 핸드폰을 들고 뛰어나가 동거 중인 박성호에게 이 사실을 알린다.

"오빠 그 남자 구속되게 생겼어! 우하하하하."

"그래? 그게 뭔데?"

"내가 지금 근무 중이라 이따가 집에 들어가서 말할게. 히히."

9.
돌돌돌 그가
진정하진 않았다

그녀의 기쁨은 끊일 줄을 모른다. 그녀는 퇴근 무렵 성호에게 문자를 보내 창곡동 사거리 왕갈빗집으로 오라고 한다. 기쁨의 꽃이슬을 마시겠다는 발로이다.

저녁 7시가 되자 둘은 그곳에서 만난다. 성호는 노가다가 직업이라 무척 힘들다. 더군다나 아직 한여름이라 더더욱 그렇다.

"왜 들떠서 그러니? 난화야? 어휴 더워 죽겠다."

"일단 꽃이슬과 갈비 좀 뜯고. 푸하하하하."

그녀는 소주 꽃이슬과 갈비를 주문한다.

나오기가 무섭게 난화는 자기가 스스로 막 따라 먹으며 마구 웃어댄다.

"우하하하." 이런 모습에 조금 어이가 없다는 듯 성호는 물끄러미 바라본다.

그도 "야, 내게 좀 따라줘라" 말하자 그녀는 "자아" 하고 따라준다. 대충 아까 들었던 터라 성호도 얼굴빛은 환해진다.

"아! 근데 그놈 무슨 일로 구속되게 생겼단 거야? 뭐야?"

그가 댄스학원에 갔다가 휴게실에다 노트북을 놓고 잠시 화장실에

간 틈에 노트북이 사라진 뒤 그는 한 여성회원을 의심하여 집으로 뒤따라가 들어가 뒤지는 바람에 주거침입죄 및 수색죄로 걸린 거라고 설명한다.

그러자 성호도 너무 기뻐 소주를 먹다가 잠시 멈추고 벌떡 일어나 펄쩍펄쩍 뛴다.

"푸하하하하 그놈 잘 걸렸다. 잘 걸렸어. 제대로 걸렸어! 아하."

어느덧 이틀 뒤 광복절을 맞이한다.

이서여는 티브이로 광복절 경축사를 보다가 너무 무료하단 생각에 빠져 채널을 돌린다.

그러다가 문득 얼마 전 가석방으로 나온 강두진이 떠올라 전화를 한다. 두진은 현재 풀려난 후 심신을 추스르고 있는 중이었다.

"네, 서여 씨. 반가워요. 오랜만이죠?"

"아! 두진 오빠. 그간 얼마나 고생 많았어요? 난 오빠가 또 구속된 후 보통 맘고생한 게 아니라고 으흑. 얼마 전 방송 보니까 석방되어 나왔다고 해서 그때 바로 연락하려다가 또 오빠가 힘들까 봐 조금 기다렸다가 지금 하는 거라고……."

"아아! 그런가? 그래 그럼 지금 한번 만나자고요."

이들은 예전에 만났던 꽤나 운치가 있고 분위기가 좋았던 종로5가 근사한 카페에서 만난다.

서여는 자신의 차 K7을 몰고, 두진은 자신의 차 재규어 XJ를 몰고 그곳으로 내달린다. 점심때가 조금 넘었는데 일단 대화를 좀 하고 식사하러 갈 생각이다.

만나자마자 이들은 서로가 넋두리로 열변을 토한다. 그는 자신의 억울한 옥살이에 대해 그렇고 그녀는 그간 너무 외로워 죽을 뻔했다고 한다.

한참 이야기 도중 이들에게 너무 공교롭게도 똑같은 시간대에 전화가 걸려온다.

벨소리가 울리는데 소리도 똑같다. 우연의 일치치고는 기묘했다. 두진이 보자 와이프였고, 서여가 보자 남편이다.

"어!"

"아!"

서로는 깜짝 놀라며 어리둥절하다. 그가 받지 않자 그녀도 받지 않는다. 그 후 서로는 한숨을 푹 쉬며 "참나 너무 이상하다. 어떻게 똑같은 시간대에 걸려오지!" 하고 몹시 의아해한다.

아이스아메리카노를 먹는데 얼음만 남을 정도로 다 마셨다. 이에 일어나 밥을 먹으러 가려고 서서히 일어난다.

둘은 일어나 문으로 향하는데 깜짝 놀라며 소스라칠 지경이다. 문 앞에 서여의 남편은 검은 마스크를 끼고 있고, 두진의 부인은 흰 마스크를 끼고 서 있는 것이다.

그들은 당연히 서로는 모르는 관계이다. 그들이 그저 우연히 이 길을 지나가다가 보고 들어온 것이다.

그런데 문제는 두진의 부인이 서여를 알아볼 듯한 표정을 짓는다. 왜냐하면 작년 4·15 총선 때 서여가 선거운동원을 했던 그 기억이 스치기 때문이다.

그 당시 두진 부인도 띠를 두르고 돌아다니며 선거운동을 했기 때문이다.

사실 그 당시 두진 부인이 선거운동원 서여를 봤을 때 뭔가 께름칙한 걸 느꼈었다. 자신의 남편 두진과 뭔가 눈이 맞은 것만 같은 그러니까 남편과 그녀가 서로 장난을 치고 자꾸 몸을 건들고 스치는 걸 반복하는 느낌 좀처럼 지울 길이 없었다.

그 후로도 그런 낌새는 있었으나 그냥 넘어가줬다.

그런데 오늘 지금 이 시각 지나가다가 여기서 보고 발을 멈춘 것이다. 이건 서여 남편도 마찬가지이다.

그도 오래전부터 부인의 이상한 행동들이 느껴졌지만 그리 깊게 여기지 않고 넘기다가 지금 이 순간 보고 다가온 것이다.

"당신 여기 와 있네!"

"어어!"

두진은 변호사이기에 이 여성이 소송의뢰인이라고 하는 게 아주 부드럽게 이 위기를 넘길 복안이라 판단하고 "아하! 나 지금 여기 소송의뢰인과 소송사건에 대해 의논 좀 하느라고 흠흠" 하고 무척 태연한 척한다.

그러자 서여도 눈치를 채고 이에 박자를 맞추려고 "네, 그렇습니다. 사모님. 사모님. 꽤 오랜만에 뵙네요. 작년 선거 때 뵙고 그 후론 못 봤으니까요. 여기 변호사님이 제가 어려운 소송 건을 잘 해결해주신다고 하여 이렇게 만난 것입니다" 하고 미소를 짓는다.

그러나 두진 부인이 이를 액면 그대로 믿으면 완전 바보가 되는 것이다. 서여 남편도 그녀를 매섭게 노려보며 "자기야. 당신이 무슨 소송 건이 있는데? 그런 거 없잖아?" 하며 다그쳤다.

"아아아 있어. 있긴 있다고."

몹시 당황한 기색이 역력한 서여다. 서여 남편은 일단 후퇴하는 게 낫겠다고 판단하고 발길 돌려 그냥 가버린다.

9. 돌돌돌 그가 진정하진 않았다

"이따가 집에 들어와."

두진 부인도 머물 필요 없이 그냥 돌아서 가버린다. 두진 부인은 집 주변 방배동에 동물병원장이라 그곳으로 갔다. 서여 남편은 집 주변 종로4가에 공인중개사라 그곳으로 간다.

그들이 떠난 뒤 서여와 두진은 조금 얼떨떨한 기분이 감돈다. 그래도 서여는 침착해지려 노력하며 두진을 데리고 식당가로 찾아가 밥을 사준다. 석방된 것을 축하하는 의미이다.

문제는 서여 남편 허용대는 가는 척하다가 가지 않고 숨어 있다가 그들이 밥을 다 먹고 나와 어디로 가는지 예의주시하고 있었다.

그런데 용대에게 절호의 찬스가 오고 있다. 서여와 두진은 밥을 먹고 나와 잠시 주차장에 서서 대화를 나눌 때 두진의 차 재규어 XJ를 용대가 노려본다. 바로 그 옆에 부인의 차 K7도 나란히 있는 걸 보고 의심은 배가 되는 순간이다.

잠시 그들이 화장실에 들어간 틈에 허용대는 뾰족한 쇠붙이를 들고 달려가 재규어의 타이어를 찔러버린다. 그러자 타이어가 조금씩 바람이 빠지기 시작한다.

그 뒤 얼른 다른 데로 피해 그들의 꼴을 본다. 그들은 차에 올라타 어디론가 떠나고 있다. 불과 몇 미터도 가지 못하고 푹푹 소리가 울리며 차가 뒤뚱거리다가 바람이 다 빠져 더 이상 운행할 수 없는 상황으로 치닫는다. 견인차를 부르고 둘은 다시 주차장으로 돌아와 수상하다 싶어 그 식당 주인과 상의한 후 경찰을 불러 조사하였다.

결과 서여의 남편 용대가 저지른 행동으로 판명됐다. 그녀로서는 심한 충격 속으로 빠져든다.

경찰은 용대를 체포한 후 재물손괴죄로 연행된다.

"당신은 형법 제366조 타인의 재물, 문서 및 전자기록 등 특수매체기록을 손괴 또는 은닉 기타 방법으로 그 효용을 해한 것으로 3년 이하의 징역 또는 700만 원 이하의 벌금에 처해질 수 있습니다. 자 갑시다."

피해자인 강두진도 동행하자 서여도 피할 수 없이 가게 된다. 남편 용달과 부인 서여는 서로 겸연쩍은 모습이 역력하였다. 인근 파출소로 간 이들은 실랑이가 벌어졌다.

이런 상황하에서 용대는 느닷없이 "당신이 날 재물손괴죄로 고소한다면 난 변호사 당신을 상간자로 지정하여 내 아내와 이혼하고 위자료 3천만 원을 요구하겠소" 하고 으름장을 놓는다. 문득 겁에 질린 두진은 "그럼 손괴죄를 취하하겠습니다" 말한다.

지금 이 순간 부인 서여는 고개를 제대로 들지 못하고 굳은 자세로 있다.

그녀는 괴로운 표정을 지으며 갑자기 그곳에서 뛰쳐나가버린다. 서여가 빠져나간 뒤 남자 둘은 서로 빅딜이 이뤄진다. 서로 취하하는 방향이다. 그렇다면 이젠 용대는 집으로 돌아가 끊임없이 서여를 들볶을 가능성이 농후하다.

두진은 가까스로 위기를 모면하였으나 앞으로 어떤 불화가 닥칠지 모를 일이다.

이 후 며칠 지나자 모든 일간신문에 「제3자 뇌물수수죄로 구속됐던 박미란 변호사가 가석방되어 나온다」는 기사가 도배질된다.

그녀가 나옴으로써 단연 타깃은 강두진이 될 것 같다. 먼저 예전에 푸른로펌에서 두진에게 잘린 게 가장 크고 그 후로 햇빛로펌 조풍월 변호사에게 고발당해 들어간 게 엄청난 상처와 아픔이다.

  그녀는 나오기가 무섭게 이번 건에 대해 숙고를 거듭한다. 도대체 풍월이 자신에게 왜 그랬을까! 이것이다.

  뭔가 그 배후가 있을 것만 같은 느낌 좀처럼 지울 길이 없다. 일단 오늘 첫날은 복역생활의 후유증을 푸는 쪽으로 할애한다. 노처녀라 고독을 씹어가며 홀로 봉천동 자신의 집으로 들어가 독한 꽃이슬 소주를 홀짝홀짝 마신다.

  날이 밝기가 무섭게 그녀는 풍월을 족쳐야겠다는 결의를 거듭한다. 그러기엔 뭔가 다각도로 연구가 필요할 것이다.

  일단 그를 압박하기 위해선 다른 아군이 필요할 것으로 생각하여 거천대 유도학과 나온 김덕배와 태권도학과 나온 이학주에게 만남을 요청한다. 이들은 사촌동생들이다.

  덕배가 36이고 학주가 33이니 덕배가 형이다.

  덕배는 유도전공이라 들어 던지는 걸 잘하고, 학주는 발기술이 현란하다. 별안간 사촌누나로부터 만나자는 전화를 받은 그들은 한편 당황스럽기도 하였다.

  어제 가석방으로 풀려난 기사를 봤기 때문이다.

  무슨 연유에서인지 만나자고 했으니 사촌누나 박미란을 만나러 봉천동으로 간다.

  점심때가 다 되어 그곳에 도착하자 그녀는 일단 집으로 들어오라며 집 약도를 알려준다.

그들이 들어오자 미란은 밥을 차려준 뒤 같이 먹는다.

다 먹고 난 후 밀크커피를 타서 주며 자초지종을 털어놓는다.

"아! 누나 우리가 할 일이 그런 거야? 그 풍월 변호사를 압박하라는 거지?"

"그래 그러면 돼! 왜냐하면 그가 도대체 무슨 이유로 날 고발하게 된 건지 이것만 알면 돼. 그가 나하고 평소 아무런 관련이 없었는데 난데없이 날 고발했으니 수상해서 그러는 거야."

박미란은 뒤로 빠지고 그들이 조풍월 변호사사무실로 급습하여 압박한다는 전략이다.

미란은 자신의 차 아우디 A8에 동생들을 태우고 방배동 조풍월 변호사사무소로 달려간다.

이곳은 햇빛로펌이다. 그녀는 건물을 가리키며 "야, 저기다. 저기 간판 보이지"라고 하자 그들은 고개를 끄덕였다.

그들은 건물 8층으로 엘리베이터를 타고 올라가 현관문을 열고 들어서며 느닷없이 "조풍월 변호사가 누굽니까?" 하며 윽박을 지른다. 살기가 넘치는 건장한 사내들이 들어와 그러자 햇빛로펌 관계자들은 삽시간에 얼음장이 되어버렸다.

마침 풍월은 자리에 있었다. 조풍월이라고 적힌 명패를 찾아가 "아니 풍월 변호사님. 왜 우리 박미란 변호사님을 고발한 겁니까? 그 뒤에 뭐가 있긴 있죠?" 하고 때려죽일 듯이 쳐다본다.

구석에 앉은 한 다른 변호사가 신고하려고 몸짓을 취하자 덕배가 "야, 지금 뭐 하는 짓이야? 그래 어디 신고만 해봐. 죽을 줄 알아……" 하고 눈을 부릅뜬다. 변호사들은 무슨 소송 건으로 불만이 가득 찬 사람들이 들어와 행패를 부리는 거구나! 라고 생각한다.

겁에 질린 변호사들이다. 학주는 태권도학과 출신답게 발을 들었다 놨다 해가며 위협적인 몸짓을 취한다.

이런 걸로 되지 않자 학주는 풍월에게 멱살을 움켜잡고 위로 번쩍 들어 올린다. 이젠 덕배와 학주가 협공한다. 겁에 질린 변호사 조풍월은 "아아 알겠습니다. 일단 알았으니 저기 휴게실에 들어가 말하겠습니다. 자 갑시다" 하며 휴게실로 간다.

학주는 다른 변호사들에게 "당신들 신고하면 다들 죽는 수가 있어" 하고 발로 탁자를 한 대 세게 후려 찍는다. 팍팍. 덕배만 휴게실로 따라 들어간다.

덕배는 수사관이 조사하듯 변호사 풍월을 다그쳤다. "내가 다 알고 있다. 그러니 거짓말하지 말고 그대로 말하라고. 당신 왜 우리 박미란 변호사를 고발한 거야?" 하며 험악한 인상을 쓴다.

풍월은 겁이 나고 기가 꺾여 결국 실토를 하고 만다. "네. 푸른로펌 강두진 선배가 하라고 하여 한 겁니다. 으으윽."

"그래. 됐어 됐어. 그 정도 했으면 됐지 뭐! 대답하느라고 참 수고 많았음 그만 들어가 봐. 우린 더 확대시키진 않을 테니 무슨 엉뚱하게 어디다가 신고한다거나 그런 짓하면 다 끝나는 줄 알아?"

"아 네."

풍월은 다시 사무실로 갔고 덕배는 뒤따라가 학주에게 "야, 소기의 목표는 이뤘다. 그만 가자. 하하하" 하며 짧게 웃어버린다.

이들이 빠져나간 사무실은 마치 태풍이 휩쓸고 간 허허벌판 같았다. 이들은 나가자마자 바로 누나 박미란에게 통보한다.

"누나 그것 말이에요. 푸른로펌에 강두진이 시켜서 한 거라고 하더군요."
"뭐야? 음 나도 그 정도로 예상은 하고 있었지! 그래 참 수고 많았어."
소기의 목표를 이룬 사촌동생들은 유유히 각자 볼일로 돌아간다. 변호사 미란은 봉천동 집에서 홀로 낮술을 먹기 시작한다.
그녀는 오늘은 술기운이 몰려와 지금 당장 뭘 시도한다는 건 무리라고 판단하여 쉬기로 한다. 그러면서도 뭔가 계략을 세운다. 강두진을 어떻게 골탕 먹여야 할 것인가! 이게 첫 번째고 다음으로는 자신의 제3자 알선수수죄는 두진이 어떻게 알아내어 자신을 옭아 넣은 것인가! 이것이다.
아무리 곱씹어 봐도 이상한 느낌 지울 길이 없다.
자신이 이 세상에 알린 사람은 절친 차배숙밖에 없는데 어떻게 이런 결과가 나왔기 때문이다.
혀가 꼬부라진 그녀는 다시 동생들에게 전화하여 이 의구심 어린 대목을 말하고 내일은 강두진과 차배숙까지 싹 다 조사하라는 지령을 내린다.
그런 후 자신도 무척 피곤했는지 눈이 저절로 감겨 잠자리에 든다. 그야말로 광폭 복수심이 타오르는 순간이다. 그녀는 이날 밤 꿈을 꿨는데 사촌동생들이 내일 강두진와 차배숙을 족치는 과정에 실제로 그들이 실토하며 한번만 봐달라고 싹싹 비는 광경을 꾸게 된다.
실제로 그런 일이 발생할지는 아직 알 수가 없다.

다음 날 사촌동생들은 푸른로펌 강두진에게 아침 9시부터 쳐들어가 "두진 씨 당신이 우리 박미란 변호사에 대해 그런 혐의를 어떻게 알아 햇빛로펌 풍월에게 그런 걸 코치한 겁니까? 혹시 차배숙 교수와 연결된 거죠?" 하며 직설적으로 공격을 퍼붓는다.

두진은 너무 놀라 얼굴이 완전 경색되기 시작한다. 이곳에서도 다른 변호사들이 신고하려는 몸짓을 취하자 동생들이 선제적인 협박을 한다.

"좋게 말할 때 하지 마. 하지 말라고……."

이 말에 그들은 쥐 죽은 듯 가만히 있다.

계속되는 협박성 추궁에 결국 두진은 배숙 간의 커넥션을 밝힌다.

"네 차배숙이란 여교수가 찾아와 그런 걸 알려줘 그랬을 뿐입니다."

"푸하하하하 우리 미란 누나가 말한 게 맞긴 맞구나!"

소기의 목적을 이룬 동생들은 유유히 빠져나간다. 나간 뒤 곧바로 누나 미란에게 알린다.

미란은 어느 정도 예상은 하고 있었다. 두진은 보통 괴로운 일이 아니다. 미란의 아군들에게 협공을 당하는 것도 그렇고 배숙의 말을 끝내 지켜주지 못하는 현실이 그렇다.

그러면서 미란에 대한 적개심이 또다시 꿈틀거리기 시작한다. 끝없이 물고 물리는 형국이다. 미란은 배숙에게 큰 실망을 한다. 넋두리가 아무런 의미도 없고 부작용이 만만찮다는 것을 뼈저리게 느끼는 순간이다.

무지막지한 배신감도 밀물처럼 밀려온다. 어제에 이어 오늘 또 낮술을 막 들이붓는다. 믿었던 도끼에 발등 찍힌 미란은 배숙을 한없이 원망하게 되어 가슴이 찢어질 듯하다.

일단 미란은 변호사답게 법으로 어떻게 처단할까! 생각하는데 배숙, 두진에 대한 법적용은 한계 벽이 많다는 것을 직시한다. 어쨌든 제3자 알선수수죄라는 죄를 저지른 건 미란 자신이기 때문이다.

배숙과 두진은 이 사실을 알고 변호사 풍월을 이용하여 고발조치를 취한 것뿐이기 때문이다.

 미란 자신이 배숙에게 입방정만 안 떨었다면 이런 사태를 맞이하지 않았을 것인데 말이다. 독한 양주를 홀짝홀짝 마셔가며 오른손으로 자신의 허벅지를 아주 세게 탁하고 찍는다. "으으으으. 내 입, 내 입. 입조심을 했어야 했는데. 아아아아." 혼자 푸념하며 이상한 건 배숙은 도대체 무슨 이유로 두진에게 그런 것일까! 이 대목이 궁금하다.

 양주 한 병이 다 들어가 완전 인사불성 상태가 되자 조금씩 조금씩 감이 오기 시작한다. 배숙이 예전에 푸른로펌에 자신을 만나러 왔을 때 두진을 쳐다보는 눈빛이 예사롭지가 않았다. 사랑을 받고 싶어 갈망하는 눈빛이 활활 타올랐던 것 같다. 그래서 그것들이 교감이 된 것 같다는 것까지가 최종적으로 정리된다.
 미란은 분함과 모멸감과 배신감이 동시에 몰려와 어떻게 감당할 수 없는 심정이 복받쳐 주방의자에서 바닥으로 힘없이 퍽 쓰러지고 만다.
 만취된 상태에서 낮잠에 들었는데 또 무슨 꿈을 꾸게 됐는데 두진의 차를 펑크 내버리라는 산신령님의 계시를 받는다. 그럼 속 시원하게 풀리리라! 하며 메아리가 울린다.
 그러다가 식은땀을 흘리며 꿈에서 벌떡 깨나자 에어컨 바람이 너무 센 바람에 하마터면 숨을 거둘 뻔했다.
 호흡곤란과 온몸이 상당히 차가워지는 저체온증이 나타난 것이다.
 "휴우~~ 이 꿈 아니었으면 저 에어컨 바람 때문에 죽을 뻔했네! 헉헉헉."
 서서히 일어나 냉장고 안의 식수를 꺼내어 천천히 마신다.
 큰 식수 병을 한 번에 다 확 마셔버린다.

그만큼 속이 터진단 증거이다. 그 뒤 그 병을 바닥에 팍 던질 때 문득 떠오르는 건 두진과 배숙이 동승하고 데이트하러 어딜 가기 전에 차 타이어에 펑크를 내어 대형사고를 일으켜버리는 정말 위험천만한 발상을 하게 된다.

시간은 정오가 조금 넘어가고 있다. 사촌동생들에게 또다시 전화를 넣어 차 타이어 펑크 요청을 하려고 핸드폰을 연다. 그 요청을 하자 동생들은 "뭐 별것도 아니야 누나"라고 하고 곧바로 푸른로펌으로 달려 간다.

오늘은 일요일이라 분명 그 배숙이라는 여자와 밀월데이트를 할 것 같은 예감이 강하게 든다.

그전에 얼른 타이어를 아작 내리라! 다짐한다. 덕배, 학주는 주차장에서 미란 누나가 알려준 두진의 차 재규어 XJ를 찾는다. 구석에 있다. 가서 번개같이 타이어에 날카로운 송곳을 찔러 이리저리 돌려버린다.

바람이 빠지는 소리가 요란하게 난다. 그러자 그들은 쏜살같이 도망친다. 얼마 지나자 두진이 퇴근하러 나오는데 이 사실을 알 리가 없다.

그런데 당초 박미란이 사주할 땐 두진과 배숙이 동승할 것 같아 응보차원으로 타이어펑크를 요청한 건데 지금 이 시각 배숙이 아니라 서여가 차에 동승하기 위해 주차장에 다다랐다.

지금 이 순간 두진은 스산한 기분이 몰려왔다.

예전엔 주차장에 들어가다가 작은 돌부리에 스친 적이 한 번도 없었는데 오늘은 최초로 구두 앞굽이 작은 뾰족한 돌부리에 턱 걸치며 잠시 몸의 균형을 잃을 뻔했다.

서여는 자신의 차에서 내려 두진의 차 재규어 XJ 쪽으로 천천히 걸어오며 야릇한 미소를 짓는다. 올라탔다.

"하하하하. 두진 변호사 오빠. 오늘따라 오빠의 이 재규어가 더 멋지게 보여! 그때 종로5가 카페에서 만났을 때는 재수 없게 우리 남편과 오빠 부인이 나타나 재미가 다 날아가버렸잖아! 그때 내 남편 새끼가 이 멋진 차 재규어 XJ에 펑크를 내 더러웠지! 참 끔찍한 사건이었어. 하마터면 한참 타고 가다가 객사할 뻔했잖아! 으으으."

"그래 그래. 그날 진짜 내가 석방되어 나온 후 모처럼 널 만나 오붓한 데이트를 나누던 날인데 웬 날벼락을 맞은 거지! 에잇." 이들은 지난 15일 그 쓰린 기억을 되새긴다.

"야야야, 서여 씨. 우리가 오늘 이렇게 또 새롭게 만나 더 좋은 데이트를 하라는 그런 액땜한 거라고 생각하면 되지 뭐! 하하하하."

"음 그래 호호."

시동을 켜는 소리가 요란하게 들리는데 아까 이 타이어에 펑크를 낸 두 남자는 달아난 먼발치서 꼴을 보고 있다.

약 20미터쯤 가다가 차가 끼이이이익 굉음을 내며 균형을 잃어 담벼락에 세게 부딪힌다. "어어어어억억억." 이들은 너무 놀라 온몸이 완전 굳어져 의식을 잃을 뻔했다.

아찔했던 순간이다.

방금 전 운행 전 둘이 주고받은 말이 씨가 된 순간이다. 견인차를 불러 차는 실려 간다. 사람은 다친 데는 없으나 정신적 후유증은 만만찮았다.

두진은 문득 서여의 남편을 의심하기 시작한다.

"서여 씨. 이거 또 남편이 그런 것 아닐까?"

"음 글쎄 그럴 수도 있고……." 둘은 줄기차게 서여 남편 허용대를 의심한다.

둘은 인근 식당을 찾아 들어가 밥을 먹어가며 아찔했던 순간을 소회한다. 한참 먹던 중 그는 문득 혹시 박미란이 떠오른다.

변호사 미란과 두진의 서로 물고 물리는 앙숙관계가 이어졌었기 때문이다. 일단 얼마 전 서여 남편이 그런 짓을 했기에 남편을 우선 의심하긴 하지만 미란에 대한 불길한 느낌 좀처럼 지울 길이 없다.

밥을 다 먹고 나가 가까운 카페에 들어가 "서여 씨. 지금 서여 씨는 일단 남편을 의심할진 모르지만 난 왠지 예전 우리 같은 로펌에 있었던 박미란 변호사가 의심스러워!"라고 그는 말한다.

"뭐? 미란 변호사, 미란 변호사가 누군데?"

"음 박미란이라고 예전 우리 푸른로펌 변호사였지. 여러 가지 법적문제로 휘말려 구속됐다가 엊그제 석방되어 나왔다고 신문에 나오더라고. 근데 그 여자와 내가 다툼이 있었거든 참! 악연 중의 악연이지. 흠흠."

"아! 그런 사람이 있었다고……?"

서여는 지금껏 이에 대한 자세한 말을 전해 듣지 못했기에 잘 모르는 사람이다.

재규어 XJ가 견인된 관계로 서여의 차 K7을 타고 두진의 집 방배동 한신빌라로 간다.

이젠 이들은 불안감 속에서 하루하루 지낼 수밖에 없는 상황으로 치닫는다.

한편, 펑크 낸 주범들은 누나 미란에게 통보를 한다. 그러자 미란은 "그래 너무 잘했다. 고생 많았어. 내가 다음에 술 좀 사 줄게"라고 화답한다.

강두진은 두진대로 불안하고 서여는 서여대로 불안 속으로 빠져든다. 오늘 펑크의 주범은 베일에 감춰져 있기 때문이다. 두진은 대충 서여 남편 아니면 미란 변호사와 관련된 그 누구일 거라는 막연한 추측만이 가능할 따름이다.

이들의 심장을 점점 옥죄어 들어오는 그런 느낌이다. 앞으로 타이어펑크 그 이상의 돌발사건이 들어올 수도 있으리란 불안 공포가 드리워진다.

특히 서여는 종로4가 덕비연립에 들어가 오늘 타이어펑크 건이 혹시 남편의 소행인지 슬슬 눈치를 살핀다.

이즈음 말도 많고 탈도 많았던 전직 검찰서기 홍민동은 안양교도소로 들어갔다.

그는 너무 억울한 심정으로 재판부에 고래고래 욕설을 퍼붓기도 하였다. 그래서 법정모독죄까지 추가되는 아픔을 겪었다.

그 당시 실제로 광교 댄스학원 탁자 위에 노트북을 놓은 걸 회원 방채라가 훔쳐 간 것은 맞다. 현재 홍민동은 억울한 누명을 쓰고 옥살이를 한다고 볼 수 있다.

그로선 불운이라면 다른 방법을 찾았어야 했는데 우발적으로 주거침입을 하면서 화근이 된 사건이다.

그가 감옥으로 들어가면서 그와 애인 사이였던 수많은 여자들이 외로움 속으로 들어간다. 홍자는 현재 민동과 애인은 아니지만 특히 홍자 입장으론 더더욱 분통이 터진다. 자신이 방채라와 내통하여 노트북을 훔쳐 그 안의 정보를 캐내 임숙을 회복불능상태로 만들려다가 되레 민동이 엉켜 구속되어버렸으니 말이다.

9. 돌돌돌 그가 진정하진 않았다

꼭 그렇게 하지 않더라도 임숙은 민동을 완전 끊고 생계문제로 온통 신경이 쏠린 상태이다. 그러니까 채라가 친구 홍자를 위해 너무 불필요하게 선을 넘는 바람에 민동도 큰 타격을 받고 홍자 자신도 닭 쫓던 개 지붕 쳐다보는 신세가 돼버린 것이다.

이에 홍자는 홧김에 그간 애인으로 지내던 조경문에게 결별을 알리는 문자를 보낸다. 이에 경문은 몹시 불쾌했으나 그간 그녀가 보인 불성실로 볼 때 짐작한 바가 있어 그냥 체념하는 쪽으로 방향을 튼다.

점점 날씨가 선선해지는 8월 말로 접어든다.

한동안 뭘 할 것인지 망설이던 희라는 다시 공부하려고 책을 편다. 지난 4월 15일부터 야탑 원원법무사학원에 다니다가 공교롭게 그곳에 민동이 나타났고 그리고 헌법강사마저도 희라에게 추근거려 며칠 다니다가 방원중의 코치를 받고 18일부로 안 나가기 시작하였다.

그 뒤 여러 가지 요란한 일들이 생긴 후 급기야 학원장 방원중은 수강생 이희라와 내연관계가 알려져 부인 반채림에게 이혼을 당하고 말았는데 그 여파로 학원운영이 예전만 못하였다. 악소문 때문이었다.

그 후 어느 정도 시간이 지나자 조금씩 무마되기에 이른다. 최근 홍민동이 법정구속 된 소식에 두 사람은 환호성을 터뜨리고 기쁨의 회식을 열기도 하였다.

희라가 다시 법무사공부의 뜻을 내비치자 원중은 "야, 희라야. 뭐 그런 건 공부해서 뭐 하냐? 그런 거 해도 그만, 안 해도 그만이다. 인생이 그런 시험이 다냐? 그냥 나하고 결혼하고 행복하게 살아라! 난 가진 건 돈밖에 없는 사람이잖아! 내가 가진 많은 돈으로 널 기쁘고 즐겁게 해줄게. 응?" 하며 슬슬 공부를 포기하게 하고 자신에게 내조만 하게 만든다.

그는 이런 발상은 또 예전처럼 그런 공부를 하러 어디 학원 같은 데 가면 학원장이나 헌법강사 같은 사람들이 집적거릴 수 있기 때문이다. 봉쇄책이다.

"그렇긴 해. 원중 오빠. 나도 솔직히 그런 골치 아픈 공부하는 거 별로 좋아하진 않아! 오빠가 돈이 많으니 그 돈이나 빨아먹으며 살아야 겠다. 히히히."

"그래라."

이들은 예전에 학원장과 수강생 관계로 만났으나 나이 차는 8살이라 그저 사귀는 오빠관계차원이다. 그는 자신도 그런 구조에서 만났으면서 그녀가 다른 학원에 나가다 보면 또 그런 구조로 새로운 남자교제가 벌어질까 봐 막고 싶은 것이다.

이들은 서로가 원하는 시점이 된 걸 충분히 인식하기에 이젠 당당히 결혼식을 올리는 것에 대해 조금도 망설임이 없다.

9월 완연한 가을이 되면 식을 올리기로 합의한다.

이들은 9월 첫날 화요일에 가족들만 초청하여 조촐하게 식을 올린다.

이 사실이 전 부인 반채림에게 알려지자 그녀는 자신의 SNS에 "참기가 막힌 남자 새끼 다 본다. 잘 처먹고 잘 놀고 살아라 학원생과"라고 한마디 의미심장한 문구를 날린다.

그만큼 기분 나빴다는 이야기이다. 그래도 반채림과 방원중 부부 사이에 이혼했어도 다행인 건 자식이 없었기에 부담은 없고 홀가분한 상태였다는 점이다.

이 결혼식의 특별손님으로 절친 김난화와 동거남 박성호를 초대하였다. 희라는 난화에게 세게 부케를 던지며 "야, 난화야. 너도 네 옆에 있는 아저씨와 얼른 이렇게 식을 올려라"라고 소릴 지른다. 그러자 난화는 "그래" 하고 웃는다.

　방원중의 집은 을지로입구역이었는데 이희라와 결혼 후 종각 쪽으로 옮겼다. 자신이 운영하는 영광고시학원이 가깝기 때문이다.

　원중은 워낙 돈은 많은 사람이라 새로운 결혼생활도 어려움은 없었다. 최고급으로 치장하였다.

　기존에 타던 벤츠 S도 처분하고 결혼기념으로 벤틀리로 바꿨다. 이들은 결혼 전 그가 "공부하지 말고 내 돈이나 받고 살아라" 한 말처럼 그녀도 수긍하면서 수험공부는 완전 접었다. 이젠 희라는 계속 먹고 노는 삶으로 들어간다.

10.
노트북 도난 사건의 실체와 후유증

    그런데 며칠 후 여기서 한 가지 방원중 학원장으로서 또 다른 문제가 생기고 있었다. 이 영광고시학원은 법원 검찰직 전문학원인데 한 여성이 법원서기보를 공부하려고 수강신청을 하게 되는데 원중이 직접 강의하는 형법시간만 되면 맨 앞자리에 앉아 마구 웃는다.

    원중은 강의내용이 재밌어 그러는 줄 알았는데 실은 그 여성수강생이 원중을 보고 반했기 때문이다. 예전에 여자 문제로 이 학원의 이미지가 실추되는 바람에 그는 각별히 처신을 주의하려고 부단히 애를 쓰긴 하지만 또 눈앞에 아름다운 여수강생이 앉아 미소를 지으니 몸이 이리저리 뒤틀리기 시작한다. 속으로 "으으으으으으" 탄식을 쏟아낸다. 오전 시간 한 시간 끝나고 잠시 쉬는 시간을 갖는다.

    그녀는 밖으로 나가 자판기에서 밀크커피를 빼려고 하는 찰나에 원중이 "아아아 여기 제 사무실로 오세요. 원두고급커피를 줄 테니까요" 하며 꼬리를 치기 시작한다.

    이 꼬리에 그녀는 알아채고 얼른 그를 따라 사무실로 들어간다.

    이곳은 원장사무실이었다.

고급인테리어가 한눈에 확 들어온다. 그는 자신이 즐겨 먹던 원두커피를 따서 준다.

벌써부터 둘은 무언의 교감이 오고 간다. "이름이 뭡니까?"

"네, 이라희라고 합니다. 내년 법원서기보를 대비하여 오늘부터 수강신청을 하였습니다. 이런 공부는 처음입니다. 호호호."

원중은 순간 깜짝 놀라며 "네, 이라희 씨라고요? 어어 어떻게 이럴수가" 한다. 현 부인 이희라와 성은 같고 이름은 앞뒤가 바뀐 모양이다.

"어! 왜 그리 놀라세요?"

"네 제가 아는 사람과 이름이 비슷해서 그렇습니다. 그분은 이희라입니다."

"하하하하 뭐 그럴 수도 있죠. 어디 이름 비슷한 사람들이 한 둘인가요?"

시간이 번개같이 쉬는 시간이 다 지나 이젠 또 강의실로 들어가야 할 시점이다.

나와서 들어간다.

벌써 두 사람은 감을 잡았다. 이라희는 온통 형법강사 방원중에게 빠져 강의 내용이 제대로 집중되질 않았다. 이럭저럭 정오가 넘어 1시쯤 되자 형법강의는 다 끝났다. "이라희 씨 어디 가서 식사라도 한 끼 할까요?"

이렇듯 강사와 수강생 간의 만남은 마치 전광석화를 닮았다. 서로가 느낌을 지니고 있으면 이렇게 빠른 것이다. 마라탕집을 들어갔는데 벌써 앉을 때 눈빛들이 예사롭지 않다.

앉자마자 더 강한 꼬리를 치기 시작하는 원중이다. "아아, 라희 씨. 공부하시다가 어려운 거 있으면 제게 질문을 하십시오. 자 이게 제 번호입니다. 하하."

재빨리 자신의 번호를 그녀에게 알려줘버린다. 마라탕이 나와 먹기 시작한다.

다 먹고 나와 학원주차장으로 가 "라희 씨. 제 차로 태워다 드리죠." 급진적인 진일보한 멘트이다. 그녀는 벤틀리를 보고 눈이 휘둥그레지며 몸이 뒤틀리기 시작한다. "와아! 이런 차가…… 전 세계 최고의 럭셔리카를." 경탄하며 열고 들어간다.

타고 그녀의 집 영등포역 앞까지 내달린다. "이렇게 멀리서 학원을 다니려면 공부하는 데 힘들 것 같습니다. 제가 학원 주변에다가 원룸이라도 하나 얻어줄까요?"

"예에 제게 원룸을요! 어억 이럴 수가." 깜짝 놀라며 어리둥절해한다. 눈 깜짝할 사이에 그 역에 도착하였다. 차를 돌려가며 그는 빵빵하고 클랙슨을 눌러 신호를 보낸다. 그 뒤 쭉 간다. 조금 지나자 부인 희라에게서 전화가 오는데 받자 "점심 먹으러 들어와 오빠" 하고 웃는다.

"아! 난 방금 전 여기 학원 주변에서 해결했어. 너 혼자 먹어."

끊고 계속 달리고 달려 다시 학원으로 왔다.

오후에는 자신이 강의하는 주 과목 형법이 없기에 사무실에서 휴식을 취한다. 원두커피를 한잔하면서 티브이를 켰는데 어디선가 전화가 오는데 보자 낯선 번호라 안 받았더니 바로 문자가 날아온다. 아까 그 수강생 이라희였다.

이름이 자신의 부인 이희라와 자꾸 혼동이 된다. 〈너무 고마웠습니다. 강사님〉이라고 왔다. 이들의 사이는 점입가경으로 치닫는다. 이희라와 결혼한 지 불과 얼마 지나지 않아 또 다른 수강생 이라희와 불이 붙은 것이다.

9월 말로 접어들어 날씨가 제법 선선하고 생활하기 좋아진 불금 어느 날 원중과 라희는 강의를 마치고 호프집에 들렀다. 생맥주를 몇 병 먹더니 그는 "내가 가지고 있는 임야가 조금 있는데 라희 씨에게 명의신탁으로 넘겨주고 싶은데……!" 하며 미소를 띤다. 증여로 넘기기엔 희라에게 자칫 알려질 수도 있기에 조심하는 것이다.

느닷없이 뜬금없이 막 나가는 그였다.

"그걸 왜 제게 넘기려고 그러죠?"

"아니 그냥 그러고 싶으니까 그렇지 뭐! 하하하하."

원중의 이런 행동은 과시욕이기도 하지만 일단 이렇게 넘김으로서 선물의 의미를 내포한다. 이런 과다한 물량공세에 수강생 라희는 몸둘 바를 몰라 황홀경에 빠진다.

그간 그는 품위유지차원에서 흑심이 있었으나 행동으로 옮기진 않았으나 오늘은 몸을 섞어야겠다는 쪽으로 결심한다. 그랬기에 물량공세를 편 것이다.

그는 힘을 써야겠다는 생각으로 과음하진 않는다. "자자자 그만 갑시다. 라희 씨."

"네."

라희는 피하지도 않는다. 둘은 학원 인근 어느 아담한 모텔로 들어가 붉은 시간을 채웠다. 방원중은 전 부인 반채림과 이혼한 것도 그 당시 학원생 이희라 때문이었는데 그 뒤 학원생 이희라와 정식결혼한 후 불과 얼마 지나지도 않아 또 다른 학원생 이라희와 또 이런 행각을 자행하는 것이다.

색욕은 끊이질 않고 계속 일어나고 이를 자제하는 정신력이 결여되어 있다. 지금 이 상황에서 라희는 남친이 있다는 것을 철저히 감춘다.

붉은 시간이 끝난 후 식은땀을 줄줄줄 흘리며 "음 난 법원서기보시험에 집중하느라 남친 같은 건 아예 생각지도 않아! 히히히"라고 하며 웃는다.

"그래, 그렇지. 원래 수험생은 오로지 공부에만 몰두하는 게 상책이다. 딴생각은 안 하는 게 좋아."

순간 그녀에게 어디선가 전화가 온다. 쳐다보자 남친이다. 그러자 얼른 거절 버튼을 눌러버린다.

"어디서 온 건데?"

"아니, 잘못 걸려온 거지. 히히."

"아! 아직 나이도 모르네. 나이가 어떻게 돼?"

"음 32살."

원중은 현재 아내인 이희라도 나이가 32살인데 너무너무 신기하다고 생각한다. 나이도 똑같고 이름도 이희라, 이라희 성은 같고 이름은 앞뒤 바꿨으니 그렇다.

식수를 마시며 갸웃갸웃거리는데 이번엔 부인 이희라에게서 전화가 온다.

받지 않고 "라희 씨. 그만 일어나자. 나도 그만 들어가서 연구할 시간을 가져야지"라고 그는 말한다.

끝내 자신이 유부남이란 걸 숨기고 총각사칭을 한다.

음주운전이 될 수 있기에 대리를 불렀다. 대리는 금방 왔고 먼저 그녀의 집 영등포역 앞으로 간 뒤 그가 결혼 후 이사한 종각 집으로 갔다. 평소보다 늦게 들어오는 남편 원중에게 아내 희라는 "어어! 평소보다 많이 늦었네?" 하고 매섭게 노려본다.

"아아 다음 주에 가르칠 내용을 정리하느라고…… 많이 늦은 게 아니라 조금 늦었지 뭐! 하하." 이렇게 대수롭지 않게 말하고 표정관리를 하지만 이미 아내 희라는 눈치를 챘다. 왜냐하면 그의 옷에서 여자의 향수 냄새가 진동하기 때문이다.

희라는 충격 속에 빠져든다. 도대체 결혼한 지가 얼마나 됐다고 사실 결혼이 온전한 결혼은 아니었지만 말이다. "오빠 근데 왜 오빠의 옷에서 여자의 향수 향기가 나는 거야? 이 시발."

급기야 욕설이 쏟아져 나온다.

"야, 여자의 향수 향기가 아니라 그냥 술 냄새겠지? 혼술을 좀 먹었거든. 야 더 말하지 마라. 난 지금 엄청 피곤하다. 들어가서 쉬고 싶다!"

확 들어가 옷을 벗고 욕실로 들어가버린다. 그녀는 때는 이때다 싶어 그의 핸드폰을 샅샅이 훑어본다. 그랬더니 학원생 이라희라는 여자와 수도 없이 전화, 문자를 주고받았고 무슨 명의신탁 건에 대해서도 적시되어 있다.

희라는 너무 놀라 이게 뭔가 하고 더 관찰하려는 찰나에 욕실 문을 여는 소리가 나서 재빨리 허겁지겁 핸드폰을 놓고 주방 쪽으로 움직인다.

가까스로 그가 볼 수 없었다. 소파에 턱 걸치며 그는 티브이 전원 버튼을 누른다.

그녀는 방으로 뛰어 들어가 침대에 퍽 쓰러진다. 티브이를 보는 원중도 왠지 기분이 좋진 않다.

그래도 설마 완전히 알 순 없으리라! 판단한다. 그는 한참 티브이를 보다가 방으로 들어가리라! 생각하였으나 꾸벅꾸벅 졸다가 소파에서 잠들어버렸다.

희라는 밤새워 분노의 불면을 지새운다. 다음 날은 화요일 강의가 안

10. 노트북 도난 사건의 실체와 후유증   195

잡힌 날이라 둘 다 빨리 일어날 줄 모르고 마냥 꿈속에 젖어 있다.

 이라희는 영등포역 앞, 영등포동에 살고 있다.
 라희는 일찍 일어났다. 어젯밤 학원장이자 형법강사와 벌어진 로맨스가 힘을 발휘하는 것이다. 그가 나이 든 총각이라고 속인 것을 모르고 마냥 들떠 있다. 그녀 또한 남자친구의 존재를 안 밝혔으니 속인 실체는 같다.
 그녀는 아침식사를 하자마자 남자친구에게 전화를 건다. 남자친구는 같은 32살인데 현재 마땅히 할 일이 없어 놀고 있다. 라희의 "만나자"라는 제안에 "알겠다"고 그는 화답한다.
 남자친구는 정오까지 영등포역 앞으로 왔다.
 아직 차가 없어 전철을 이용하는 남자친구 조성찬을 보니 어제 만난 방원중 학원장의 벤틀리는 정말 하늘처럼 느껴졌다.
 만난 둘은 영등포시장 쪽의 국밥집으로 간다. 밥을 다 먹고 나와 카페로 들어갔는데 그녀는 어젯밤 원중 강사가 말한 명의신탁 건을 밝힌다.
 그러자 조성찬은 눈이 휘둥그레지며 "야, 라희야. 그거 잘 낚아라! 이거 큰 월척이다"라고 어깨가 들썩들썩거린다.
 이에 그녀는 "알았다"고 한다.

 법원서기보수험생 이라희는 위험천만한 계략을 꿈꾸고 있다. 어느새 이날은 훌쩍 지나 다시 학원수업이 든 목요일이 도래하였다. 이날은 형법이 든 날이다. 라희는 그 책을 구비하고 종각 영광고시학원으로 간다.
 오늘은 그녀로선 단연 며칠 전 그가 밝힌 명의신탁으로 뭘 넘긴다는 그 건에 대한 깊이 있는 이야기들이 핵심이다.

아침 일찍 가 아직 강의가 시작하기도 전에 그녀는 그의 사무실 문을 두드린다.

그러자 원중은 문을 열며 "어서 들어와. 라희 씨" 하며 환하게 웃는다. 그러자 라희는 들어가며 느닷없이 원중의 입술에 자신의 입술을 갖다 대고 꾹꾹꾹 누른다.

이에 깜짝 놀란 그는 "야야야, 라희 씨. 여기 이런 데서 이러면 안 되지. 안 된단 말이야! 라희 씨. 지금 뭐 하는 짓이야?" 하며 그녀의 엉덩이를 아주 세게 팍팍 때린다. 그러는 사이 한 남자수험생이 원장사무실을 거쳐 옥상휴게실로 올라가다가 조금 열린 문틈으로 그 장면을 보게 된다.

"어! 이게 뭐야!"

그는 몹시 놀라며 얼굴이 굳어진다. 안에서 그러다가 밖이 보이자 원장은 뜨끔하며 매우 당황스러워 황급히 문을 닫아버린다. "어휴! 야, 라희야. 네가 갑자기 그러니까 내가 제재하느라고 널 좀 막은 거야! 으으으."

이에 아랑곳하지 않고 그녀는 더 거칠게 자신의 입술을 그의 입술에 대고 꾹꾹꾹 눌러버린다.

별안간 급격한 몽롱함이 몰려와 원중은 아무런 말을 못 하고 완전 무아지경 속으로 빠져들었다.

라희가 지금 이러는 근본적인 목적은 명의신탁 건을 받아내겠다는 발로이다.

그는 라희에게 끊임없는 입술공세를 받아가며 벽시계를 몽롱한 눈빛으로 바라보자 이젠 서둘러 강의준비를 해야 할 시간이다. 오전 수업이 형법이기 때문이다.

　라희의 가슴에 손을 대고 천천히 밀며 "야야야, 그만, 그만해라. 너 지금 너무 그러는 것 같다. 나 이젠 강의 들어갈 준비해야지 야야, 비켜. 비켜라" 하고 옆으로 몸을 튼다.

　그러자 라희도 하는 수 없이 비켜준다. 그녀는 이만하면 방 원장의 정신을 흔드는 면에선 부족함은 없으리라! 확신한다. 형법 책을 들고 가는 그의 얼굴은 완전 몽롱함 그 자체였다.

　그래도 정신을 바짝 차리고 집중하여 강의에 임하리라! 다짐한다. 오늘도 그녀는 맨 앞자리에 앉아 서로 교감하며 시간을 보낸다. 내용이 너무 어려워 고개를 갸웃갸웃거리기도 한다. 어떻게 시간이 가는 줄 모르게 오전 수업이 다 끝났다. 둘은 지금 이 시각 이희라가 학원 바로 앞 카페에 진을 치고 엿보고 있는 냉혹한 현실을 모른다.

　방원중과 이라희는 점심을 먹으러 밖으로 나간다. 나오는 장면을 보는 부인 희라는 가슴이 쿵 한다. 희라 자신도 이 학원수강생 출신이면서 원장 원중을 만난 건데 그는 또 다른 수강생과 또 눈이 맞아 저러니 기가 찰 노릇이다.

　끝없이 돌고 도는 형국이다.

　"으으으 과거의 나를 보는 것 같다! 나참."

　물끄러미 더 지켜보리라! 생각한다. 그들은 식당으로 들어간다. 아내 희라는 좀 더 인내심을 갖고 지켜보리라! 생각한다.

　그들은 들어가 밥을 먹고 금세 나오는데 희라가 염탐하는 카페로 뜨거운 아메리카노를 먹으러 들어온다. 희라는 여간 당황스러운 게 아니었다. 얼른 재빨리 마스크를 쓰고 위로 더 추켜올린다. 이왕이면 모자까지 있으면 좋으련만 이건 없다.

안 되겠다 싶어 얼른 자리를 바꿔 등을 진다. 조마조마하다. 무사히 시간이 넘어가길 고대한다.

숨죽이고 앉아 있는데 웬 청천벽력 같은 소리가 들린다. 남편 원중은 "야, 라희야. 내가 지난 주 말한 그 명의신탁 건은 이거야. 내가 갖고 있는 임야가 조금 있는데 네게 넘겨주고 싶은 거라고. 난 너와 그날 몸도 하나로 섞였는데 내가 널 위해 그 정도도 못 하겠나? 하하하하. 네가 갖고 있다가 시간 지나 네 소유로 되는 거지 뭐! 하하" 하고 막 웃는다.
"그래요. 호호호호. 그 정도야 뭐."

그는 이 자리에서 사실상 증여의 의미를 표한다. 처음부터 무작정 그렇게 하긴 환경상 조금 그렇고 1차적으로 이러고 싶은 것이다.

아내 희라는 매우 순발력이 빨라 그들이 말하는 내용을 이미 모두 다 녹음을 해버렸다. 어느 정도 시간이 지나자 그들은 밖으로 나간다. 희라는 힘이 쭉 빠진 채로 서서히 일어나 밖으로 나가 종각 집으로 들어간다.

바로 이날 오후 원중은 라희를 데리고 명의신탁 등기를 완료해버린다. 무려 200만 평이나 된다.

그는 눈에 뵈는 게 아무것도 없다. 색욕에 환장한 것이다.

그러자 라희는 이날도 너무 신난 나머지 저녁때 원중과 그때 그날처럼 학원 인근 호프집에 들러 생맥주를 마시고 그 모텔로 들어가 붉은 시간을 또 그렇게 보낸다.

지금 이 시각 종각 그의 집에서 희라는 속이 부글부글 끓어 새까맣게 타들어간다.

자정이 넘어 그들은 헤어져 각각 집으로 들어간다.

10. 노트북 도난 사건의 실체와 후유증

영등포동 집에 들어간 그녀는 곧바로 남자친구인 조성찬에게 이 사실을 그대로 알린다. "뭐야. 그걸 그런 절차를 밟았다고. 우하하하하."
성찬은 미친 듯이 펄쩍펄쩍 뛰며 환호성을 터뜨린다.
"야, 성찬 내일 만나."
"그래 라희."

다음 날 그녀는 오후 강의까지 마치고 저녁에 남자친구 성찬을 집 주변에서 만난다. 벌써 그는 그 등기절차 된 것을 자신에게 넘기라는 생각을 하고 있다.
"야, 라희야. 그 건을 내게 넘겨라." 단도직입적인 멘트였다. 그러자 그녀도 "그래. 난 너와 어차피 결혼을 할 거니까! 뭐" 하며 "알겠다"고 반응을 보인다.
지금 이들은 이 문제가 불법이란 걸 인식하지 못한다.
타인의 재물을 보관하는 자가 그 재물을 횡령하거나 그 반환을 거부한 때에는 5년 이하의 징역 또는 1,500만 원 이하의 벌금에 처한다.
이런 걸 모르는 것이다.
방원중이 이라희에게 환심을 사기 위해 한 명의신탁이 제3자인 남자친구 조성찬에게 넘어가는 상황을 맞이한다. 그러나 이미 이런 문제를 아내 이희라가 알고 있었으니 묵과하진 않을 것 같다. 아내 희라는 비록 합격은 못 했지만 왕년에 법원서기보와 법무사를 공부했던 수험생답게 발 빠르게 움직이기 시작하였다.
바로 어제 학원 앞 그 카페에서 남편이 여자 학원생 라희에게 말하는 것의 녹취록과 며칠 전 그가 외도하고 들어온 날 샤워하러 들어갔을 때 훑어본 신탁 건 내용도 있어서 이걸 증거로 압박하기로 한다.

늦은 시간 남편 원중이 들어오자 희라는 녹취록을 틀어주며 "아니 오빠 이게 뭐야? 웬 여자 수강생에게 재산을 넘겨 오빠 이거 완전 미친 거 아냐? 그리고 명의신탁은 불법이란 거 몰라? 알아? 부동산실명법 4조에 명의신탁약정은 무효로 한다. 명의신탁약정에 따라 행하여진 부동산에 관한 물권변동은 무효로 한다. 다만 부동산에 관한 물권을 취득하기 위한 계약에서 명의수탁자가 그 일방당사자가 되고 그 타방당사자는 명의신탁약정이 있다는 사실을 알지 못한 경우에는 그러하지 아니하다. 또 이런 경우에 1항 및 2항의 무효는 제3자에게 대항하지 못한다. 이런 거라고…… 오빠 이젠 각오하라고?" 윽박지른다.

이 녹취록에 대해 원중은 아연실색하며 "아니 이 녹음 내용을 어떻게……?" 그렇다면 그때 그 카페에서 다 엿듣고 녹음했다는 사실이 그는 아찔하다. 그런데 그가 정말 학원생 라희에게 넘겼는지 아닌지는 아직 모르는 것이다.

"아니 오빠 내가 녹음한 사실 그대로 그렇게 넘긴 거야? 뭐야? 어서 말해봐?"

"……."

그는 아무런 말도 하지 못하고 그저 우물쭈물거린다. 침묵으로 일관하자 그녀는 격분이 포화되어 접시를 깰 심사로 찬장으로 달려가 접시를 꺼내어 바닥에 아주 세게 팍 던진다. 깨지는 요란한 굉음이 쨍그랑 쨍그랑 들린다.

급기야 겁에 질린 원중은 이실직고하게 된다. "으으윽 실은 어제 오후에 그렇게 처리한 거라고……."

"뭐야? 어제 오후에 그럼 내가 카페서 녹음한 후 집에 돌아간 뒤 바로 그걸 일사천리로 그랬단 거잖아? 야. 이거 진짜 미쳐도 단단히 미쳤구나! 우하하하하 미쳤다."

"야, 너 말이야. 그렇다고 내 뒤를 따라와 녹음한 건 뭐야? 에잇." 그가 반격한다.

적반하장도 유분수라는 말을 문득 떠올리며 희라가 더더욱 격한 감정으로 빠져든다. 그녀는 결심한다. 내일 당장 법적조치를 취할 것을 다짐한다.

서로는 거의 뜬 눈으로 밤을 지새울 정도로 격분된 상태이다.

아내 희라는 날이 밝기가 무섭게 곧바로 남편의 명의신탁약정을 고소해버린다. 부부간의 재산이 위태로워질 수 있다는 가정파탄을 사유로 들었다.

고소인 이희라, 피고소인 이라희가 되는 상황이다. 라희는 격하게 저항하며 절대 돌려줄 수 없다고 우겼다.

라희는 "난 그 방원중 원장이 총각이라고 하며 사귀자고 하여 사귄 거고 나 좋다고 하여 그걸 선물로 받은 거다. 그 유부남인 사실은 전혀 몰랐다"라고 강변하였다. 이에 희라는 다소 주춤주춤거린다. 그러나 하여간 그 신탁을 무효로 하려고 한다.

남편이 학원생에게 총각이라고 속이고 그렇게까지 그랬단 게 더더욱 화가 치밀어 올랐다. 희라는 라희와의 다툼을 잠시 멈추고 집으로 들어와 원중과 심한 언쟁이 벌어진다. 이날은 형법이 든 날이 아니라 원중이 집에 쉬고 있었는데 날벼락을 맞는 거였다.

"내가 학원생일 때 그 수모를 당하면서까지 학원장인 당신, 원중 오빠와 결혼까지 한 건데 그럼 정신 차리고 나만 바라봐야지 또 다른 학원생과 눈이 맞은 것도 그렇고 게다가 거대한 재물을 넘겨 이런 미친 오빠야." 이렇듯 공격을 해도 그는 꼼짝 못 할 상황으로 치닫는다.

바로 이날 라희는 남친 성찬에게 번개같이 넘겨버린다. 물불을 안 가리고 그냥 막 나간 것이다. 결국 아내 희라는 라희가 총각 사칭한 걸 속아 그랬든 아니든 이걸 떠나 법적조치를 취한다.

10월 8일 그 후 며칠 지나자 라희는 검찰에 끌려가 조사를 받았는데 배임 횡령죄가 되는 순간을 맞는다. 그녀는 조사관에게 "난 학원장 방원중이 총각이라고 속였고 사랑의 선물로 받은 거라 문제가 없어요"라고 해명하였으나 검찰은 현행법은 그렇지 않다고 맞섰다. 검찰은 다음에 다시 부르겠다고 하고 일단 돌려보냈다.

이라희는 자신의 잘못은 생각하지 않고 되레 자신이 학원장 원중에게 농락 유린당했다고 무척 억울함을 토로한다.

이날 밤 그녀는 남친 조성찬에게 전화하여 "참 더럽다. 내가 왜 이런 꼴을 당해야만 하냐?"고 울기도 하였다.

라희는 사실 현재 법원서기보 수험생으로서 법책을 들고 다니긴 하지만 공부한 지가 한 달도 채 안 되어 잘 모른다.

그렇기에 억울하다고 생각할 수도 있다.

그녀의 계속되는 눈물바다에 더 이상 참지 못하고 조성찬이 밤에 택시를 타고 그녀의 집 앞 영등포동으로 내달렸다. 그는 엄청 돈이 없어 아직 차가 없다.

내리자마자 둘은 얼굴을 붉히며 학원장 방원중과 그의 아내 이희라에 대한 불만의 넋두리를 이어간다.

"야, 총각이라고 속인 놈이나 또 네게 넘어온 명의를 도로 찾아가려고 난동 부리는 년이나 다 완전 쓰레기들이다. 어휴~~"

"그래. 그건 그렇고 이것들 그냥 둘 순 없잖아! 안 그래?"

이들은 격해진 감정을 추스르질 못하고 "지금 당장 그가 운영하는 종각 영광고시학원에 불을 질러 버릴 거야! 다 태워 버려" 하며 펄쩍펄쩍 뛴다. 이들은 완전 이성을 잃어버린다.

라희도 원중에게 접근할 때 남자친구가 없다고 속인 건 똑같은데 자신의 잘못은 안중에도 없다.

이들은 이 늦은 시간 포장마차에 들러 막걸리를 들이부으며 서로 격한 감정을 쏟아낸다. 그러다가 분이 풀리지 않아 나와 택시를 잡아타고 종각 영광고시학원으로 달려간다. 금세 도착하였는데 막걸리에 만취되어 비틀비틀거렸다. 곧바로 준비해온 시너를 뿌리고 불을 붙여버린다. 그야말로 위험천만한 방화죄를 저지른 것이다.

때마침 지나가던 행인이 이를 보고 곧바로 112에 신고를 해버린다.

경찰은 황급히 출동하여 이들은 잡아간다. 현주건조물방화죄인 것이다.

소방차도 몇 대가 출동하여 진화에 안간힘을 다한다. 종각파출소에 끌려간 이들은 정신이 없어 마치 미친 사람들처럼 횡설수설거리며 객설스럽게 말한다.

경찰은 "불을 놓아 사람이 주거로 사용하거나 사람이 현존하는 건조물, 기차, 전차, 자동차, 선박, 항공기 또는 광갱을 소훼한 자는 무기 또는 3년 이상의 징역에 처합니다. 이의 죄를 범하여 사람을 상해에 이르게 한 때에는 무기 또는 5년 이상의 징역에 처하고 사망에 이르게 한 때에는 사형, 무기 또는 7년 이상의 징역에 처합니다"고 사건상황을 설명한다.

그러자 라희는 이 학원장 방원중에게 총각이라 속아서 육체관계를 맺었고 게다가 그가 자신에게 준 명의신탁 건으로 그의 아내에게 알려져 배임 횡령으로 고소되어 구속될 위기에 처해 분하여 그랬다고 넋두리를 늘어놓는다.

그러나 이런 변명은 정당한 행위가 될 수가 없다. 조사과정에 라희는 그 명의신탁 건을 제3자인 남자친구 조성찬에게 넘겨 불법행위임이 분명해졌다.

결국 이라희, 조성찬은 이런 불법행위를 저질러 입건되고 말았다.

다행히 종각 영광고시학원은 그리 큰 화재가 발생하진 않았다. 왜냐하면 소방차가 제때에 출동하여 최대한 빠르게 진압이 됐기 때문이다.

그러나 또 한 번 이 사건이 모든 일간지에 보도되면서 방원중 원장은 영업과 명예에 큰 타격을 받는다. 게다가 총각사칭이라는 것과 학원생을 만나 교제를 했다는 것 때문이다.

지난 7월 초 홍민동이 쥐도 새도 모르게 방원중 학원장과 이희라 수강생 밀월관계를 올려 학원 이미지가 큰 타격을 받은 적이 있었는데 이번에 또 그보다 더 큰 타격을 받게 됨은 자명하다. 또 사적으론 아내 희라가 이번 건에 대해 그냥 넘길 수 없다는 강경한 자세를 취하고 있어 그로선 더더욱 힘든 상황으로 몰린다.

그녀는 남편 원중이 결혼 전 "자신이 돈이 너무 많으니 다 먹여 살릴 테니 내 돈만 받고 먹고 놀아"라고 한 말을 이리저리 해석도 해본다. 이젠 이런 의구심도 드는 것이다.

나름 거대 학원이라 그녀가 운영해보겠단 마음으로 들락날락하면 그가 은밀한 로맨스가 방해를 받을까 봐 그런 것인가! 이젠 별별 의구심

들이 다 나타난다.

희라는 원중에게 윽박을 지르며 "난 당장 이혼을 하고 말 거야! 바람난 남자와는 절대 같이 살 수 없어"라고 말하며 죽일 듯이 쳐다본다.

이에 그는 더 이상 집에 있기가 괴로워 확 뛰쳐나가 어디론가 가버린다. 홀로 오밤중에 작은 공터에서 쓰디쓴 줄담배를 피운다.

그가 나간 뒤 넓디넓은 응접실에서 홀로 독한 위스키를 한 병 확 마신 그녀는 울분에 찬 목소리로 절친 난화에게 전화를 넣는다.

난화는 지금 한참 창곡동 집에서 동거남 성호와 오붓한 시간을 보내는 중 오밤중의 전화에 놀라 황급히 쳐다보자 희라다. 헐레벌떡 받는다.

"너 혹시 신문 봤니? 우리 남편 학원에 대한 기사 말이야?"

"모르겠는데……."

희라는 자초지종을 털어놓는다. 그러자 난화는 위로조로 말하며 "난 아직 결혼 안 하고 동거 중이지만 우리 성호 오빠가 노가다 출신이지만 오로지 나만 좋아하고 사랑하는 그 마음 하나는 너무 고마운 일인 것 같아! 네 결혼이 행복하길 바랐건만 아니라서 나도 괴롭다"고 하면서 "다음에 전화하자" 하고 끊는다.

끊고 난 후 난화는 성호를 바라보며 무척 사랑스러운 표정으로 "난 생각해보니 이 세상에서 성호 오빠가 최고인 것 같아!"라고 말하며 슬며시 자신의 입술을 그의 입술에 대고 꾹꾹꾹 누른다.

뒤늦게 남편 원중은 집으로 들어오자 희라는 소파에 걸쳐 앉아 멍하니 그를 쳐다보는데 독한 위스키를 안주도 없이 한 번에 다 마셔서인지 입에선 그 독한 냄새가 진동한다. "어억! 냄새가……."

그는 냄새에 놀라 얼른 방으로 뛰어 들어간다. 결혼한 지 불과 한 달 반 만에 파경에 이르는 아픔이 몰려온다.

이들은 그렇게 며칠 지나자 파경의 절차를 밟아나간다. 희라는 자신이 원중의 전 부인에게 상처를 줬음에도 불구하고 보란 듯이 결혼하여 신혼생활을 하다가 그에게 완전 뒤통수를 맞는 아픔을 받는다. 인과응보가 되는 상황이다.

날씨는 로맨스하기 좋은 시즌으로 막 치닫고 있었으나 급조된 부부는 파경도 급조되어 진행됐다.

급기야 10월 말 두 사람은 완전 갈라졌다.

그런데 매우 공교롭게도 이날 마지막 날엔 8월 26일 안양교도소로 들어갔던 홍민동이 가석방으로 풀려나는 일이 일어나고 있다. 민동은 나오자마자 격한 감정을 이기지 못하고 자신을 궁지로 몰아넣었던 문제의 노트북 사건이 벌어진 광교 댄스학원으로 거칠게 쇄도한다. 그곳엔 원흉 방채라가 있을 거라고 판단하기 때문이다.

이날 오전에 교도소 정문에서 나오자마자 곧장 댄스학원으로 내달린다. 이곳에 도착한 시간은 오후 4시가 조금 넘어가고 있었는데 학원이 문이 닫혀 있었다.

"으으으 닫혔구나!"

허겁지겁 곧장 택시를 잡아타고 그녀의 집 수지구 고기동 더블주택으로 달려간다.

저녁때가 다 되어간다. 그녀의 집엔 불이 켜져 있다. 오늘도 그때 사건발생 당일처럼 먼저 초인종을 눌러본다. 띵동 띵동 띵동 소리가 울린다.

그러자 그녀는 화면으로 확인하자 홍민동이다. 소스라치듯 경악하며 "어어어! 저게 어떻게 저게 여길 왔지. 지금 감방에 있을 텐데" 하며 얼른 남편을 부른다.

오늘도 그때와 똑같은 상황이 벌어지고 만다. 민동은 담벽을 뛰어넘어 열려진 현관문으로 거칠게 들어가는 거였다.

"어어어! 들어, 들어왔다. 으으으윽."

그는 눈에 뵈는 게 아무것도 없다. 눈앞에 보이는 그들을 향해 무지막지하게 막 후려친다. 남편은 무자비한 그의 묻지 마 공격에 속수무책으로 줄줄줄 피를 흘리며 쓰러지고 만다. "으으으악악악."

채라도 마찬가지이다. 더더욱 그를 격분시킨 것은 응접실 찬장 안에 자신의 노트북이 놓여 있는 거였다. 그녀가 자신의 노트북을 훔쳐 간 확실한 증거가 잡혔다.

그런데도 불구하고 자신은 그 당시 너무 억울하게 형법 321조 주거침입죄와 수색죄로 엮여 들어간 사건이다.

그러니 격분이 포화될 수밖에 없는 노릇이다.

문제는 그렇다 하더라도 지금 이 순간 또다시 폭행을 휘둘렀으니 또 다른 큰 문제가 될 것 같다. 더블주택은 단독주택인데 그 옆집의 주인 아줌마가 이를 듣고 황급히 112로 신고를 한다.

112차가 오는 듯한 느낌이 들자 민동은 다급한 나머지 막 도망치기 시작한다.

일단 자신의 노트북을 목격했기에 억울함을 주장할 수도 있겠지만 지금 이 순간 그들을 너무 무참히 패버린 상태라 균형이 완전 깨졌기 때문이다.

정신없이 어디론가 달려가는데 너무 막 달려 온몸에 식은땀이 줄줄 줄 흐른다.

경찰들이 그 집에 들어와 보니 부부가 피를 흘리며 쓰러져 있는 걸 보고 다급히 119를 부른다.

119구급대원들에 의해 부부는 병원으로 이송된다. 경찰은 옆집 아줌마가 나와 있는 걸 보고 "혹시 남자가 도망치는 것 봤습니까?"라고 묻자 아줌마는 "네, 저쪽으로 도망쳤어요" 말한다.

경찰은 그 방향으로 뒤를 쫓는다. 그러나 그는 이미 멀리멀리 도망쳐 버려 잡기가 어렵다. 그랬지만 그가 고기리 수심이 깊은 지점 계곡에 빠지고야 말았다. 자칫 숨을 거둘 수도 있는 상황이었는데 지나가는 산책객이 보고 다이빙하여 뛰어 들어가 가까스로 그를 구출한다.

심한 호흡곤란을 일으키는 그였다. 그러는 중 뒤를 추격하여 온 경찰에게 포착됐다. 끌려갔으나 몸도 그렇지만 정신도 황폐하고 심한 분열 증세를 일으키기도 하였다.

11. 한곳으로 몰리는 정신이상자들

끝내 그는 구속되진 않고 심신미약자로 분류되어 정신병원으로 보호조치가 들어가게 된다.

또 어떻게 공교롭게도 종각 쪽 매화정신병원에 입원조치 됐다. 그는 고래고래 소릴 지르며 "난 여기 올 이유가 없다"고 발끈하였으나 정신과 진료상 이미 해당사유였다. 이곳은 권희가 요양보호사로서 실습하는 장소이기도 하다.

우연의 일치치고는 상당하다. 그녀는 현재 예전에 청와대 민정수석을 했던 곽풍광을 맡고 있다. 별안간 홍민동이 정신질환환자로 들어오는 모습을 보고 가슴이 쿵 한다. "어어! 저 저건 홍민동이잖아! 왜 쟤가 여길 오지."

권희는 그간 민동이 안양교도소로 들어간 사실도 모르고 이어 여러 가지 문제로 정신질환까지 온 사실은 더더욱 모른다. 근데 지금 이 순간 이곳으로 들어오니 충격적이다.

들어오던 민동은 권희를 보자 눈이 휘둥그레지며 당혹감을 감추질 못한다. 메인 목소리로 "어어어! 누나가 어떻게 여기에 이렇게 있는 거지?" 하며 몸이 부르르르 떨린다. 침실에 누운 민정수석 출신 정신환자인 풍광은 자다가 눈을 번쩍 뜨며 "누구, 누구야. 누군데 이렇게 소란스럽게 하는 거야? 나참 여기 대통령이 누워 있는데 조용조용히 좀 다니라고…… 어휴~~ 이 시발" 하며 욕설을 퍼붓는다.

그러자 민동도 격분되어 "이런 정신병자는 병자네. 네가 무슨 대통령이야? 에라이" 하고 무척 한심하다는 듯 쳐다본다.

이에 더 큰 격분이 포화된 곽풍광은 그를 죽일 듯이 날카롭게 노려보며 "저거 저건 검찰서기같이 생겼잖아! 어디 서기가 왕에게 덤벼 이 자식아. 너 하옥시켜버릴 거야. 이런 무엄한 놈"이라고 쏘아붙인다.

이에 민동은 속으로 "어! 저 자식이 내가 검찰서기 출신이란 걸 어떻게 알았지! 이상하다" 하며 갸웃거린다.

둘은 일촉즉발의 상황으로 치닫는다. 그러자 보호사 권희가 황급히 제재하며 민동을 다른 곳으로 데리고 간다. 그러자 풍광은 "야야야, 비서실장이 내 옆에 있어야지. 지금 그런 놈 데리고 어딜 가는 거야? 어휴~~ 다들 군기가 쏙 빠져가지고 이것들 다 파면시켜버려" 하며 핏대를 올린다.

권희는 그를 다른 곳으로 데려간 후 "야, 민동. 너 어떻게 여길 왔어?" 묻자 그는 "나도 몰라. 여기가 어딘지 나도 몰라"라고 대답한다.

그러는 사이 민동을 맡을 한 보호사가 다가와 "자아 환자님. 저쪽으로 갑시다" 안내하며 데리고 이동한다.

이 장면을 지켜보던 권희는 정신이 멍한 기분이었다.

어쩌다가 그가 이 지경이 됐을까! 하는 안쓰러움이 물밀듯이 밀려온다.

저 남자를 한없이 좋아했고 그로 인해 남편에게 이혼당했고 그 후 그와 새로운 삶을 영위하고 싶지만 나를 내쳤는데 어쩌다가 정신병자가 되어 매화정신병원에 들어왔단 말인가! 하고 권희는 속으로 곱씹는다.

그저 오늘은 아무런 말 없이 흘려보내리라! 다짐하며 조용히 퇴근 무렵 문을 열고 그녀는 나간다.

민동이 있는 병실에 가 한번 바라보고 가려다가 그냥 외면하고 돌아서 간다. 그녀 자신이 몹시 처량해지기 때문이다.

그러면서 내일 월요일을 맞이한다.

그녀는 어김없이 매화정신병원에 출근도장을 찍는다. 권희는 오늘은 약간 두려움이 앞선다. 오늘은 왠지 면회객이 올 것 같은데 왠지 임숙의 전남편 건설업자 최형삭이 올 것만 같은 예감이 든다. 지난번 7월 22일에도 그랬기 때문이다.

그렇다면 다소 복잡하고 요란해질 수 있는 소지가 발생할 수 있다.

형삭이 민동을 알아볼 수가 있어서다.

그래서 가슴이 두근두근거리기 시작한다.

민동을 맡은 한 여성보호사가 황급히 달려와 권희에게 "권희 씨가 한번 가보세요. 저 환자가 권희 씨를 데려다 달라고 난리를 칩니다. 어휴~~" 하며 탄식한다.

권희는 하는 수 없이 그쪽으로 가 본다.

그녀가 그쪽으로 가자 민동은 마치 목마른 물고기가 물을 만난 듯 얼굴이 확 펴지며 "누나. 권희 누나. 누나가 날 맡으면 안 돼? 나 여기 진짜 못생긴 보호사 때문에 스트레스 엄청 받는다. 으으으" 하고 얼굴을 몹시 찡그린다.

그러자 권희는 "야, 민동. 그건 내 마음대로 되는 게 아니고 여기 정신병원에 책임자에게 문의해봐야 돼" 하고 즉답을 피한다.

이 말을 듣고 있던 그를 맡았던 보호사는 매우 불쾌한 표정이 역력하다.

권희가 그 보호사에게 "그래도 될까요?" 묻자 그녀는 "마음대로 하시죠" 답한다.

그녀들은 총괄책임자에게 가 이 건을 묻는다. 그러자 책임자는 "두 분이 잘 의논해서 하시길 바랍니다"라고 답한다.

그녀들은 이 문제로 의논한 결과 바꿔서 일을 하기로 합의가 났다. 권희 입장으론 기분이 좋을 수도 있지만 현재 민동의 상태로 볼 때는 꼭 그렇다고 할 수도 없다.

왜 이 지경이 됐는지도 모르지만 그녀로서도 자신의 보신주의가 작용한다. 이 일이 돈을 벌기 위함이지 무슨 정신질환자들 위로차원과 옛정을 위한 것은 아니기 때문이다.

그래도 일단 옛정도 있고 맡기로 한다. 권희가 민동이 누워 있는 곳으로 이동하여 물끄러미 그를 쳐다보자 그는 이곳에서 이렇게 재회하는 현실이 충격이다.

"물 좀 갖다 줘. 누나?"

"그래. 자, 물."

물을 주자 벌컥벌컥 마신다. 한편 권희와 교체하여 전 민정수석 출신 곽풍광을 맡게 된 현숙은 그의 가까이 다가가며 "환자님. 이 시간부터 환자님의 간호는 제가 맡게 되었습니다. 하하하" 하고 미소를 띤다. 그러자 풍광은 느닷없이 고래 같은 소릴 지르며 "뭐야! 내 비서실장 어디로 갔어? 어서 데리고 와"라고 핏대를 올린다.

11. 한곳으로 몰리는 정신이상자들

"안 됩니다. 그쪽 어제 들어온 환자분과 바꿨습니다. 제가 맡게 됐으니 그렇게 아세요."

"뭐야? 바꿔? 내 허락도 없이 그렇게 맘대로 바꾼단 말이야? 아니 이것들 봐라. 대통령 말도 안 듣고 니들끼리 막 그런단 거지? 니들 이젠 다 죽었어. 하옥시켜버릴 거야! 으으으" 전 민정수석 곽풍광은 정신질환자 중의 수위가 높은 편이다.

오전부터 엄청난 소용돌이가 일어난다. 민동 쪽으로 간 권희도 그 옛날 옛정과는 달리 그가 정신질환자로 여기에 온 상황이라 달갑진 않다.

민동이 느닷없이 그녀의 허리를 잡으려 하자 그녀는 확 뿌리친다.

"에잇. 그러지 마."

민동은 여기에 온 사실도 침통하지만 옛 애인 권희가 귀찮아하는 모습에서 더욱 비통함을 느낀다. 저쪽 병실에 풍광은 계속 소란을 떨고 있기에 간호사가 들어가 무슨 신경안정제를 놓는다.

종각 매화정신병원의 이날 오전은 그야말로 두 정신질환자 간의 미묘한 격돌이 일어났다. 오늘 아침 출근하면서 그녀가 우려했던 일이 벌어질 것 같은 불안한 기운이 감돌더니 정말 점심때가 넘어서자 면회객들이 우르르 들어오는데 정말 지난번에 면회 왔던 대형건설업자 임숙 남편인 최형삭이 다른 일행들 몇 명과 들어오는 것이었다.

권희가 두려운 이유는 자신이 그 당시 형삭에게 임숙 문제를 고자질하여 부부간에 균열을 조장하여 갈라서게 하였는데 아마 그 당시 흥신소 직원들이 동영상을 남편 형삭에게 보여줬을 것으로 예상된다.

그렇다면 형삭이 지금 이 순간 민동을 보게 되면 여간 복잡하고 어지러워지는 게 아닐 것이다.

그렇기에 그녀로선 여간 까다로운 문제가 아닐 수 없다. 자신이 악역을 맡은 것 같은 상황으로 치닫기 때문이다.

즉 건설업자 남편 최형삭은 들어와 여기저기 돌아다니고 화장실을 가려고 복도를 지나가다가 어떻게 민동이 지나가는 모습을 본다.

"어어! 이 남자 그때 동영상에 찍힌 사람 같은데……!"

벌써 알아보는 것이었다. 단연 민동은 그를 알 순 없다. 형삭은 느닷없이 그의 멱살을 움켜잡고 위로 번쩍 추켜올리며 "야 야, 이 자식아. 네가 예전에 우리 아내와 그랬던 놈이지. 근데 어떻게 정신이 돌아 여기 왔네! 막 놀다가 미쳤니?" 막말을 퍼붓는다.

"으으으으. 이거 놔아. 놔아, 놓으라고. 이씨. 이거 뭐야? 비켜! 으윽" 하며 그는 저항하며 확 뿌리친다.

그런데 문제는 여기서 최형삭은 해선 안 될 큰 실수를 저지르고 만다. 그때 7월 22일 권희가 자신에게 은근슬쩍 발설한 특급비밀을 지켜야 한다는 건 익히 알지만 지금 이 순간 너무 격해지다 보니 자신도 모르게 홧김에 발설하게 된다.

우발적 넋두리가 되는 순간이다.

"야, 인마 여기 요양보호사가 다 알려줬어. 네가 내 아내 임숙과 그렇고 그렇다고 이 자식아~~ 어휴 정말 이런 새끼가 어디 있어?"

"뭐? 여기 보호사가 말해?"

이들이 격돌이 벌어질 때 보호사나 직원들이 달려와 가로막으며 만류한다.

권희도 달려왔는데 갑자기 형삭이 그녀를 가리키며 "바로 이 여자 보호사다"라고 핏대를 올린다.

권희는 정말 어디 쥐구멍이라도 있으면 들어가고 싶은 심정이다. 민동은 "아니 누나. 누나가 정말 그랬단 말이야? 이게 뭐야? 으윽" 하고 발악한다.

그도 가만히 집중하며 생각해보니 지난 8월 초에 권희와 광교 호수 공원에서 만났을 때 권희가 자신을 차지하려는 발로로 임숙 남편에게 자신과 임숙 관계를 폭로했단 소릴 들은 기억이 어렴풋이 떠오른다.

그러자 권희는 할 말을 잃어 화장실로 도망친다. 그러자 민동은 그 방향으로 쫓아 들어간다. 여자화장실로 뛰어 들어간 그녀는 그가 이곳으로 안 올 줄 알았는데 들어오니 다급하다. 그래서 아주 크게 비명을 질러버린다.

"으으으으악악악악."

그러자 직원들과 다른 보호사들이 황급히 여자화장실로 뛰어 들어온다.

민동이 그녀를 후려칠 듯한 자세를 취한 상황에서 직원들이 가까스로 뜯어말릴 수 있었다.

지금 이 순간 권희는 괜히 그때 임숙을 함정에 빠뜨리려고 그랬던 꼼수가 되레 큰 자충수가 되어버리는 참극을 맞는다. 직원들이 그를 끌고 나와 병실로 데리고 간다. 나와 그쪽으로 갈 때 건설업자 형삭은 그를 죽일 듯이 매섭게 노려본다.

이젠 권희는 민동의 해코지가 두려워 더 이상 그를 맡을 수 없는 상황으로 치닫는다.

그녀가 로비에서 잠시 쉬고 있을 때 형삭이 다가와 상당히 겸연쩍은 표정으로 고개를 푹 숙인다. "아이고 죄송합니다. 제가 그런 말을 하지 말았어야 했는데 정말 큰 실수를 저질렀습니다. 아까 제가 너무 이성을 잃었습니다. 죄송합니다."

"……."

그녀는 아무런 말을 하지 않는다. 어제 민동이 여기에 들어온 것도 그렇고 오늘 임숙 남편이 여기 온 것도 그렇고 뭔가 혼돈의 악몽에 빠진 불미스러운 불쾌감이 들이운다.

그러다가 그냥 피해버린다. 그녀는 다시 민동이 있는 병실로 가진 않고 다른 곳으로 교체됐다. 이에 민동은 고래고래 소릴 지르며 끝없이 비명을 지른다. "이게 다 뭐 하는 짓이야? 나 정말 미쳐 돌아버릴 것 같아!"

그러자 새로 교체된 보호사와 간호사가 들어가 신경안정제를 놓는다.

그러자 조금 지나자 슬며시 잠이 들기 시작한다.

임숙의 전남편 최형삭도 이곳에 오래 머물기가 조금 그렇다 싶어 황급히 일행들과 나가버린다.

조금 지나자 점심때가 됐는데 권희는 오전에 여러모로 시달린 관계로 밥맛이 뚝 떨어져 밥 생각이 안 나 안 먹는다. 실내는 계속 요란하다. 전 민정수석 출신 곽풍광은 곽풍광대로, 전 검찰서기 출신 홍민동은 홍민동대로 양쪽에서 소릴 지르고 난리가 났다. 이들 다 아까 안정제를 맞았는데도 금세 깨나 또 그러는 것이다. 그러자 양쪽 간호사들이 또 들어가 안정제를 재차 놓는다.

그러자 이들은 각자 고요히 잠이 든다.

권희는 밥 생각이 없어 점심식사 시간 다 갈 때까지 안 먹다가 거의 끝날 무렵 안 먹으면 안 되겠다고 생각했는지 재빨리 컵라면이라도 하나 먹는다.

권희는 앞으로 또다시 임숙 남편이 들어올 수도 있다는 두려움이 몰려온다.

그래서 다른 병원이나 요양시설을 알아봐야 할지 고민에 빠져들기 시작한다.

왜냐하면 앞으로 민동이 또 무슨 짓을 저지를지 모르기 때문이기도 하다.

이날 퇴근시간을 불과 1시간 남겨놓은 시점에 그녀는 결국 이곳에 관두겠다는 의사를 표시한다.

시간이 흘러 그녀가 보이지 않자 두 남자는 시무룩한 상태가 된다.

한편 이전에 형삭의 아내였던 임숙도 그런 문제로 이혼한 뒤 마땅히 할 일이 없어 이것저것 돌아다니다가 노래방도우미도 하고 식당주방 일도 하였으나 가는 곳곳마다 불미스러운 일들이 속출하였다.

남자들과 얽히고설킨 것이다.

그녀는 안 되겠다 싶어 관두고 나와 요양보호사학원을 다니다가 실습을 맞는데 너무 이상할 정도로 우연의 일치로 엊그제 권희가 관두고 나가버린 종각 매화정신병원으로 나가게 된다. 만약 권희가 좀 더 근무했더라면 서로 부딪힐 수도 있었지만 시점이 빗나갔다.

임숙은 목요일에 출근을 시작한다.

임숙이 들어오자 미모가 조금 되기에 벌써 풍광이 군침을 삼키기 시작한다. 그녀는 화장실을 가려고 움직이다가 민동을 보게 되어 몸이 바르르르 떨며 놀라버린다.

"어! 민동. 어떻게 이런 환자복을 입고 이게 뭐야?"

"아! 누나는 왜 여길 왔지?"

"일하러." 서로는 몹시 당혹스러운 표정으로 우두커니 바라보고 있다. 민동은 뭔가에 홀린 듯한 조금 두렵다는 마음마저 든다. 엊그제 권희가 사표를 쓰고 나갔는데 이틀 지나 임숙이 이곳에 온다는 게 여간 이상한 일이 아니었다. 혹시 임숙의 전남편이 발설하여 협력하여 권희를 보복하러 온 건 아닐까! 하는 별별 이상한 의구심마저 든다.

그녀는 민동을 볼 때 무척 반가웠으나 환자복을 입고 있는 모습에 아연실색한다.

반면 그는 두려운 나머지 엊그제 권희가 여기서 관두고 나간 사실을 발설한다.

"아니 임숙 누나. 우리 옛날 댄스학원에 권희 누나도 여기서 일하다가 엊그제 관두고 나간 것 같은데……!"

"뭐야? 그 여자가 그랬다고……?"

권희와 민동이 그런 관계라는 것을 익히 잘 알고 있는 임숙으로선 이상하다고 느낀다. 이젠 두 사람 다 이상하다는 감정 속으로 빠져든다. 화장실로 막 뛰어 들어간다. 임숙이 화장실에서 나오자마자 또 그녀를 차지하려는 환자들 간의 신경전이 오고 간다. 바로 곽풍광과 홍민동 간의 격돌이다. 총괄책임자는 이런 여성보호사를 차지하려는 환자들의 행동에 경종을 울리기 위하여 새로 들어온 임숙에겐 다른 관리일을 맡긴다.

그러자 풍광과 민동은 고래고래 소릴 지르며 아우성을 친다. 묘한 기분 속에 첫 출근 후 근무를 시작하는 그녀였다.

임숙은 아직까지 권희 때문에 자신이 파경을 맞은 사실은 전혀 모르고 더군다나 그 문제가 된 폭로의 시점이 바로 이곳이라는 것은 도저히 상상도 못 할 일이다.

만약 그녀가 바로 이곳에서 7월 22일 댄스학원 동료 권희가 임숙 남편 형식에게 민동과 불륜 건을 폭로하여 사태가 심각해졌다는 걸 그녀가 알게 된다면 또 다른 보복의 칼바람이 불 것 같다.

매우 싱숭생숭한 기분에 잡혀 커피를 한잔하고 관리업무를 시작하려는 순간 민동이 불쑥 튀쳐나와 "임숙 누나. 누나는 권희 때문에 남편에게 쫓겨난 거야!" 하고 폭로하며 얼굴을 붉힌다.

"뭐야? 그게 무슨 소리야?"

이 말을 들은 임숙은 어안이 벙벙하였다. 왜냐하면 전혀 영문을 모르기 때문이다.

임숙은 민동의 팔을 세게 잡아당기며 "야 야, 이리 이리 좀 와봐. 그게 무슨 소린지 좀 더 자세히 말을 해봐"라며 다그친다. 그러자 그는 엊그제 임숙의 남편에게서 들은 그대로 발설해버린다.

"임숙 누나. 사실은 누나의 전남편이 엊그제 이곳에 저기 저쪽에 있는 환자에게 면회를 왔었어. 근데 내가 누나와 그런 관계라는 걸 알고 있고 또 나 때문에 자기가 그 꼴 당했다고 하면서 이 모든 건 다 권희가 알려줬다는 거지. 그러니까 권희 누나가 여기서 일하다가 그렇게 된 거야."

이 상황이 다소 복잡한 관계로 조근조근 얘길 할 필요를 느껴 조금 더 옆으로 구석으로 가 그는 자세히 말한다. 즉 권희가 조종한 대목까지 망라한다.

이 말을 모두 다 전해 들은 임숙은 그야말로 충격 그 자체였다.

"으악! 이 이럴 수가 어떻게 그년이 그럴 수가 있나. 나와 같은 댄스학원 교육생인데 교육생들끼리 정말 이러면 돼! 으으윽" 하며 그녀는 완전 망연자실 상태로 빠져든다.

결국 알게 된 것은 권희가 민동과 임숙을 갈라놓겠다는 야심으로 임숙의 남편이었던 형삭에게 고자질한 게 실체이다.

그 당시 임숙은 민동 때문에 파경을 맞아 충격을 받고 그에게서 온 문자에 아주 차가운 답장을 넣고 그 뒤 완전 끊어버렸다가 오늘 희한한 연으로 또 이곳에서 보게 되어 충격적인 사실을 알게 되는 순간이다.

지금 이 시점에서 민동이 이러는 까닭은 며칠 전 권희와 불미스러운 일들이 있어 심히 울적한데 옛 애인 임숙이 호박이 넝쿨째 들어오니 편을 들며 심적 위로를 받고 싶어서다.

그녀로선 권희의 행동도 그렇지만 전남편 형삭이 이곳으로 면회를 왔다는 대목은 여간 불쾌한 게 아니다. 그렇다면 차라리 지금 시점에서 그냥 관두고 나가버릴까 생각 든다. 이혼한 전남편 형삭과 부딪친다는 것은 더더욱 불쾌하기 때문이다.

이 대목에 대해 민동과 의논에 들어간다. "야, 민동. 근데 옛 내 남편이 여기에 면회를 왔다는 건 왠지 기분이 더럽다. 나 지금 그냥 여기 관뒤버리고 나가버려야 할 것 같다. 으으으."

"글쎄. 임숙 누나. 그런 것들을 그렇게 신경을 쓸 필요가 있을까? 그냥 소 닭 보듯 하라고."

"야, 민동. 문제는 그가 여기서 나도 보고 너까지 기분 더럽지 않니? 너 자신을 위해서도 내가 여기서 계속 이 일을 한단 것은 더욱더 더럽다. 아아아."

"글쎄. 그렇긴 한데 누나 난 신경 쓰지 마. 난 그런 것 별로 신경 안 쓰여! 난 초월적 인간이잖아! 하하하하" 하며 그는 호기롭게 웃어버린다.

이 말을 들은 그녀도 곰곰이 생각해 보니 자신이 전남편 형삭에게 죄인처럼 도망 다닐 아무런 이유가 없다고 판단한다.

"그래 네 말이 맞다. 내가 뭐 그런 새끼에게 죄 지은 것 있나?" 결국 둘은 생각이 일치되고 있다. 그러면서 친밀해질 듯하지만 그가 이곳 정신질환자로 온 부분에 있어 그녀로선 무척이나 께름칙한 측면이 많다.

그러면서 오늘도 혹시 전남편 형삭이 면회를 오지 않을까! 하는 약간의 두려움도 몰려온다.

이틀 전 월요일에 이곳에 면회 왔다가 우발적 넋두리를 자행한 형삭은 이틀 지나 목요일이 되자 마음이 여간 괴로운 게 아니었다.

그래서 또 너무 어처구니없게도 오늘 매화정신병원에 들러 권희에게 정중히 사과해야겠다는 생각을 한다.

이와 함께 민동에 대한 뭔지 모를 보복을 날려야겠다는 앙금도 작용한다.

형삭은 보호사 권희에게 사과의 의미로 줄 음료수와 과일을 듬뿍 사서 들고 오후가 되어 불쑥 들어온다.

로비 쪽 관리업무를 맡고 있는 전 부인 임숙과 정면으로 딱 부딪친다. 그녀는 아까 대충 상황을 들어 알고는 있었으나 실제 그가 들어오자 매우 당황하는 기색이 역력하다.

"어어어어어."

이런 현상은 형삭이 몇 배 더 심하다. "아아아아아아 이건 뭐야! 이게 왜 여기에."

그는 문득 전 부인 임숙을 보는 순간 속으로 '아! 이게 지금 저기 저

놈 민동을 보러 온 거구나!'라고 판단해버린다.

그녀는 너무 당혹스러운 나머지 황급히 도망쳐 민동 쪽으로 가 그가 온 사실을 알린다.

"야야야, 내 전남편이 왔다. 저게 또 면회 온 걸까?"

"뭐? 오늘 또 왔어? 나 참 무슨 면회를 밥 먹듯 하나 저거 미친 놈 아냐?"

이들이 소곤소곤거리는 사이에 형삭은 다른 직원에게 보호사 권희를 만나 사과하러 왔다고 밝힌다.

그러자 직원은 "아, 네. 그 여성 직원은 이틀 전 월요일을 끝으로 사직하고 나갔습니다"라고 설명한다.

"네 나갔다고요? 아아! 나갔구나!"

문득 형삭은 그날 불미스러운 넋두리로 그녀가 그랬을 거라는 추측을 한다. 그는 그냥 돌아서 가려다가 전 부인 임숙이 여기에 온 까닭이나 알고자 묻는다.

"한 가지만 알고 갑시다. 근데 저기 저 임숙이란 사람은 어떻게 온 겁니까?"

"네 저 임숙 씨는 오늘부로 보호사로 온 겁니다."

"어어! 그래요. 보호사로? 나 참. 결국 지 남자를 찾아 굴러들어왔네! 쯧쯧."

영문을 안 그는 돌아서 나가버린다.

그가 가버리자 임숙은 서서히 나와 원래 그 자리로 온다. 그녀로선 잠시 악성회오리가 일다가 간 그런 기분이다.

이젠 남은 건 권희에 대한 보복만이 남았다. 임숙은 이날 퇴근 후 집으로 들어가 예전 광교 댄스학원에 다닐 때 알고 지내던 동료들에게 전화하여 권희의 현재 상황을 묻는다.

그러자 한 혹자가 권희와 통하는 사람이 있어 알려준다. 종로2가에서 종로3가로 이사한 사실을 알린다.

"아! 임숙 씨 그 권희 씨는 종로3가로 이사 갔다고 하더군요. 집은 샛별원룸이라고 하는데요."

이 말을 듣자 임숙은 순간 쿵 한다.

"어어! 샛별원룸이라고요? 아 네네. 일단 알겠습니다."

끊고 가만히 생각해보니 샛별원룸이라면 자신이 현재 있는 동산원룸 바로 옆에 있는 샛별원룸을 말하는 것 같았다. "참나 세상은 좁다 좁아!" 이렇게 혼잣말로 중얼중얼거린다.

그러다가 냉장고 안의 캔 맥주를 하나 따서 확 들이마시고 밀크커피를 한잔하고 난 뒤 밖으로 나가 샛별원룸을 쓱 쳐다본다. 고개를 한참 들어 올리며 옥상 쪽을 바라보자 6층 건물이다.

다시 고개를 숙이며 쓱 스치듯 보는데 3층 베란다 쪽에서 한 여자가 문을 열고 나오는 모습이 보이는데 모습이 권희 같았다.

권희는 임숙을 못 봤다. 임숙은 홧김에 "언니 여길 좀 봐"라고 소리친다.

깜짝 놀란 권희는 얼른 베란다 바깥쪽 유리문을 연다. 그러자 임숙이 바닥에 서 있다. "어어어! 쟤, 쟤가 어떻게 여길" 하며 너무 놀라 입이 다물어지질 않는다.

아래에서 내려오라는 손짓을 한다. 그러자 권희는 조금 당황스럽기 시작한다.

예상치 못한 일이라서 그렇다. 일단 내려가보기로 하고 내려간다.

"너 여길 어떻게 알고 왔어?"

그러자 임숙은 오늘 민동에게서 들은 그대로 다 토로한다. 전해 들은 권희는 "뭐야? 민동이 넋두리를 이런……." 가슴이 답답해지기 시작한다.
"언니가 날 골탕 먹이려고 그랬지? 으으으으 아아아아" 하며 죽일 듯이 노려본다.

그러자 권희는 당혹스러워 어쩔 줄을 모르며 재빨리 다시 302호 집으로 도망친다. 그러자 임숙은 화가 치밀어 올라 막 뒤쫓아간다. 더 빠르게 올라간 권희는 재빨리 문을 잠그고 가쁜 심호흡을 한다.
"휴우 휴우~~~"
임숙은 일단 권희의 집을 알아놓은 이상 또 앞으로 줄기차게 항의 및 보복을 가할 가능성이 크다.
권희는 의자에 앉아 너무 이해할 수 없는 일이 벌어진 것에 대해 황당무계할 따름이다. 내막을 너무 모르니 그렇다. 그런데 현재 임숙이 매화정신병원에 취직한 사실은 전혀 알 순 없다. 그렇다면 또 민동에게 이 영문을 알리는 마음에 그곳으로 찾아가게 된다면 임숙을 부딪치게 되니 더 큰 환란도 올 수도 있다.
지금 이 순간 어리벙벙하여 권희는 냉장고에 캔 맥주를 꺼내어 한 번에 쭉 마셔버린다. 하나 더 임숙이 바로 옆 동산원룸에 산다는 것은 알지 못하기에 지나가다가 보게 되어 문제가 될 확률은 더더욱 크다.
그녀들은 각각 샛별원룸과 동산원룸을 사이에 두고 심란한 밤을 맞이하며 잠이 든다.

한편, 10월 15일부로 일간지에 학원장과 수강생의 밀월관계가 알려지면서 학원운영에 타격을 받고 파경을 맞은 방원중은 지금도 학원운영은 하는 중이다.

갈라선 전 부인 이희라는 그간 놀다가 마땅히 할 게 없어 또다시 법무사공부를 할 심사로 도서관을 나가기 시작한다.

파경의 아픔을 당한 지 어느덧 20일이 지나가고 있다. 책을 훑어보는 데 제대로 집중이 되질 않았다.

부모가 사는 집으로 내려온 관계로 분당구 동원동 쪽 정독도서관 아침 7시 시작하는 시각부터 끝나는 밤 10시까지 최대한 집중해보려고 안간힘을 다한다.

잠시 집중이 흔들려 딴생각이 가득한 시간 휴게실로 나가 절친 김난화에게 전화를 한다.

난화는 근무 도중 받으며 위로의 말을 이어간다. 그녀들은 오늘 만나기로 약속을 한다. 그녀들은 저녁 7시 난화의 집 앞 창곡동곱창에서 만난다.

난화가 동거남 성호를 데리고 나오지 않은 이유는 그가 아직 들어오지 않았기 때문이다.

그녀들은 오랜만에 만난 회포를 풀며 소주와 곱창을 막 먹는다. 희라는 다시 법무사준비를 하게 된 심경을 밝히며 이런저런 넋두리가 이어지다가 "야, 난화야. 세상엔 믿을 놈이 없는 것 같다. 원중 원장 말이야. 내게 그렇게 잘하겠다고 생난리를 치더니 그게 뭐야?" 하며 푸념을 늘어놓는다.

소주가 점점 한두 병씩 더 들어가자 정신없이 넋두리가 이어진다. 특히 희라의 푸념이 집중되는데 "야, 난화야. 내가 인생철학에 대해 뭐라 말한다는 건 조금 그렇지만 인생은 성적순은 아닌 것 같다. 내 얼마 전 이혼도 하고 했지만 여자의 일생도 어쩌면 남자에게 달렸고 또 좋은 남자의 기준도 성적순이 아닌 마음씨 같다"라고 말하며 고개를 떨어뜨리고 한참 생각에 잠긴다.

벌써 난화는 이 말이 무슨 뜻인지 다 간파하고 있다. 난화는 끄덕이며 "야, 희라야. 우리 너무 많이 마셨는데 더 마실 수 있겠어?" 물으며 걱정 어린 표정을 짓는다.

새삼 난화는 성호의 진가를 한 번 더 인식하는 순간을 맞으며 즐겁지만 희라의 모습은 무척 안쓰럽게만 보였다.

김난화는 유명대학을 나와 대기업 삼진반도체를 들어갔는데 이에 걸맞은 수준의 남자들을 만날 수도 있었지만 어떻게 하다 보니 노가다 출신 박성호를 만나게 되어 오랫동안 동거하다가 싫증 난 상태에서 검찰서기 홍민동을 만났다가 큰 아픔과 상처를 받은 적이 있다.

그렇지만 하늘의 행운으로 예전에 동거하던 성격은 우직하고 순수한 묵직한 성호 오빠가 다시 찾아와줘 정신적 안정을 되찾았고 지금은 오붓하고 야릇하게 동거를 하며 새롭게 살고 있고 훗날 좋은 날을 잡아 정식 결혼식을 올리려고 계획하고 있다.

희라는 난화를 물끄러미 바라보며 마냥 부러운 표정을 유지한다. 늘 절친 난화가 말할 때마다 동거 중인 성호 오빠는 비록 하는 일은 막일 노가다이지만 자신만을 사랑해주고 있는 지극정성에 깊은 고마움을 느낀다는 표현을 해서 그렇다.

난화가 맞선 봤다가 조금 사귀다가 갈라선 홍민동에 비하면 완전 하늘과 땅 수준이라 그렇다.

희라는 마지막 잔을 확 들이켜고는 "야, 난화야. 난 얼마 전 방원중 원장 같은 놈하고 파경을 맞아 마음이 이만저만 상한 게 아니다. 회복이 잘 안돼! 그러니 오늘 같은 날 널 불렀지. 그러니 술도 다 마셨으니 저 옆에 있는 노래방이나 가서 실컷 노래나 불러보자. 하하하하" 하고 호탕하게 웃어버린다.

지금 시각이 9시라 감염예방법에 의해 더 영업하는지 모르지만 한번 들어가 물어보리라! 생각하고 지하계단으로 내려가 노래방 주인에게 묻는다.

그러자 주인은 "네 10시까지 가능합니다"라고 대답한다.

"와하하" 소릴 지르며 그녀들은 뛰어 들어가 자리를 잡고 노랠 부르기 시작한다.

먼저 희라가 한 곡을 뽑고 그 뒤 난화가 한다.

그런데 여기서 그녀들로선 꽤나 심각한 일이 현재 노래하는 방의 인근 방에서 벌어지고 있다.

다름 아닌 박성호가 오늘 공사장 일을 마치고 동료 인부들과 이곳에 들어와 노래를 부르고 있었던 것이다. 인부들은 그와 2명 더 있었는데 어디서 어떻게 만났는지 동승자들 중 여자들이 3명 더 있다. 그래서 총 6명이다.

12.
절대 사람을 믿지 말라, 한순간에 넘어간다

같이 온 여자들도 공사장에서 잡일을 하는 여자들이다. 한참 이들은 흥이 달아오르자 서로서로 막 끌어안고 마구 온갖 장난을 다 치는 것이었다.

난화는 술을 많이 먹어서인지 화장실이 급해 문 열고 나와 지나가다가 이들의 방의 유리문으로 희미하게 보이는 성호와 한 여자가 끌어안고 춤을 추는 장면을 보게 된다.

난화는 가슴이 쿵 하며 안을 유심히 바라보는데 실제 성호가 맞았다.

그녀는 홧김에 확 뛰어 들어가 난장판을 만들고 싶기도 했지만 성격상 그렇진 않고 꾹 참고 화장실에 가 일을 보고 나와 희라에게 가 사실을 알린다.

그러자 희라는 매우 황당하다는 표정으로 "뭐야? 성호 오빠가 그렇다고…… 참나 이런 일도 다 일어날 수가 있구나! 으으으으 아아아아" 하며 탄식을 쏟아낸다.

그녀들은 완전 믿는 도끼에 발등 찍힌다는 속담을 절실히 실감하는 순간이다.

희라는 아까 과음해서인지 무엇인지 객기인지 이 상황을 그냥 두고 보면 안 되겠다고 판단한다.

혀가 한참 꼬부라진 발음으로 "야, 난화야. 지금 당장 저 방으로 쳐들어가 때려 부숴. 완전 사생결단을 내자. 자 가자!" 하며 독려하자 그녀도 주먹을 불끈 쥐며 부글부글 끓어오르기 시작하였다. 난화도 급기야 벌떡 일어나 쳐들어간다.

지금 한참 흥이 달아올라 주체를 못 하던 성호와 노가다 일행은 웬 여자 둘이 별안간 들어오자 깜짝 놀라 춤을 멈추고 쳐다본다. 이때 성호와 난화가 정면으로 딱 부딪혔다.

"어어! 난화가…… 여길."

그는 어리둥절하며 얼굴이 굳어진다. "성호 오빠 여기서 뭐 하는 짓이야? 난 성호 오빠가 참 순진하고 우직한 줄 알고 있었지! 나참 이런 수준이었구나! 에잇 다 남자들은 똑같다. 캭캭 퉤퉤" 하며 그녀는 격분이 포화된다.

성호는 이 위기를 넘기려고 "야야야, 난화야. 이 사람들은 내 공사장 동료들이야. 딴것은 아무것도 없어 아아아아" 하며 몸부림을 쳤으나 이미 난화는 아까 그 부둥켜안고 난리를 치는 장면을 다 봤기에 먹히진 않는다.

이러자 다른 노가다 동료들은 몹시 당황스러운 나머지 "자자자, 우린 그만 나갑시다" 하며 재빨리 나가버린다. 5명이 다 나가버린다.

이젠 남은 건 난화, 성호, 희라였다.

희라가 더 격분한다. "아저씨 아저씨. 그때 나 몇 번 본 적 있죠? 나 결혼식 때도 본 적 있고 말이죠. 우리 난화가 그 검찰서기였던 놈 홍민동 때문에 얼마나 스트레스를 받은 줄 아시죠. 하지만 우리 난화는 아저씨가 그 당시 너무 따뜻하고 우직하고 순수하고 묵직하게 대해줘 오로지 한길을 걷는 남자라고 하며 내게 칭찬을 늘어놨습니다. 이런 마음으로 그 위기를 넘어간 겁니다. 또 아저씨는 그런 민동 같은 놈과는 차원이 다르다고 입이 마르도록 내게 말했습니다. 근데 지금 이게 뭡니까? 그럼 당신도 민동과 똑같은 사람 아닙니까? 에잇 이 시발."

성호는 고개를 제대로 들질 못했다.

그러자 희라는 한술 더 떠 "야, 난화야. 여기 이런 아저씨 같은 사람과는 더 이상 동거 같은 거 하면 안 돼! 지금 당장 갈라서! 갈라서란 말이야!" 하고 강력한 훈수까지 둔다.

"그래 네 말이 맞다. 에잇. 진짜 더러워서 남자란 놈들은 다 똑같은 것 같아! 에잇 이 캬캬 퉤퉤" 하며 난화도 호응하며 바닥에 가래침을 딱 뱉어버린다.

이 침이 성호의 바지 하단에 딱 묻었다. 그는 화장지로 그 침을 닦아낼 정신도 하나도 없다. 그녀들은 그를 죽일 듯이 매섭게 노려보며 확 나가버린다.

성호는 비틀비틀거리다가 소파에 퍽 쓰러져 고개를 숙인다.

그녀들은 나가 창곡동 난화와 성호가 동거하는 투룸으로 들어간다.

들어가자마자 이들은 성호의 옷가지를 정리한다. 종이박스에 하나하나 차곡차곡 챙긴다. 운동화와 안전화 같은 것도 종량제봉투에 집어넣어버린다.

다 정리한 뒤 잠시 밀크커피를 한잔하며 쉬려는 순간 핸드폰이 울린다. 성호다.

"짐 다 챙겼으니 거처를 알려줘. 그럼 내가 택배로 보내줄 테니까"

하고 확 끊어버린다.

"어어어어, 야야야, 난화야. 그러지 마" 하며 성호가 붙잡았지만 난화는 흔들리지 않는다.

그녀들은 늦은 밤 울분을 토하며 아까 먹은 술도 무척 과한데 또 무리하게 술을 퍼붓기 시작한다.

오늘부터 새로운 마음각오로 법무사공부를 시작한 희라는 첫날부터 이렇게 폭음을 해버리니 출발은 매우 불안스럽다. 자정이 지나자 이들도 피곤했는지 방바닥에 쓰러져 슬슬 잠이 든다.

이로써 성호와 난화의 동거생활은 한순간에 종말을 고하고야 만다.

그녀들은 이날 밤 엄청난 과음의 영향으로 다음 날 도저히 일어날 수가 없어 난화는 직장인이라 오늘 못 간다고 통보를 한다. 희라는 수험생이라 그럴 필요는 없었다.

점심때가 다 되어 일어났는데 밥이 잘 안 들어갈 것 같아 밖으로 나가 가볍게 칼국수로 때운다. "야, 희라야. 옛말에 믿는 도끼에 발등 찍힌다는 말도 있고 또 얌전한 고양이가 부뚜막에 먼저 올라간다고 했는데 정말 하나도 틀린 게 없는 것 같다."

"그래, 그렇지. 그런 것도 그렇고 또 그 누구든 자신이 아무리 갑갑하고 답답해 타인에게 아픈 사연을 넋두리를 하면 순간 일시적으로 나아질 것 같아도 도로 더 큰 상처와 아픔이 오기도 하지! 나도 예전에 사실 널 위해 넋두리를 했던 건데 되레 널 꼬이게 하여 상처와 아픔을 준 것 아니겠어? 다 그런 것 같다."

희라는 오래전 괜히 종각 영광고시학원 합격자모임 때 난화를 위한 넋두리가 희한하게 돌고 돌아 되레 난화에게 큰 아픔을 안겨준 과거를 떠올리며 회한의 멘트를 이어간다.

그녀들은 32살. 30대 초반 어린 나이임에도 불구하고 인생이 그리 호락호락하진 않음을 새삼 깨닫는 순간이다.
특히 평소 우직하고 묵직하고 선한 이미지가 실제 내면과 같을 수도 있지만 정반대일 수도 있다는 뼈아픈 체험이다.
한편 종각 매화정신병원에 출근한 지 3일째를 맞는 임숙은 날이 갈수록 환자 민동과 풍광의 끊임없는 극성에 못 이겨 끝내 관두게 되는 사태를 맞는다.
또 다른 심리가 하나 더 있다면 며칠 전 전남편 형삭이 이곳에 들어왔기에 꽤나 신경 쓰이는 측면도 있다.
그녀가 나가버림으로써 그녀를 갈망하던 두 환자는 낙담하기 시작한다. 그녀는 나가자마자 생계차원에서 또 다른 업종을 찾아 나서지만 그리 쉽진 않다.

한편 민동과 서로 누군지 잘 모르는 상태에서 그를 짝사랑했던 홍자는 민동이 8월 말에 안양교도소로 들어가버림으로써 망연자실 상태가 되어버렸고 그 여파로 방황하다가 급기야 애인이었던 조경문에게 홧김에 결별을 알리는 행동을 하였다.
그 뒤 그녀는 남편과도 사이가 급격히 안 좋아지기 시작하였다. 사사건건 별것 아닌 일로 서로 트집을 잡고 언쟁이 벌어지고 하다가 멱살잡이까지 벌어지곤 하였다. 실제 폭행까지 일어나진 않았으나 일보직전까지 갈 정도였다.

급기야 그녀의 남편은 더 이상 안 되겠다 싶어 이선에서 헤어질 것을 제안하자 결국 이들은 합의이혼을 하게 됐다.

홍자도 막상 이혼하고 나니 마땅한 일이 없었다. 작년 4·15 총선 때 선거운동을 하기 전까지 종로5가에서 액세서리 가게를 하다가 선거가 끝난 후 이 가게를 관두고 지금껏 놀고 있다.

일단 심란하고 뒤숭숭하여 그 당시 함께 국민밖에 모르는 당 강두진 후보 선거운동을 했던 단짝 서여에게 전화를 넣는다. 홍자와 서여가 만나 넋두리하는 내용은 이랬다.

"서여 씨. 지금 옷 가게예요?"

"네. 그래요."

"나 지금 엄청 괴로운데 만날 수 있어요?"

"네. 그럼 제 옷 가게로 오세요."

그녀들은 예전에도 그랬듯이 심란하고 답답할 땐 서여의 종로4가 옷 가게에서 만나 서로 넋두리를 하며 살풍경을 그리곤 하였는데 이번에도 예외는 아니었다.

홍자는 승용차가 없는 관계로 전철로 갔다. 옷 가게에 도착한 시각은 오전 11시이다.

꽤 오랜만에 만나는 그녀에 대해 환한 미소로 반긴다.

"아이고 어서 오세요. 홍자 씨. 우리가 마지막으로 만난 지가 벌써 석 달이 넘어가죠?"

지금 이 시간 홍자의 상황을 모르기에 그렇게 화기애애하게 맞이할 수도 있다. 그러나 홍자가 들어오자마자 다소 흐느끼는 표정으로 "나 어제 남편과 깨졌습니다" 하고 고개를 푹 숙이자 서여는 얼굴이 일그러진다.

"예에 깨지다니요?"

"그렇습니다. 어어억."

조금 흐느끼며 바닥에 퍽 쓰러진다. 그러자 서여는 깜짝 놀라며 얼른 일어나 일으킨다.

"자자자 힘을, 힘을 내시고요. 뭐라도 한잔하시고요."

서여는 얼른 냉장고 안에 있던 차가운 홍차를 홍자에게 건넨다. 홍자는 홍차를 쭈욱 마시며 "아하! 시원한 홍차를 한잔 마시니 조금 낫다" 하고 얼굴을 번쩍 든다.

소파에 앉으며 깊은 한숨을 푹 쉰다. 지금 이 순간 홍자는 넋두리를 하는 것이다.

그간 남편과 사소한 일로 사사건건 격돌하고 언쟁을 하다가 갈라선 과정을 하나하나 푸념을 늘어놓는다.

서여는 진지하게 다 들으며 무려 2시간가량 듣고 "밖으로 나가 시원한 냉커피나 한 잔 더 합시다" 하고 나가 카페로 들어가 아이스아메리카노를 마신다.

홍자는 아까 홍차를 먹을 때도 그렇고 지금 냉커피를 마실 때도 그렇고 줄곧 이어진 하소연이 자신의 답답한 가슴을 나름 뻥 뚫어주는 역할을 하기에 충분했다.

홍자는 오늘 나름으로 응어리가 풀린 기분으로 돌아갔다. "다음에 또 만나요. 홍자 씨."

"네 그래요. 다음에 들르겠습니다." 정오가 되어 다시 옷 가게 일을 시작한 서여는 자신도 조금 뒤숭숭했다. 하마터면 자신도 예전에 남편에게 이혼당할 뻔했는데 무사히 넘겼지만 말이다. 오후가 되자 서여는 또 꽤 따분해지기 시작하였다.

입이 근질근질거린다고도 볼 수 있다.

오전에 홍자에게서 들은 내용을 제3자에게 넋두리하고픈 충동에 사로잡힌다. 그래서 급기야 늘 애인으로 지내던 변호사 강두진에게 전화를 넣는다.

두진은 무척 반갑게 받으며 "오랜만이야 하하하하" 하고 웃는다.

"오늘 이따가 만나요?"

그는 "알았다"고 하고 끊고 카톡으로 〈그때 그 카페가 좋아!〉라고 보낸다.

이들은 저녁 6시에 그 아늑했던 종로5가 근사한 그 카페로 나간다. 그녀는 보자마자 오전에 홍자를 만나 들었던 내용을 그대로 풀어버린다.

"아! 그 사람 그때 내 선거운동을 한 사람이잖아? 에잇 참 안됐다. 으으."

이들은 대충 커피를 먹고 나가 식사를 하고 그 후 예전처럼 또 그렇게 깊은 관계를 나눈다.

두진은 밤에 잠자고 일어나 다음 날 일터에 나가 또 입이 가벼워 어제 서여에게서 들은 내용을 퍼뜨리기 시작한다. 예전에 그랬듯 순서만 다를 뿐 이리저리 말들이 날아다니는 거였다.

두진은 먼저 종각 영광학원장 방원중에게 알리고, 동 로펌 변호사 박채남에게 그 뒤 서울검찰청에 과장 최배철, 검사 조태복에게도 알려버렸다.

그러자 이들의 반응은 한결같이 별 대수롭지 않게 나타났다. 타인이 갈라선 문제를 떠벌리니 참 이상하다고 여길 뿐이다.

홍자는 종각 쪽에다 새로운 원룸을 하나 얻는다.

12. 절대 사람을 믿지 말라, 한순간에 넘어간다

이런저런 일자리를 찾아 나선다. 갈라서면 무척 막막하고 먹먹할 거라고 두려움도 많았으나 의외로 어제 서여에게 넋두리를 해서인지 많이 해소된 느낌이다.

이것저것 교차로를 훑어봐도 마땅치 않은 상태에서 허기져 그저 불쑥 들어간 김밥집에서 옆 테이블에서 손님들이 뭐라고 뭐라고 말하는 소릴 듣자 "요즘은 일자리가 마땅치 않아 여자든 남자든 요양보호사가 인기입니다"라고 한다.

홍자는 먹던 중 이 말이 솔깃해진다. 평소 그런 업종에 대해 전혀 관심도 없고 상당히 힘들 거라고 여겼는데 이젠 이것저것 따질 입장이 아님은 스스로 더 잘 안다.

종각 쪽 요양보호사학원에 문의하기 시작한다.

그 후 시간이 어느 정도 지나자 실습을 나가게 됐는데 바로 그것도 예전 권희, 임숙이 거쳐 갔던 매화정신병원으로 나가게 됐다. 아무래도 이 지역이라 가깝기에 그럴 수 있다.

무척 생소하고 낯설지만 열심히 악착같이 해보리라! 생각한다. 이 병원관계자들과 인사를 하며 대면을 하게 된다.

각각 병실을 돌던 중 그녀가 깜짝 놀란 것은 예전에 태화고교동창 임숙이 만나고 다녔던 남자, 또 홍자 자신이 그런 장면을 보며 엄청 시샘하며 짝사랑했던 바로 그 남자가 병실에 환자복을 입고 누워 있는 것이었다.

쿵 내려앉는 기분이다. 홀로 짝사랑하며 속으로 무척 그리워했기에 새롭기도 하지만 정신질환환자가 모인 곳이라 충격적인 기분도 동반한다.

그렇기에 딴 곳으로 몸을 움직이질 못하고 그저 우두커니 그의 모습만을 바라볼 뿐이다.

　그러자 민동은 눈을 지그시 감았다가 뜨며 그녀를 조금 날카롭게 노려본다. 그러자 홍자는 그에게로 점점 가까이 다가간다. 민동은 "못 보던 사람인데 오늘 첫 출근입니까?"라고 묻는다.

　홍자는 "네네, 그렇습니다. 오늘부로 이곳에 처음 실습 나온 실습생입니다" 하고 대답한다. 그녀도 권희, 임숙 못지않은 외모가 어느 정도 되기에 또다시 민동은 설레기 시작한다.

　민동이 흠모하는 눈빛으로 쳐다본다. 홍자가 예전 같았으면 헐레벌떡 쇄도하겠지만 지금은 정신질환자라는 현실 앞에 힘이 쭉 빠진다.

　씁쓸한 여운이 계속 밀려온다.

　예전 1월 13일 종로5가역 그 근사한 카페에서 우연히 처음으로 본 뒤 첫눈에 반해버린 그였고 그 후로도 가슴을 설레며 그리워했던 대상이고 그리고 만나보려고 부단히 연구하던 상황이었기에 더더욱 가슴이 아프다.

　심지어 그가 광교 댄스학원에 다닌다는 정보까지 알아내어 가까워지려고 댄스를 배우러 가려고도 했던 설레는 기억이 스친다.

　그러나 지금은 현실이 너무 버겁다는 것을 느낀다. 눈앞에 보이는 대상의 모습은 그대로이지만 정신에 문제가 왔다는 부분이 눈물이 난다.

　홍자는 문득 자신과 채라가 공모하여 그의 정보를 알아내어 임숙과 갈라서게 할 계략으로 채라가 노트북을 훔친 후 그가 주거침입죄 및 수색죄로 감옥으로 들어갔던 기억이 스치자 심히 괴로움을 느낀다. 아무래도 그 여파로 이렇게 된 것 같기 때문이다.

　"으으으으 왜 도대체 왜 이 남자가 이렇게 됐나! 아아아아 슬프다.

비통하다."

그녀는 속으로 이렇게 통한의 눈물을 흘린다.

그는 손으로 그녀에게 손짓을 한다.

오라는 표시 같아서 홍자는 더 가까이 다가간다. 그러자 민동은 느닷없이 그녀의 손을 덥석 잡아버린다. 그러자 그녀는 깜짝 놀라며 또 다른 한편으론 뭉클한 기분과 죄책감도 든다.

그러나 그리 감미롭진 않다. 두 가지 마음이 서로 교차한다. 정신질환자라는 선입견이 그녀의 가슴을 끝없이 짓누르고 있다.

확 뿌리치고 간다. 그러자 민동은 "아니 보호사가 환자의 손을 그리 뿌리치고 가면 됩니까? 어휴~~" 하고 성을 낸다.

무척 혼란스러운 심정 속에 다른 데로 움직인 후 정신을 가다듬으려고 냉수를 한 잔 쭉 마신다.

잠시 소란스러운 사이에 잠깐 잠이 들었다 깬 풍광이 일어나 밖으로 나오다가 그녀를 보더니 민동과 똑같은 반응을 보인다. 홍자는 정신이 하나도 없어 피하기 급급하다.

이런 현상은 어느 정도 예상했지만 그래도 상당히 당황스러운 기분이다.

관리자가 다가와 제재하며 "보호사님. 여긴 이런 일들이 비일비재합니다. 잘 극복하세요" 하고 조언한다.

홍자는 오늘 첫날 심경이 무척 복잡함을 느꼈다. 그 무엇보다 홍민동을 이곳에서 보게 된 게 가장 크다.

너무 뒤숭숭한 상태로 얼마 전 새로 이사한 종각 원룸으로 들어간다. 마치 무엇에 한 대 세게 얻어맞은 것만 같은 그런 기분에서 벗어나질 못하다가 또 갑갑하고 답답한 마음에 넋두리를 하고픈 심정으로 늘 그랬던 대상인 서여에게 전화를 건다.

"아이고, 서여 씨. 참 살다 보니 별일이 다 있어."

"뭡니까?"

"난 이혼 후 마땅히 할 일이 없어 일거리를 찾다가 요양보호사를 하려고 학원 갔다가 실습을 나간 곳이 매화정신병원인데 그곳에 내가 오래전에 짝사랑했었다고 말했던 홍민동 검찰서기가 있는 겁니다. 어떻게 이런 일도 있을 수가 있죠?"

"아니 환자로요?"

"네."

서여도 함께 놀라며 어리둥절하다.

홍자는 핵심적인 넋두리가 이뤄졌기에 다음으로 그저 간단한 서로 간의 안부 정도 하고 끊는다. 서여는 끊고 기분이 묘했다. 그 묘한 기분을 참지 못하고 바로 핸드폰을 들고 밖으로 나가 애인 강두진에게 그대로 알려버린다. 그러자 두진은 "뭐야? 그 검찰서기였던 홍민동이 정신병원에……!" 하며 소스라칠 정도로 놀라버린다. 두진도 민동과 악연이 있어서 그렇다.

두 사람은 끊고 너무 묘한 기분에 잠겨 잠이 든다.

첫날부터 정신이 산란함을 느낀 후 이튿날 실습을 나간다. 단연 민동이 꽤나 신경 쓰인다. 들어가자마자 어제처럼 오늘 또 민동과 풍광이 혈안이 된다. 그녀는 총괄관리자에게 가 제재를 요청하자 그는 "다른 일을 하세요" 하며 그들 쪽에 가지 않게 한다.

문제는 민동이 그사이를 못 참고 홍자에게 접근하러 오는 것이다. 느닷없이 뒤에서 그녀의 허리를 움켜잡고 늘어진다.

"아아아아아악."

그녀는 너무 놀라 몸을 이리저리 비튼다. 그 과정에 민동이 균형을 잃어 옆으로 쓰러지고 만다.

"어어어억억."

그가 쓰러지자 홍자도 몹시 놀라며 당황한다. "아니 괜, 괜찮아요?" 하며 그녀가 그의 몸 상태를 점검하자 민동은 느닷없이 자신의 입술을 홍자의 입술에 대고 꾹꾹 누른다.

홍자는 깜짝 놀라며 옆으로 비튼다. 이를 본 관리직원들이 여러 명이 재빨리 다가와 그를 가로막으며 일으켜 병실로 데리고 가 신경안정제를 놓는다.

홍자는 자신의 입술이 그에게 빼앗긴 현실이 기쁨 반, 슬픔 반 함께 요란하게 교차하는 순간이다.

또 다른 직원들이 다가와 그녀를 위로한다. "아니고 여긴 이런 일들이 너무 많아요. 정신질환자들이라 이렇습니다. 마음이 안 좋으시죠?"

"아니 아닙니다. 그럴 수도 있죠. 다 감안하고 있습니다."

홍자는 원래 자신의 일하는 쪽으로 걸어간다.

무사히 오전 시간을 마친 홍자는 점심을 먹고 난 후 이곳 실습을 관두고 다른 곳으로 바꾸고 싶은 생각이 든다.

그래도 오늘은 왔으니 오늘 하루만이라도 끝까지 버티리라! 생각한다. 오후 일이 시작됐다. 그런데 별안간 민동이 있는 병실 쪽에서 무슨 굉음이 울리더니 요란한 비명소리와 함께 보호사들이 달려들기 시작하더니 순간 민동이 숨이 멎었다.

다들 놀라서 웅성웅성거린다.

민동은 32살이란 꽃다운 젊은 청춘에 비명에 세상을 뜨는 아픔을 겪는다. 그의 가족들에게 이 사실을 알려 장례절차에 들어간다.

홍자는 문득 아까 그가 자신을 뒤에서 잡았을 때 뿌리치는 과정에 그가 넘어지며 큰 충격을 받아 그런 게 아닌가 꽤나 마음이 편친 않다.

꼭 그런 것이 아닐 수도 있지만 시간대가 그래서 여간 괴로운 게 아닐 수 없다.

우울한 그녀로선 과거 자신이 민동을 짝사랑했던 기억들, 또 그러면서도 전혀 말을 할 수 없던 기억들, 그런데 어제 처음으로 이곳으로 일하러 온 날 이런 장소에서 그를 대면하게 된 충격, 또 자신이 그를 손을 뿌리칠 수밖에 없는 어이없는 현실 앞에 고개를 떨어뜨린다. 상대의 몸은 그대로이나 정신은 온데간데없는 암흑한 현실이다.

너무 우울한 하루를 보낸 홍자는 오늘 밤은 혼술을 하며 절대 고독을 씹고 싶을 뿐이다. 그녀는 종각 원룸에 들어가 냉장고 안의 소주를 꺼내어 들어올 때 사 들고 온 프라이드치킨과 먹는다. 한 잔 두 잔 들어가다 보니 또 어제처럼 넋두리를 하고픈 충동을 느낀다. 그녀의 넋두리 대상은 늘 이서여.

번호를 누르자 서여가 웃으며 "하하하하 홍자 씨. 오늘은 또 무슨 일인가요?" 받는다.

"네에, 서여 씨. 어제에 이어 오늘도 제가 좀 섬뜩한 푸념 좀 하려고요."

"어! 그냥 푸념도 아니고 섬뜩한 푸념이라니요?"

그러자 다소 떨리는 목소리로 홍자는 오늘 일어난 사망사건을 말한다. 그러면서 그 원인이 자신한테 있는 것 같기도 하다는 말까지 한다.
"아니 왜 홍자 씨가 관련됐다는 겁니까?"
"네. 그가 내 허리를 잡아당기는 바람에 내가 확 밀쳤는데 쓰러진 후에 다른 보호사들이 병실로 데려가 안정제를 놓은 뒤 그렇게 됐으니까요!"
"어어, 그래요."
홍자는 예전 노트북 사건은 절대 말하진 않는다. 그렇듯 넋두리를 하니 기분이 한결 가벼워졌는지 끊으며 "다음에 봐요" 하고 끊는다.
서여는 끊고 나서 또 입이 근질근질거리기 시작한다. 그래서 곧바로 또 어제처럼 자신의 영원한 애인 두진에게 알려버린다. 그는 "뭐야? 그건 또 뭐야?" 하며 너무 크게 놀란다.
어제 들은 그 말도 당황스러웠는데 오늘의 이 건은 더더욱 충격에 가깝다. 멍하니 넋이 나갈 지경이다.
"아아! 그게 그렇게도 되는구나! 거 참."
이들은 끊고 난 후 잠시 한숨만 쉰다.
두진은 우두커니 있다가 냉장고 안의 냉 음료수를 하나 꺼내어 쭉 마신 후 곧바로 방원중, 박채남, 최배철, 조태복에게 알린다.
삽시간에 다 퍼졌는데 그들은 한결같이 당혹 그 자체였다.
이들은 다 민동이 여름에 안양교도소로 복역생활을 한 사실을 알기 때문에 그런 후유증인지 또 다른 무엇인지 사뭇 궁금하기도 하다.
게다가 그가 왜 종각 매화정신병원까지 가게 됐는지 무척 의아할 뿐이다.

그가 노트북을 도난당한 뒤 겪은 뼈아픈 사연을 알 길이 없기 때문이다.

이날 밤은 민동의 부모는 정말 가슴이 찢기고 하늘이 무너져 내려앉는 심경이었다.

날이 밝자 고인이 유명인도 아닌데도 어떻게 이 사건이 매스컴을 타고 알려졌다.

분당구 동원동 정독도서관에서 공부 중이던 희라는 잠시 휴게실에 들러 밀크커피를 한잔하다가 이 기사를 접하고 깜짝 놀라며 가슴이 쿵 한다.

"어! 이 인간이잖아! 어머머 이런 일이."

그녀는 더 생각할 것도 없이 곧바로 난화에게 전화하여 이 사실을 알린다. "야, 난화야. 너 지금 바쁘니? 잠시 통화할 수 있어?"

"그래 뭔데?"

"어제 홍민동이 사망했다고 오늘 기사가 떴어. 한번 찾아봐."

"뭐야?"

난화도 금시초문이라 엄청 놀란다. 끊고 난 기사를 찾아보니 실제였다. 난화는 멍하니 아무 생각도 나질 않았다. 그녀들은 민동이 복역생활 후 후유증을 받아 정신질환까지 와 그런 일이 발생했을 거라는 추측을 한다. 기사에는 약 한 달 남짓 정신병원 입원생활을 했다는 내용이 있기 때문이다.

이희라는 무덤덤한 기분이었고, 김난화는 조금 괴로움도 있다. 난화가 조금 상반되는 이유는 홍민동과 오래전에 맞선봤고 단기간이라도 사귈 때 무척 반했었기 때문이다.

그 후 바람둥이라는 실체가 드러나 깨지기는 했지만 말이다.

홍자는 희라와 난화와는 또 다른 기분과 감정이 드리워지고 있다. 괴로움과 찝찝함이 동시에 밀려온다.

자신만의 못다 한 짝사랑 대상을 처음으로 대면하여 대화한 게 결국 그런 만남이란 게 몹시 이해가 안 되고 불결하기 짝이 없다.

급기야 이런 복합적인 심경이 그녀의 머릿속을 뒤숭숭하게 하더니 더 이상 버티질 못하고 바로 이날 그 매화정신병원에서 실습을 종결하고 나와버린다.

고인이 된 민동과 직간접적으로 관련된 여성 3인이 이곳 정신병원에 조금씩 근무를 하다가 마치 서로 약속이라도 한 양 마치고 나가게 되는 불가사의한 일이 벌어진 것이다.

고인에 대해 그래도 가장 슬픔에 잠긴 사람은 그 누구보다 2017년 종각 영광고시학원에서 9급 검찰을 함께 공부하여 이듬해에 합격하고 서울검찰청에서 근무했던 동료 전영철이다.

그는 대성통곡을 한다.

자신이 무슨 죄를 지은 죄책감이 엄습하는 것이었다.

왜냐하면 8월 초순에 그가 주거침입죄 및 수색죄로 들어왔을 때 담당조사관이 영철이었는데 동료니까 조금 봐주면서 해야 함에도 불구하고 영철은 공과 사를 엄연히 구분하며 혹독할 정도로 조사를 강행하였다.

그 결과 민동은 재판에 넘겨져 바로 법정구속을 당하는 사태를 맞았던 것이다.

그랬기에 더더욱 영철은 자신이 어떤 잘못은 없지만 심정적으로는 괴로운 것이다.

짐작건대 가뜩이나 자존심도 강한 민동이 복역생활 하고 나온 후 정신이 심각하게 안 좋아진 것 같기 때문이다.

지금 이 순간도 영철이라든가 다른 검사든 판사든 누구든 관련자들은 민동이 억울한 누명을 쓰고 감옥에 간 현실은 모른다. 허술한 수사와 재판이었다.

그 당시 실제 노트북을 훔쳐 간 사람은 방채라가 맞긴 한데 이상하게 베일에 감춰져버렸다.

같은 날 방채라도 기사를 보고 그가 사망한 사실에 대한 몹시 괴로운 심경 가눌 길이 없다. 양심의 가책을 느끼기 때문이다.

그녀는 정신이 갑자기 안 좋아지기 시작한다. 자신이 그를 죽인 것 같은 죄의식에 사로잡힌다.

그런 현상인지 방금 끓인 펄펄 끓는 뜨거운 물에 녹차 티백을 넣어 마시다가 응접실 바닥에 퍽하고 떨어뜨린다. 그 물이 튀어 발등에 맞아 "아아아아악악" 소릴 지르며 화상을 입고 만다. 정신없이 피부과로 달려간다. 진료를 하고 나온다.

나오다가 혹시 홍자가 아는지 전화를 해본다. 통화를 하는데 홍자는 이미 알고 있는 거였다.

그녀들은 자신들이 원인을 일으켰다고 느끼기에 심한 죄의식이 가슴 속 깊이 드리운다.

홍자와 채라의 그런 죄의식을 비교하면 채라가 더더욱 세다.

그렇기에 채라는 이날 밤 뜬눈으로 밤을 지새운다. 그러다가 잠시 잠이 들 만했는데 또다시 중압감이 들어 그녀도 정신이 점점 안 좋아지기 시작한다.

새벽쯤 되니 정신이 몹시 안 좋아졌다.

갑자기 실성하게 된다. 벌떡 일어나 이런저런 헛소리를 늘어놓는다.

그러자 남편이 너무 놀라 "이봐 이봐, 자기 자기야. 지금 왜 그러는 거야? 이봐 정신 차려, 정신 차려" 하며 어깨를 막 흔든다. 그래도 정신이 제대로 돌아오질 않는다.

너무 놀란 남편은 119를 불러 신고 응급실로 간다.

채라 남편은 노트북 건 정확한 내용 모른다.

13.

매화

 응급실로 실려 간 그녀는 심폐소생술을 받게 된다. 의사들은 심장실환이라고 판단한 것이다. 조금씩 깨어나며 회복은 됐으나 실제 문제는 심장에 문제가 온 게 아니라 정신에 문제가 온 것이다. 결국 담당의사도 그런 걸 간파하고 정신과 쪽으로 보낸다. 급기야 그녀는 그쪽으로 가 진단을 받고 속절없이 입원하게 되는데 그것도 어떻게 돌고 돌아 종각 매화정신병원으로 들어가게 된다.
 이곳이 다른 곳보다 시설관리가 잘되는 편이라서 그렇다.
 남편은 도대체 무슨 원인으로 이런 참극을 맞는지 알 길이 없다. 딸아이가 하나 있는데 졸도해버린다.
 채라가 이곳에 입원한 사실이 어떤 경로로 돌고 돌아 홍자에게 알려지자 깜짝 놀란다.
 "어! 내가 어제 관둔 곳에 채라가 입원해 들어갔다고……."
 홍자는 어안이 벙벙하였다.
 이 소식을 접하고 홍자도 정신이 몹시 안 좋아지기 시작한다. "아아! 채라, 채라가 그렇게 되다니! 으으으흑 내 마음이 너무 아프다."
 홍자도 얼마 전 이혼하고 또 며칠 전 그 매화정신병원에서 민동을 보고 충격이 왔었는데 단짝 채라의 이 소식은 상당히 큰 아픔이다.

홍자는 종로5가 원룸에서 비탄에 빠진다.
홍자마저도 정신이 안 좋아질 것 같은 느낌을 본인 스스로 직감하고 있는 것이다.
계속 이어지는 헛기침이 심해진다.
일단 일어나 힘을 내려고 꿀물 한 잔을 타서 마신다. 그러다가 낮잠이 들었는데 무척 뒤숭숭한 꿈을 꾸고 만다.
깨나 보니 어느새 정오가 훌쩍 넘어가버렸다. 그냥 있을 순 없어서 우선 채라에게 면회를 가야겠다고 마음먹고 옷을 갈아입고 집을 나선다. 이사한 원룸이 종각이고 매화정신병원도 종각이라 가긴 매우 편했다.
오후 1시가 조금 넘어 들어갔는데 관계자들이 다들 깜짝 놀란다. 어제 관두고 나간 그녀가 오늘 들어오는 걸 보고 그런 것이다.
"어어! 어떻게 또 왔어요? 홍자 씨?"
"아 네. 여기 방채라 씨 들어왔죠?"
관계자들은 채라가 있는 병실로 그녀를 안내한다. 허겁지겁 가보자 채라는 누워 깊은 잠이 든 상태였다.
깨우기는 좀 그래서 옆에서 간이 의자에 앉아 물끄러미 친구를 바라본다. 홍자는 순간 머리가 띵하다가 바닥에 퍽 쓰러진다. 관계 직원들이 황급히 몰려와 "아니, 홍자 씨. 홍자 씨 왜 그래요?" 하며 일으켜 옆 침대에 눕힌다.
그녀에게도 안정제를 하나 놓는다. 일시적 충격이라고 판단하기 때문이다.
맞고 조금 후 깨어났는데 정신이 제대로 돌아오질 않는다. 홍자도 채라에 이어 정신이 안 좋아진 것이다.

그녀들은 다 정신질환자가 되어버린다.

11월 말은 그야말로 정신질환자들이 속출하는 시기였다.

한편, 이달 초 성호의 불미스러운 행동으로 결별하고 홀로 지내는 난화는 점점 시간이 지나자 마음의 상처가 치유되어가고 있었다. 삼진반도체 회사 일을 하며 업무 외에 사적인 대화를 좀처럼 하지 않는 난화에게 직장동료 현진이 다가와 "무슨 일 있어? 난화 씨?" 하며 씨익 웃는다.

차현진은 올 초 1월 1일부터 6일까지 6일간 그녀와 동거한 남자이다.

그 후, 난화의 어머니가 별안간 아는 지인으로부터 검찰서기 홍민동을 소개받아 맞선이 이뤄지면서 틀어져버린 것이다.

그 결과 난화는 민동과 열애에 빠지기도 했으나 그 뒤 민동의 실체가 드러나면서 큰 실망과 충격으로 끝나버린 것이었다.

이런 모든 과정을 지금 이 순간 그녀에게 말을 걸어 들어오는 현진도 익히 다 안다.

난화는 자신이 최근 겪은 이별 흑사를 그에게 털어놓기엔 모양새가 안 좋다.

그러나 또 무슨 객기인지 만용인지 모르나 자신과 일주일 동거경험 상대인 그에게 이런 넋두리를 하고픈 충동에 사로잡힌다.

"현진 오빠. 오늘 불금인데 이따가 퇴근 후 쓴 소주나 한잔합시다."

"어어!"

아침부터 그의 가슴을 놀라게 하며 뭔가 한 대 세게 강타해 들어오는 기분이다. 물론 반가운 의미로 그렇다.

"꽤 오랫동안 서로 말을 안 했는데 무슨 일이 있긴 있는가 보네!"
"……."

난화는 일단 꿈쩍도 하지 않는다. 현진은 불금이기도 하지만 오늘 하루는 정말 시간 가는 줄 모르게 들뜬 시간이었다. 근무하면서 계속 힐끔힐끔 벽시계만을 집중할 정도였으니 말이다. 빨리빨리 시간이 흘러가길 바라는 마음에서이다.

결국 오매불망 기다리고 기다리던 퇴근 시간이 왔다. 5시 45분이 되자 미리 난화 옆으로 다가가 "그만 나가자"라고 재촉한다.

"현진 오빠 아직 15분 남았는데……?"
"아! 이 정도는 괜찮아!"

둘은 나간다. 그는 예전에 그랜저를 몰았는데 최근 제네시스 gv70으로 바꿨는데 참 잘했다고 생각한다.

오늘 같은 일이 찾아올 거라는 축복이라 느낀다. "야, 난화야. 난 얼마 전 저 차로 바꿨다."

"와아! 너무 좋다." 만족해하는 그녀의 모습을 보며 그는 더 없는 행복감을 느낀다. 둘은 그 차에 올라타 창곡동 사거리 쪽으로 빠져나가 근사한 레스토랑으로 들어가 양식을 먹는다. 먼저 무슨 일인지 말을 듣고 싶단 마음도 앞서지만 일단은 먹는 데 집중한다.

다 먹자 현진은 "그래 내게 무슨 말을……?" 묻는다.

"음, 그때 그 용달차 타고 나타난 남자와 얼마 전 헤어졌어! 그렇지 뭐! 음음."

고백인지 체념인지 모르지만 이런 말에 그는 얼굴이 확 편다. 이미 어느 정도 예상은 하고 있었다. 그렇지 않고서야 자신을 만나자고 할 이유가 없기 때문이다.

"그래 더 다른 말은 안 들어도 된다."

몹시 기다렸다는 행복감을 느끼는 말이라 더 이상 듣지 않아도 충족되는 기분이다.

한참 동안 서로는 아무런 말을 하지 않고 얼굴만을 바라본다. 그러다가 오늘을 기념하기 위하여 그는 핸드폰을 꺼내어 옆으로 바짝 붙어 사진을 찍어버린다.

찰칵 소리가 나는 순간 난화는 현진의 입술에 자신의 입술을 갖다 대고 꾹꾹 누른다. 계산하고 나온 뒤 최근 뽑은 제네시스 gv70을 자랑이라도 하듯 "야, 난화야. 차가 참 생긴 게 좋지? 자, 타고 불금 저녁 드라이브를 하자. 하하하하하." 호기롭게 말한다.

"그래, 오빠."

그녀가 차에 타자 현진은 너무 신나 "울루라랄랄라라라" 흥을 내며 액셀을 밟는다.

이들은 광교 호수공원 쪽으로 쭉 빠져나간다. 이곳에 도착하니 밤 8시가 조금 안 됐는데 차를 세우고 인근 생맥줏집에 들러 가볍게 한잔하며 그간 소회를 밝힌다.

다 먹고 나와 호수공원으로 나오자 휘황찬란한 덱에 세워진 작은 아트불빛들이 수놓아진 게 더더욱 이들의 마음을 들뜨게 만들었다.

날씨는 11월 말이라 제법 추웠으나 이들의 열기는 추위를 녹아버리기에 충분했다.

넓디넓은 원형으로 된 공원둘레를 빙빙빙 돈다.

한참 돌다가 아주대 방향으로 꺾어 한참 가다가 모텔을 찾아 들어가 버린다.

이미 1월 초 6일간 동거를 했던 이들이라 꽤 오랜만에 만나는 거지만 조금도 스스럼이 없었다. 들어간 이들은 그야말로 붉은 밤으로 채웠다.

돌고 돌아 이들은 이렇게 새로운 만남으로 이어졌다.

한편, 이희라는 마음을 새롭게 다지며 분당구 동원동 정독도서관에 다니면서 법무사공부에 열중인 상황에 책으로만 이해하려 하였으나 여간 힘든 일이 아닐 수가 없었고 그러다가 12월 첫날이 되자 고민하던 중 다시 예전처럼 학원수강을 해야겠다는 쪽으로 선회한다. 이젠 방원중과도 깨진 마당에 아무런 이해관계가 없다. 혹시 또 야탑 쪽 원원법무사학원의 배철준 헌법강사 겸 법무사가 총각이라면 늦었지만 연결될 수도 있으리라는 기대감도 조금 든다.

과거에는 방원중 원장과 교제 중이었기에 섣불리 그에게 접촉하긴 엄두가 나질 않았으나 지금은 다소 홀가분한 상태이기 때문이다. 또 그 당시 그에게 전혀 마음이 안 들었던 것은 아니었다.

그저 엄두가 안 난 거였다. 나이는 방원중과 엇비슷해 보이기에 한번 은근히 기대심리가 생기기도 한다.

아직 유부남인지 총각인지 모르기 때문이다.

화요일이었으나 강의는 짜여 있었다. 그러나 헌법이 안 들은 날이라 배철준과 마주할 순 없다. 내일 수요일 강의스케줄을 보니 헌법이 들었다.

내일이 조금 기대되며 기다려지는 이희라다.

화요일은 민법이 들어 대충 들어봤다. 감이 온다. 끝나고 집으로 갔다. 학원에 나가니 혼자 하는 것보단 감이 좋단 걸 느꼈다.

피곤하여 자고 일어나 헌법 시간을 기대하며 학원으로 간다.

오전 시간에 맞춰졌는데 기다리던 강사 배철준이 들어오고 있다. 희라는 환하게 웃는다. 철준은 그녀가 와 있을 거라곤 상상도 못 했으나 들어온 후 여기저기 돌아다보는 과정에 그녀와 두 눈이 정면으로 딱 부딪혔다.

"아! 저기 저 수강생은……!"

그는 너무 놀랍고 반가워 어쩔 줄을 몰라 한다.

반갑다는 마음은 있지만 그 당시 그녀가 벤츠남에 올라타 데이트를 즐기던 모습이 문득 떠오르기 때문이다.

또 그는 그녀를 잘 알지도 못하는데 아는 체하기도 조금 그렇다고 판단하여 그냥 가만히 강의에 바로 들어가버린다.

"네. 전 시간에 이어서 청구권적 기본권입니다. 아아 네네. 그렇습니다."

그는 이렇듯 호기롭게 이날 첫 강의를 시작했는데 왠지 그 여수강생이 자신을 바라보는 눈빛이 예사롭지 않다는 걸 직시한다. 예전 같았으면 다소 껄끄러운 표정이었으나 오늘은 왠지 뭔가 갈망하는 그런 느낌 지울 수가 없다.

1시간가량 정신없이 강의를 마치고 그가 먼저 나가자 그녀가 그 뒤를 따라 나간다.

나간 뒤 그가 멈칫하자 그녀도 멈칫한다.

"한동안 안 나오셨어요?"

"네."

희라는 7월 6일 법무사 1차 시험 날 그가 한 만행에 대해 익히 알고는 있으나 지금은 상황이 바꿨기에 피하진 않는다.

지금 이 순간 철준 강사는 그날 자신이 시험감독관 방세종과 공모하여 시험장에 와 염탐한 사실을 그녀가 모른다고 생각한다. 사실은 그녀가 간파했다.

그러나 그녀는 그저 모른 척하는 것이다.

철준은 "하하 차나 한잔할까요?" 하며 진일보한 멘트를 한다. 못 먹는 감 찔러나 보자 식이다.

"네에, 그래요."

그녀의 긍정의 화답에 그는 깜짝 놀라는 표정을 짓는다. 철준은 밀크커피를 한 잔 빼서 준다. 그러자 희라는 "네. 감사히 먹겠습니다. 강사님"이라고 하며 환하게 웃는다.

그렇지만 그는 속으로 그때 그 벤츠남이 꽤나 신경이 쓰인다. 그렇다고 다짜고짜 그 벤츠남에 대해 묻기도 또 그렇다. 그래서 일단은 참는다.

종이커피가 다 없어질 때쯤 또다시 두 번째 강의를 할 시간이 온다. 두 사람은 들어간다.

두 번째 시간은 또 정신없이 다 지나고 또 휴식을 취하러 나가자 그녀가 따라 나온다. 철준은 조금 이상하다! 판단한다. 그래서 강사실로 안내하여 좀 더 자세한 얘길 하려고 마음먹는다. 들어가자 너무 그런 얘긴 피하고 헌법에 관한 얘길 주로 이어간다. 강사로서 무척 점잖은 모습을 보여주리라! 다짐한다.

그럭저럭 이렇게 오전 시간이 다 끝나자 오후 1시가 조금 넘어가고 있다.

희라가 먼저 다가가 "점심이나 함께할까요? 강사님?" 하며 적극성을 띤다. 철준은 놀랍지만 속으로 너무 기뻐 "그럽시다"라고 하며 함께 밖으로 나가 식당을 찾아간다.

야탑역 원원법무사학원이 바로 앞에 보이는 맞은편 부대찌개로 들어갔다. "아! 이곳은 부대찌개전문이라 너무 맛이 좋아요" 하고 그가 먼저 다정히 말한다.

"호호호 그렇겠지요."

찌개가 나오자 그가 떠서 주는 과잉친절까지 베푼다.

다 먹고 나와 옆에 있는 카페로 들어가 냉커피도 한잔한다.

처음에는 이들은 멀뚱멀뚱 무슨 말을 먼저 해야 할지 망설인다. 그러다가 그 커피를 거의 다 먹자 서서히 희라가 먼저 포문을 연다.

그녀는 예전 종각 영광고시학원의 방원중 원장과의 결혼사실과 이혼사실까지 낱낱이 알린다.

그러면서 제대로 한번 교제를 하고픈 생각에서이다. 그러자 철준은 깜짝 놀라며 "아! 그런 일이 있었어요. 아! 그 후에 제가 마음에 들어 이렇게 접근하는 겁니까?" 하며 환호성을 터뜨린다.

"강사님 아직 결혼 안 하셨습니까?"

"아이 그럼요. 아직 안 했죠. 저는 40입니다만 할 수가 없었습니다. 예전에 사시를 공부하다가 떨어져 꼬여 하향지원하여 법무사를 했는데 이것도 겨우 됐어요. 그래서 연애할 시간이 없었어요. 하하하하 외로워요."

배철준은 그야말로 총각사칭을 시도하는 것이다. 이희라도 이 말에 무척 기뻐한다. 그러면서 속으로 그랬기에 그때 7월 6일 법무사 1차 시험 날 감독관과 그런 역모를 꾀했구나! 하고 나름 긍정적으로 여긴다. 얼마나 자신을 좋아했으면 그랬나! 생각한다.

하지만, 그날 철준이 시험장까지 자신의 차 그랜저를 타고 몰래 와 염탐한 것까진 그녀도 모른다. 감독관 방세종이 역적모의하는 통화를 대충 듣게 된 게 전부이다.

　서로서로 더 세부적인 대목은 철저히 숨긴다.

　"네 저는 32살입니다."

　이들은 대략 자신들의 신상을 밝히고 대화를 정리한다. 약 1시간 정도 대화가 진행되다가 끝이 나고 일어나 밖으로 나와 그는 자신의 차 그랜저에 그녀를 태우고 동원동 집까지 바래다준다.

　희라는 지금 이 순간 이 모든 것이 만족스럽다. 얼마 전 방원중과 안 좋은 일이 생겨 파경을 맞고 다시 공부하며 괴로웠으나 현직법무사이자 헌법강사를 만난 건 더없는 행복이라 여긴다. 왜냐하면 자신도 현재 법무사를 공부하기 때문이다.

　공감대가 서기 때문이다. 배울 점도 있고 모르는 문제는 직접 질문하면 효과적인 면이 많기도 하니까 좋고 그 무엇보다 나름 호감형이라 그렇다.

　다음 들은 헌법 시간이 손꼽아 기다려진다.

　한편 철준은 오후엔 정자역에 위치한 법무사사무실에 들러 다소 심란한 마음이 든다. 한구석엔 좋지만 총각사칭이라는 대목이 여간 신경이 쓰이는 게 아니다.

　이참에 부인 지화와 확 갈라서 버리느냐 이것에 대해 고민에 휩싸인다. 이런저런 번민에 싸인다.

　한번 결혼을 하면 마냥 행복할 거라고 생각한 적도 있으나 현실은 그게 아니었다. 싫증이 나고 귀찮고 권태기에 시달린다. 더 보기 좋은 매력 넘치는 이성에게 함몰되어버린다. 이런 현실이 여간 버거운 게 아니었다.

철준은 명색이 법조인 법무사인데 끝까지 법을 지켜나가야 할 텐데 벌써부터 이런 정신적 균열이 왔으니 큰일이다.

그녀와 식사도 하고 대화가 이뤄진 게 꿈만 같아 너무 들떠 업무가 제대로 잡히지 않는 그였다. 그냥 그럭저럭 대충대충 처리하다가 집으로 들어간다.

들어가니 부인 지화가 밥을 다 해놓고 기다리고 있다. 지화는 지금껏 남편과 10여 년 살면서 바람을 피우고 그러진 않았다. 오매불망 그에게 쏠렸었다.

그렇지만 최근 남편 철준이 보이는 냉소적인 반응에 대해 심히 마음이 괴롭다.

"저녁 식사를 해야지?"

"아아! 귀찮다. 에잇."

퉁명스러운 반응을 보이며 그는 방으로 쓱 들어가버린다. 부인은 방으로 들어오며 다시 "밥 먹으라"고 말을 한다. 그러자 얼굴을 붉히며 나와 먹는다.

밥을 먹는 도중 그는 미친 척 "아! 당신 말이야. 우리 여기서 그만 헤어집시다"라고 말한다. 냉정함 그 자체였다.

깜짝 놀라며 지화는 "뭐야 그게 무슨 소리야?" 하며 얼굴이 완전 상기된다.

"일단 밥 다 먹고 얘기하자고."

후다닥 밥을 다 먹은 그는 자초지종을 털어놓는다. 결국 "당신이 싫증 난다. 싫어졌으니 헤어지자" 이런 뜻이다.

지화도 열받아 "뭐! 그러면 나는 그럴 줄 몰라? 자, 내일 당장 그렇게 하라고" 하며 핏대를 올린다.

　이들은 바로 다음 날부터 전광석화처럼 갈라서는 절차를 진행해나간다. 철준은 전혀 괴롭지가 않다. 오히려 속 시원하다. 이렇게 생각하며 이젠 수강생 이희라를 만나는 게 훨씬 더 편해지리라! 이것만 생각한다.
　한편, 박미란은 8월 중순 가석방되어 나온 뒤 사촌동생들을 포섭하여 두진을 응징한 일을 저지르고 은둔생활 중이다.
　그 후 정신집중이 잘 안되어 당분간 변호사업무를 접고 휴식을 취하고 있다. 예전 푸른로펌에 있을 때 그 소속 남자변호사들에게 시도 때도 없이 대시를 하였으나 미모가 안되어 번번이 실패하고 말았는데 그래서 우울증이나 히스테리를 안고 사는데 불난 집에 부채질 격으로 로펌대표 두진한테 해고당하였던 것이었다.
　게다가 친구 차배숙과 강두진이 어떤 애정교감이 일어나 그런 것 같은 의구심이 든다.

　이런 일련의 모든 일들이 불쾌하고 고통스럽기 짝이 없다.
　미란은 아직까지 정신을 제대로 차리질 못하고 방황과 번민 중이다. 그러다가 12월 초가 되자 이젠 올 한 해도 얼마 남지 않자 더더욱 착잡함 속으로 빠져든다.
　고독의 증폭이다.
　나이 41살의 노처녀의 비애이다. 여름에 교도소에서 복역생활하며 못 볼 꼴도 다 보고 별별 수모도 다 당했기에 여간 괴로운 게 아니었다.
　쓴 소주를 병째로 몇 병을 왈각 마시고 무작정 노래방으로 직행한다. 평소 성격상 노래를 좋아하지도 않으면서 그냥 홀로 가는 것이었다.

가서 돼지 멱따는 소리로 막질러버리면 뭔가 속은 시원하리라! 판단한다.

봉천동 낙성대 1번출구 쪽이 집인데 나와서 무작정 앞만 보고 쭉 걸어간다.

들어간 시간은 저녁 6시가 조금 넘었는데 혼자서 잘하지도 못하는 노래를 마구 불러댔다.

그러다가 화장실에 갈 일이 생겨 나가는데 어느 한 남자가 옆방으로 들어가며 야릇한 미소를 짓는다. 생긴 느낌은 지적이진 않고 어디서 막 일하는 사람 같아 보였다. 그러나 힘은 무척 세게 보였다. 미란은 화장실에 갔다 와 또 그렇게 노래를 부른다. 한참 정신없이 그러는데 별안간 아까 그 남자가 불쑥 들어오는 것이었다.

너무 놀라 마이크를 내리고 "아니 여기 잘못 들어오셨어요" 하며 나가라는 손짓을 한다. 그러자 그는 이에 아랑곳하지 않고 웃으면서 "보아하니 그쪽도 혼자 온 것 같고 저도 혼자 온 건데 우리 혼자 와서 노래하는 사람들끼리 합석합시다?"라고 매우 호기롭게 말한다.

조금 무서웠으나 미란은 조금 마음이 솔깃하기도 하였다.

박성호는 원래 집은 안양 만안구 석수동인데 노가다 하러 봉천동에 온 것이다.

가뜩이나 고독과 외로움에 빠져 있던 그녀였기에 흔들릴 수밖에 없는 노릇이다.

그녀는 그가 홀로 하는 방으로 들어갔는데 탁자 위에 캔 맥주와 마른안주들이 흩어져 있었다.

여자 변호사와 남자 노가다의 자연스러운 만남이 이뤄지는 순간이다. 그가 먼저 막 노래를 불렀는데 들어보니 별로란 것을 그녀도 느낀다. 그녀도 노래를 못하지만 똑같았다.

　노래라는 것은 잘 부르나 못 부르나가 중요한 것은 아니라는 것도 서로는 알고 있다. 둘은 잠시 노래를 멈추고 캔 맥주를 하나씩 따서 마시는데 이런저런 대화가 시작되는데 "저는 박성호라고 합니다. 하는 일은 노가다이고요. 나이는 40입니다. 하하" 하며 밝힌다.

　그러자 미란은 "어! 노가다라고요? 저는 변호사 박미란입니다. 나이는 41살입니다. 호호" 하고 맞장구를 친다.

　그러자 그는 깜짝 놀라며 "예에 변호사라고요? 어어어어……" 하고 주춤한다.

　성호는 자신의 하는 일이 그녀와 견주기가 너무 버거워서 기가 꺾이는 순간이다.

　그런 눈치라는 걸 느낀 미란은 이런 분위기를 반전하고자 벌떡 일어나 펄쩍펄쩍 뛰며 화기애애한 느낌을 주며 가까워지려고 먼저 노력한다. 그만큼 그녀가 더욱 아쉽기 때문이다.

　미란은 지금 노가다고 뭐고 엘리트고 뭐고 고독과 외로움이 극에 달하다 보니 이것저것 가리는 게 아무것도 없다. 마치 굶주린 여우를 닮았다.

　이에 그가 호응하며 일어나 함께 펄쩍펄쩍 뛰며 노래를 합창을 한다. 이러면서 이들은 급격히 가까워진다.

　1시간 이상 그러다가 지쳐 밖으로 나온다. 노래방 안에서 먹은 술이 모자라 인근 호프로 들어간다. 이들은 노래방에서 급조되어 만난 낯선 관계지만 급격히 친해지고 있다. 그만큼 공통된 심리가 작용한단 것이다.

　아까 먹은 술도 과한데 더 들어가니 인사불성이 됐다. 서로 번호를 알려줘버리는 상황까지 왔다. 그렇게 둘은 교제하게 되는 순간을 맞이한다.

13. 매화

한편, 두진과 서여는 별 탈 없이 교제가 진행되어갈 때 두진의 부인은 방배역에서 동물병원장을 하는데 예전보다 남편의 행동이 너무 지나치다는 느낌을 받는다.

허구한 날 늦게 들어오고 아예 안 들어오기도 하고 여간 신경을 자극한 게 아니다.

보다 보다 더 이상 참지 못한 그녀는 남편을 보복해야겠다는 마음을 먹게 된다.

동물병원장이라 특히 동물들의 심리를 그 누구보다 더 잘 안다.

반려견 중 사나운 견을 데리고 집으로 들어가 남편의 코를 물게 해야겠다는 그야말로 위험천만한 발상을 하게 된다.

고르던 중 괜찮은 게 하나 있어 안고 집으로 들어간다.

"얘얘얘, 바둑아. 넌 다른 건 안 해도 돼! 우리 남편 코를 납작하게 하기만 하면 돼. 하하" 하고 코치한다.

이에 그 바둑은 견들 중 가장 말귀를 잘 알아듣는 종이라 "껑껑껑" 하고 화답까지 한다.

저녁을 먹고 남편이 들어오기를 손꼽아 기다린다.

오늘은 늘 그랬던 것처럼 자정이 거의 다 되어 나타나고 있다. 그는 들어와 씻고 거실에 잠시 앉아 TV를 켜고 보는 중 못 보던 견이 슬금슬금 기어 오자 조금 놀라며 "당신 저 반려견 새로 데려온 거야?"라고 묻는다.

"그렇지 뭐!"

생긴 건 꽤나 예쁘고 귀엽게 생긴 반려견이었다. 그는 그냥 그렇구나! 생각하고 그저 우두커니 채널에 몰두하고 있을 때쯤 그 견이 느닷없이 소파로 뛰어올라 그의 코를 향해 꽉 물고 옆으로 비틀어버린다.

그는 소파에 누워 있던 차에 완전 제대로 물렸다. 코에서 엄청난 피가 줄줄줄 흘러내렸다.

"아아아아 이게 뭐야 으으으으으" 하고 큰 비명을 지른다. 부인은 이걸 대비하여 모른 척하려고 이미 살짝 문을 열고 밖으로 나가버린 후였다.

"이봐 이봐 자기 자기야. 어디 있어 어디 있어. 개가 날 물었다고" 하며 고래고래 소릴 질러도 아무런 대답이 없다. 그는 허겁지겁 여기저기 서랍을 열며 의료용품을 찾는다. 이것으로 안 되겠다 싶어 얼른 119를 부른다. 그 뒤 실려 간다.

이날 밤 그는 참혹한 꼴을 당하고 피범벅이 된 상태에서 코 수술까지 받는 아픔을 겪었다.

무사히 코 수술을 마친 뒤 그는 "그런 개같은 개를 데려왔냐?"며 부인과 엄청난 다툼이 벌어졌다. 심지어 그 반려견을 막 두들겨 패버리는 사태를 맞는다.

"아니 당신 이러면 동물보호법으로 신고할 거야! 이게 뭐 하는 짓이야?"
"에잇 뭐 이까짓 개새끼 한 마리 가지고 뭘 그래? 내 코가 다 떨어져 나갈 뻔했는데 어휴~~ 이 시발 것." 이렇듯 격한 말을 토로한다.

이에 더더욱 부부 사이가 격화됐다.

한편, 며칠 전부터 급격히 가까워진 직장동료 차현진과 김난화는 올 연말 안으로 정식결혼을 하자는 데 합의하였다.

야탑역 원원법무사학원을 나가면서 이희라는 조금씩 조금씩 강사 배철준과 친밀해지며 사귀는 단계까지 다다랐다. 철준은 자신이 유부남이란 걸 철저히 속이고 있는데 알려지면 골치 아픈 문제라서 하루빨리

13. 매화

부인과 이혼도장을 찍으려고 궁리한다.

한 가지 문제는 그렇다 하더라도 슬하에 딸이 하나 있어 이 대목이 여간 피곤한 게 아니다. 갈라섰다 하더라도 이 문제가 뒤늦게 알려지면 희라를 속인 것이 되기 때문이다.

다음 주 수요일이 돌아오자 배철준은 황급히 서둘러 이혼도장을 찍어버린다. 슬하의 외동딸은 비탄에 빠진다. 그러나 그는 이런 문제는 개의치 않는다. 사랑에 눈이 멀었기 때문이다.

급조되어 갈라섬으로써 그는 이젠 희라를 만나는 문제가 한결 편해졌다고 판단한다. 그런 홀가분한 마음으로 오늘 저녁 헌법강의에 임한다. 희라가 올 것이기 때문에 방방 뜨는 기분이다.

그녀 또한 마찬가지였다. 일주일 전 만났을 때 서로 번호를 주고받지 않은 이유는 그래도 한참 수험생이라 고려 배려차원이 깔린 것이다.

오늘쯤은 공부하다가 뭘 잘 모르는 것은 물어보겠단 명분으로 그녀가 먼저 그에게 번호를 알려달라고 요청하려고 계획한다. 반대로 그도 이런 명분을 삼아 은근슬쩍 자신의 번호를 알려주려고 생각한다.

저녁 시간이 되자 그는 헌법강의를 하러 들어오고 그녀는 강의를 받으러 들어온다.

강의실에서 두 사람은 서로 눈이 딱 부딪히자 황홀경에 빠진다. 오늘 오전 완벽히 이혼도장까지 찍었겠다.

이젠 눈에 뵈는 게 아무것도 없다.

어느새 강의 4시간은 다 끝나고 밤 시간이 됐다.

이들은 서로 약속이라도 한 듯 바로 나가 야식을 먹으러 간다.

"저는 법무사 수험생이지만 오늘만큼은 취하고 싶어요! 히히히히."

희라의 일탈멘트에 철준으로서도 당연히 흔들릴 수밖에 없다. 오늘 오전 이혼도장을 찍었기에 이젠 일탈이고 뭐고 그냥 취하고 싶다.

"자아, 저도 법무사이자 헌법강사로서 그렇게 취하고 싶습니다. 하하하하."

화답하자 바로 갈빗집으로 들어간다.

이들은 소주와 갈비가 막 들어가자 해롱해롱해지기 시작한다. 그렇지만 그는 가슴속으로 불타오르는 정욕을 억제하려고 몸부림을 친다. 명색이 법무사이자 헌법강사라는 위신과 체면을 지키려는 발로이다. 그녀도 마찬가지이다. 명색이 법무사수험생으로서 너무 막 자신의 속내를 드러내버리면 너무 가치가 떨어질 수도 있다는 우려가 들어 조금 조심조심 말을 이어간다.

이러다가 이들은 괜히 헌법에 대한 얘기나 이어간다. 이게 가장 만만하기 때문이다. 서로서로 품위를 지키려고 발악을 떠는 것이었다.

서로는 과음을 하게 되어 그는 그녀를 태우고 지난번처럼 그렇게 동원동 집에까지 바래다줄 수가 없는 노릇이다.

그렇기에 차선책으로 대리를 부른다. 요청한 지 불과 5분도 안 되어 대리기사가 왔다. 그는 "하하, 동원동으로 먼저 가주시고요. 그 후 모란역 쪽으로 가주세요"라고 말한다.

그의 집은 모란역 주변이기 때문이다. 대리기사가 보지 못하는 틈에 그는 차 안에서 있는 용기 없는 용기 다 내어 자신의 입술을 그녀의 입술에 대고 꾹꾹 눌러버린다. 그러자 희라는 더없는 황홀경에 빠져버린다. 역시 자신의 마음을 알아준다는 희열이다.

그녀는 차가 가는 시간이 아깝다는 생각이 들 정도였다. 그러나 금세 도착하고 만다. 동원동에 도착하자 그녀는 내려가며 "전화하세요. 강사님?"

"네. 그러겠습니다."

이들은 이렇게 짧게 인사말을 주고받는다.

동원동 집에 들어간 희라는 가방을 내려놓고 뿌듯함을 느낀다. 원중과의 파경 이후 나름 봉을 잡았다고 생각한다. 노총각 법무사이자 헌법강사이니 그렇다,

한편 그도 모란역 가까이 집에 도착하여 대리비를 지불한 후 집으로 들어서며 뿌듯함을 느낀다. 그런 의미에서 냉커피를 한잔하며 지난날을 회상하기도 하는데 하나 걸리는 대목은 외동딸 하나가 존재한다는 것이다. 이게 만약 알려지면 어떤 식으로 빠져나가야 할지 자못 궁금하다.

아까 오전에 이혼도장을 찍은 뒤 딸은 일단 부인을 따라가 있는 상황이다.

이런 부분이 알려지면 여간 난처한……. 이게 아니다.

일단 거기까지 깊게 생각하지 않으려고 애를 쓴다. 지금 이 순간 애정의 감정에 충실하리라! 다짐하는 배철준이다.

14. 결국은 그렇게 만날 수밖에

한편, 삼진반도체 직장동료 간 차현진과 김난화는 11월 말부터 새롭게 재회하면서 뜨거워지고 있었는데 올 연말이 다 가기 전에 정식으로 결혼을 하려고 계획한다.

어느새 하루하루 시간이 흘러 연말이 가까이 오자 실제로 두 사람은 결혼에 골인하기에 이른다.

철준은 아직까진 무사히 넘어가고 있으나 딸아이가 꽤나 신경이 쓰인다.

연말을 얼마 남겨놓지 않은 시점에 학원에서 내년 법무사시험에 대한 안내를 하는 시간을 가졌는데 수강생들이 대거 몰렸다.

30일 수요일이었다.

무려 300여 명이 모여 대성황을 이뤘다. 희라는 맨 앞자리에 앉아 집중한다. 또 자신의 애인이 강사로서 설명하고 있으니 더더욱 기분이 좋다.

이런 사실은 이곳 원원학원 관계자든 수강생이든 아무도 모른다. 그렇기에 더더욱 짜릿함을 느낀다.

약 1시간 반 정도로 정하고 설명회를 갖는데 웬 느닷없이 여중생으로 보이는 한 여학생이 철준을 향해 "아빠. 그러지 마. 우리 엄마랑 다시 합쳐. 아아아아아아악" 하며 통곡하며 강단으로 뛰어 올라가 그의 허리를 움켜잡고 서글피 운다.

이를 본 희라는 온몸이 굳어지며 진짜 어처구니가 없는 노릇이었다.

"어어! 이건 뭐야."

철준은 정말 어디 쥐구멍이라도 있으면 들어가고 싶은 심정이었다. 속으로 "으윽, 이렇게 들키다니!" 하며 탄식을 쏟는다. 그의 딸은 엄마 지화가 시켜서 그런 게 아니라 이달 중순 아빠 엄마가 헤어지자 충격을 받아오다가 히스테리로 더 이상 견디지 못하고 급기야 이 학원으로 쳐들어온 것이다.

그는 더 이상 진행이 안 되겠다 싶어 딸을 데리고 황급히 강의실을 빠져나간다.

그간 "사시를 공부하다가 떨어져 꼬여 하향지원하여 법무사를 했는데 이것도 겨우 됐어요. 그래서 연애할 시간이 없었어요. 하하하하 외로워요"라고 이달 초 첫 만남에서 한 위장술이 정면으로 들통나는 상황이라 그야말로 미칠 정도이다.

오전에 한참 진행되는 내년 법무사시험설명회는 풍비박산되고 만다.

그러자 직원이 들어와 사태를 수습한다.

희라는 격분이 포화되어 갑자기 밖으로 확 뛰쳐나간다. 그 후 철준과 딸을 찾는다. 하지만 이미 그들은 어디론가 사라졌다.

그러자 그녀는 화가 치밀어 올라 확인차 전화를 넣자 안 받자 문자를 넣는다.

〈이게 어떻게 된 일입니까?〉 보내자 〈이것은 더 자세한 설명이 필요

14. 결국은 그렇게 만날 수밖에

한 영역입니다〉라고 답장이 온다.

한편 그는 딸을 데리고 멀리 떠나 부드럽게 설득하여 "일단 엄마 곁에 가 있어. 내가 용돈은 많이 줄게"라고 달랜다.

그러자 "알았어. 어서 내게로 돌아와" 하고 딸은 간다.

그 뒤, 그는 희라에게 전화하여 일단 만나자고 말한다. 그래서 다시 야탑역 원원학원에서 만나게 됐으나 그녀의 불신과 증오는 하늘을 찔렀다.

"아니 강사님. 이젠 솔직히 말해요. 그렇지 않으면 난 그냥 여기서 모든 관계는 끝납니다."

코너에 몰리자 그는 하는 수 없이 자초지종을 털어놓는다. "뭐야? 나하고 황급히 교제하기 위해 부인과 이혼을 불사! 이런 개같은……."

"아니 아니. 꼭 그 이유만 있는 건 아니고 원래 평소 그러려고도 했었지 뭐!"

하며 자신이 한 말의 사태를 수습하려고 안간힘을 다한다.

희라는 매섭게 그를 노려보며 "아니 난 처음부터 내 신상을 다 털어놨으나 당신은 그렇진 않았습니다. 난 이런 몰염치한 남자와 교제할 순 없습니다. 됐으니 그냥 돌아가세요. 난 다시는 여기 학원에 나오지 않을 겁니다." 쏘아붙인다.

그러자 철준은 아무 말 없이 고개를 떨어뜨린다.

이날 오후에 이곳에서 달아난 희라는 절대 그의 전화나 문자에 대해 대꾸하지 않고 완전히 다른 곳으로 피해 계속 법무사공부를 이어간다.

철준은 자신의 신상을 교묘히 속여 그녀와 교제를 시도하였으나 덜미가 잡혀 산산조각이 났다.

그러면서 이들은 내일 하루 올해 마지막 날을 맞이한다. 12월 마지막 날은 쓸쓸하고 썰렁한 기운이 감돌았다.

2021년 새해가 벅차게 달아오르자 다들 환호성을 터뜨렸다. 뭐 특별할 것도 없지만 새해란 만인들에게 뭔가 기대심리를 자극하기에 충분했다.

희라는 지난해 그런 일이 있은 후 그냥 넘기질 않고 원원학원 측에 배철준 헌법강사를 해고해줄 것을 제안했다. 자신 같은 수강생을 속여 교제하려 했다는 대목이다. 그것도 처음에는 총각이라고 속이려 했던 부분이다. 그가 급조되어 이혼했지만 말이다.

이에 학원 측은 그녀의 제안을 받아들여 철준을 해고하기에 이른다. 그는 학원에서 해고된 후 정자역에서 법무사업무만 하게 됐다.

한편, 작년 12월 초 봉천동 노래방에서 우연히 급조된 만남으로 사귀게 된 노가다 출신 박성호와 변호사 박미란은 서로 간의 단점을 보완해가며 급속도로 가까워진다. 새해가 되어 기분전환차원에서 광교산으로 산행도 함께 갈 정도가 됐다.

늘 용달차만 타고 다니던 성호는 그녀의 차 아우디 A8을 타고 광교로 내달리니 황홀함 그 자체였다. 벌써 차가 나가는 느낌이 다르다는 걸 실감한다.

새해 첫날이라 기분이 매우 상쾌했다.

도착하니 정오가 거의 다 되어 뭐라도 하나 먹고 올라가려고 식당가를 찾는다. 찌개백반을 먹는다.

그러는 사이 누군가 들어오는 짝이 있는데 두진, 서여였다. 두진과 미란은 정면으로 딱 부딪혔는데 서로 당혹스러워 어쩔 줄을 몰라 한다.

예전에 악감정이 극에 달했었기 때문이다. 미란은 늘 남자에게 접근해도 번번이 실패를 거듭한 여자인데 어떻게 남자를 잡았나 하여 두진은 이 장면을 꽤 새롭게 쳐다본다. 얼른 얼굴을 돌리고 구석으로 가 앉는다.

지금 이 순간 미란은 저 두진이 데리고 온 여자에 대해 조금 의아하다는 느낌 지울 길이 없다.

당초 예상치 못한 여자라서 그렇다. 친구인 배숙 말고 또 다른 여자가 애인이 또 있었구나! 판단한다.

예전에 사촌동생들에게 타이어펑크 건을 사주했을 때 사고가 난 대상이 저 여자였다는 기억이 떠오른다.

그 당시 사촌동생들이 보여준 자료에 의하면 그렇다. 그때 두진, 배숙을 겨냥한 건데 엉뚱하게 그리 튄 건데 그게 저 여자라는 것을 깊게 인식한다.

지금 이 순간, 두진과 미란은 밥을 먹어가며 엄청난 치열한 수 싸움이 오고 간다.

미란은 성호에게 빨리빨리 먹으라는 의미로 그의 옆구리를 꾹꾹 찌른다.

그는 고개를 끄덕이며 속력을 낸다.

이들은 다 먹고 나가 조금 떨어져 미란이 성호에게 예전에 앙숙관계였다고 귀띔을 한다.

그러자 그는 몹시 불쾌하게 생각한다.

그러는 사이 두진, 서여도 밥을 다 먹고 나오고 있다. 그러자 성호가 두진의 얼굴을 잡아먹을 듯이 매섭게 노려본다. 이에 두진은 순간 뜨끔하며 놀란다.

두진은 서여의 손을 잡고 재빨리 산 입구로 가 올라간다. 뒤에서 성호, 미란이 날카롭게 노려본다.

그들이 올라가기 전에 이미 미란은 그들의 모습을 동영상을 찍어버린 후였다.

미란은 그 후 이 영상을 이용하여 어떻게 두진을 골탕 먹일지 다각도로 연구한다.

그녀의 공격포인트가 하나 더 늘어난 셈이다.

사실 두진도 서여를 데리고 올라가며 미란에 대해 대충 설명을 한다. 그러자 서여는 움찔한다. 꽤나 신경이 쓰이기 때문이다.

미란과 성호는 그 뒤를 이어 서서히 올라간다.

미란은 어느 정도 오르다가 문득 저 여자를 어디선가 본 듯한 기억이 스친다.

"어어어 저 여자를 어디에서 봤지, 이상하다. 어디선가 본 듯한 사람인데 누구더라 아아아아아……."

기억이 날 듯 말 듯, 좀처럼 기억이 잘 나질 않았다. 그러면서 계속 뚜벅뚜벅 광교산을 오르다 보니 어디 매스컴에서 본 듯한 기억이 잠시 스친다.

그러다가 작년 총선에서 저 강두진 국민밖에 모르는 당 후보의 관련자 같은 느낌이 문득 든다. 그래서 한번 그 기사를 찾아보리라! 생각하고 핸드폰을 열고 찾는다. 그러자 두진을 따라다닌 선거운동원 얼굴이 저 여자와 일치됐다.

이 순간, 미란은 "아아하하 야호야호~~" 하고 환호성을 터뜨린다. 드디어 찾았기 때문이다.

기사에 「강두진 후보 선거운동원 이서여」라고 나온다. 이름까지 알아내는 쾌거를 올린다. 미란, 성호는 더 이상 올라가지 않고 그냥 내려 가버린다.

"성호 씨, 우린 그냥 내려갑시다. 저들이 저 산꼭대기로 오르는데 우리가 올라갈 이유가 없네요. 다른 데로 가버리자고요."

"네 그럽시다. 하하."

이들은 다른 데로 가려고 아까 산 입구에 차를 주차한 곳으로 돌아와 광교 호수공원 쪽으로 빠져나간다.

오후 3시쯤 됐는데 그녀는 교묘히 SNS에 이 사실을 퍼뜨려버린다. 삽시간에 퍼질 수밖에 없었다. 더군다나 두진은 총선에 나와 당선은 아니고 비록 낙선자이지만 대중에게 얼굴이 많이 알려진 사람이라 파급력이 컸다.

두진과 서여가 광교산 정상에 오른 시간쯤에 이미 다 퍼져버린 것이었다.

산 정상에서 서로 셀카를 찍으려고 핸드폰을 여는 순간 페북이든 어디든 완전 도배질됐다.

「작년 총선 국민밖에 모르는 당 강두진 후보 선거운동원과 광교산 밀월데이트 현장을 취재하다」

이런 사실을 알게 된다.

"으으으으 이게 뭐야? 아! 아까 그 미란이란 여자가 한 짓일 거야! 아 아아."

두진, 서여는 부글부글 끓어오르기 시작한다. 산 정상은 꽤 운치도 있고 경치도 좋고 공기도 그렇고 다 좋았는데 자신들의 악소문이 가슴을 짓누른다. 가뜩이나 명예에 목숨을 거는 성향인 강두진으로선 여간 치명상이 아닐 수 없다.

두진 부인은 오래전부터 이런 사실을 알고 있었으나 참고참고 끝까지 견디며 참았으나 이번 명예의 큰 타격을 받아 그녀로서도 더 이상 버티질 못하고 홀연히 집을 나가버린다.

흔적을 남기지 않고 나가버리자 두진은 악착같이 찾았으나 좀체 찾을 길이 없다. 그의 부인은 방배동 동물병원장이기도 한데 그냥 다 내팽개치고 나가버린 것이다.

한편, 차배숙은 그런 소문이 나자 두진을 차지하려고 푸른로펌으로 쳐들어간다.

특히 배숙은 새해 들어 두진과 서여가 광교산 밀월 산행한 정보에 대해 심히 불쾌하다. 상당히 오랜 기간 조용히 칩거하며 관망하던 그녀가 발끈하기 시작한다.

배숙 자신도 두진이 유부남이란 신분이 있을 땐 무척 조심스러웠다. 그랬기에 작년 4월 중순 그와 애정교감은 있었으나 조심스러워 절제했던 것이다. 그런데 이번 사회관계망을 통해 알려진 내용은 그녀로선 여간 짜증이 아닐 수 없다.

즉, 시샘차원이다.

다음 날이 되자 배숙은 물불을 안 가리고 무작정 푸른로펌으로 두진을 향해 직진한다. 현관문을 발로 세게 꽝 차고 들어선다. 그러자 많은 변호사들과 사무장들이 깜짝 놀라며 어리둥절해한다. "어어어어 아아 아아."

"아니 놀랄 것 없습니다. 강두진 대표를 만나러 왔습니다. 전하세요. 에잇."

매우 격앙된 반응을 보인다. 밖이 조금 소란하자 두진이 나온다.

14. 결국은 그렇게 만날 수밖에

"어어! 우리 성균관대 철학과 교수님께서 여기까지 또 오셨군요. 어서 오세요. 하하 반갑습니다."

"아닙니다. 하나도 안 반갑습니다. 어제 정보는 다 봤습니다. 이게 어떻게 된 일입니까?" 당돌함 그 자체였다.

두진은 당황스러워 그녀를 데리고 휴게실 쪽으로 얼른 들어간다. 들어가자마자 그녀는 "아니 이봐요. 내가 당신을 좋아하는 것 알죠? 하지만 나는 대학교수로서 체면과 위신과 위치가 있어 참았습니다. 또 당신이 변호사고 로펌대표이기도 하고 결혼한 유부남이라 그랬던 겁니다. 근데 어제 그 정보는 충격입니다. 정말 큰 실망입니다. 강두진 변호사님이 그럴 줄은 몰랐습니다" 하며 쏘아붙인다.

그러자 그는 손으로 그녀의 어깨를 툭툭 치며 "아아 우리 교수님이 그러셨군요. 그 마음은 다 잘 압니다. 미안합니다. 이해하세요. 그럼 제가 그 문제가 된 여성선거운동원과 헤어지고 차배숙 교수님과 사귀도록 하겠습니다. 그럼 됐나요?" 하며 위로조로 말한다.

그러자 그녀는 감격하여 느닷없이 두진을 꽉 끌어안아버린다. 그 순간 다른 변호사들이 문을 열고 들어오다가 이를 목격하고 깜짝 놀라며 주춤주춤거린다.

"어어어어어 아아아아아아."

그러자 둘은 쏜살같이 밖으로 빠져나간다.

두진은 배숙을 데리고 아예 밖으로 나가 인근 카페로 들어간다. 그녀는 아까 그가 로펌휴게실에서 던진 그 말이 진심이기를 고대하는 마음이다.

"변호사님 아까 휴게실에서 한 말씀이 사실입니까? 그 그 여성선거운동원과 헤어지고 저와 정식으로 교제를 하실 건가요?

그래야만 합니다. 그 여성선거운동원은 남편은 있는 사람 아닙니까? 왜 법을 아는 법조인인 당신이 그런 행동을 하십니까? 하지만 나는 지금껏 외롭고 고독하게 홀로 사는 여자입니다. 나 같은 여자와 교제해야 맞지 않습니까?"

배숙은 꽤 냉철한 투로 절도 있게 말하였다.

그러자 두진은 움찔한다.

이들이 한참 카페에서 대화가 오고 갈 때 두진에게 별안간 집을 나가 행방불명된 부인에게서 전화가 걸려 온다.

"쉿쉿 집사람에게서 전화 온다."

그가 받자마자 부인은 "야, 당신 더 생각할 것도 없다. 도장 찍자. 어휴~~ 재수 없다" 하며 팍 끊어버린다.

끊고 나서 이 사실을 그대로 배숙에게 알리자 그녀는 "그래 그렇군요. 이렇게 다 까발리는 게 차라리 더 낫습니다. 우리 이렇게 만납시다. 나는 노처녀라 이런 걸림돌은 하나도 없습니다"라고 선언한다.

"네 맞습니다."

두진도 결국 승복하고 만다. 배숙은 내친김에 더 거세게 밀어붙인다. "아니 변호사님. 말로만 그러지 말고 지금 당장 이번에 사회관계망에 문제 된 그 여성선거운동원에게 전화하여 앞으로 더 만나지 않겠다고 밝히십시오."

그러자 그는 조금 우물쭈물거린다. 그러자 그녀는 갑자기 "뭐 합니까? 얼른 하세요"라고 고함을 친다. 깜짝 놀란 두진은 평소 배숙에게서 느끼지 못한 패기와 정열을 보는 것 같아 충격을 받는다.

우두커니 앉아 있는 그가 무척 갑갑하고 답답해 보였는지 배숙은 이젠 주먹으로 탁자를 세게 꽝 하고 내리친다.

"뭐 해?"

아메리카노 종이컵이 이리저리 흔들흔들거린다. 바닥으로 떨어지진 않았다. 만약 사기 컵이었으면 바닥에 떨어져 깨질 수도 있었다.

두진은 배숙의 기에 눌려 하는 수 없이 폰을 열고 서여에게 전화를 하려다가 기분이 너무 이상하다 싶어 그냥 카톡으로 〈앞으로 더 만나지 맙시다〉라고 보낸다.

이 문자를 받자마자 서여는 깜짝 놀라 이게 무슨 일인가! 당황했지만 아마 어제 사회전산망에 퍼진 충격 때문이구나! 하고 판단하고 더는 문자를 보내진 않는다.

서여는 생각이 그리 복잡한 성격이 아니다. 좋은 게 좋은 거고, 아니면 아닌 거다. 누구에게 죽자 살자 매달리고 그러는 성격이 아니다.

종로4가에서 옷 가게를 할 때도 고객에게 옷 사라고 매달리는 법은 절대 없다.

반면 배숙은 심오한 인간심리탐구를 하는 철학교수라 그런지 모르나 고집이 상당히 세다. 물고 늘어지는 성향이 강하다.

이날 오후 두진과 배숙은 그 카페에서 나와 곧바로 각자의 일터로 돌아가지 않고 서초역 주변을 이리저리 돌아다닌다.

한참 동안 그러자 지나가던 행인들 중에 그를 알아보는 사람들이 몇 명 있었다.

작년 총선에 나와 낙선한 이력이 있는 사람이란 걸 기억하는 것이었다. 그렇기에 이들은 꽤나 의식이 되는 듯 걸음을 최대한 빨리빨리 걷는다.

문제는 동 시간대에 성균관대 철학과 학생이 지나가다가 그녀를 보고 움찔한다.

"어! 우리 과의 교수님이."

그러면서 옆에 남자를 보니 재작년 총선 때 강남구로 출마했던 후보였다는 느낌이 든다. 그 학생은 그냥 지나치려다가 어떻게 서로 눈이 부딪히면서 "안녕하세요. 교수님"이라고 인사를 한다.

그러자 배숙은 조금 당황한 기색이 역력하다. 아까 두진의 부인으로부터 이혼도장 제안여부를 통보를 받았긴 하지만 아직 그렇게 된 건 아니기 때문이다.

그녀는 모른 체 고개를 쓱 돌린다. 마스크를 끼고 있어 학생이 자신을 잘 몰라볼 수도 있고 잘못 봤을 거라고 생각하게 하려는 공산이다.

이 남학생은 늘 차배숙 교수가 남자를 만나 노처녀의 늪에서 빠져나가길 염원했던 사람이다.

어떤 땐 이 남학생이 그녀를 좋아한 적도 있다. 학생이라곤 하지만 나이는 그래도 많은 편이다. 대학원생인데 30대 중반이니 교수 배숙과 나이 차도 그리 많은 것도 아니다.

여교수를 짝사랑하긴 했지만 직접 대시가 이뤄지지 않은 이유는 그에겐 같은 과의 여자친구가 있기 때문이다.

어떤 땐 그 여자친구와 헤어져버리고 여교수에게 접근하려는 생각도 수도 없이 했으나 여자친구가 "날 버리고 가는 남자는 십 리도 못 가서 발병 난다. 가다가 가다가 발병 나 발병 난 후 그 교수와 잘해봐라~~" 이런 식으로 노래를 부르고 다닐 정도였기에 그로선 여간 난감하고 신경 쓰이는 게 아니었다.

그냥그냥 넘어가다 보니 과감한 결별의 결단까진 못한 것이다.

35살에 철학을 공부하는 허도문이다.

그는 지나친 뒤 여자친구에게 전화하여 이 사실을 공유버튼으로 알린다. 그러자 여자친구는 평소 그가 여교수를 짝사랑했던 걸 알기에 이런 상황이 매우 잘됐다고 판단한다.

교수가 얼른 다른 남자를 만나버려야 도문이 엉뚱한 생각을 접을 것이라서 그렇다.

안도의 한숨을 내쉰 여자친구 이은지는 이날 저녁 무심코 볼일이 있어 청담동에 들렀는데 아까 남친에게서 들은 바대로 여교수 차배숙과 어디선가 본 듯한 느낌이 드는 남자가 손을 잡고 지나가는 광경을 목격한다.

"아! 그게 그렇구나!"

순간 은지는 과욕이 생기고 만다. 이참에 이 장면을 취재하여 간직한 채 도문과 배숙 교수 간의 혹여나 불붙을지도 모르는 작은 불씨를 미연에 차단 내지 봉쇄해야겠다는 불온한 생각을 하게 된다.

그런 야욕으로 핸드폰을 꺼내어 마구 찍어버린다. 그야말로 불법촬영에 해당된다.

그 후 은지는 볼일을 다 보고 집으로 들어갔다.

청담동 에이스빌 집으로 들어간 은지는 너무 막무가내식으로 사회관계망에 막 퍼뜨려버린다.

「우리 성균관대 철학과 차배숙 교수님이 드디어 남자를 만나다」이런 제목이다.

이 내용이 삽시간에 퍼지자 배숙은 여간 고통스러운 일이 아닐 수 없다. 문득 학생 허도문이 그랬을 거라고 추측한다.

실은 도문의 여자친구가 그런 것인데도 말이다.

배숙은 다른 것보단 두진은 곤경에 처할 위험이 있어 조마조마하다.

그래도 다행은 두진은 오후 카페에서 나와 자신의 위신을 염두하며 편의점에 들러 밀짚모자를 구입하여 깊게 눌러쓰고 마스크도 코 위로 바짝 올려 끼고 있어 알아보긴 어렵다.

그러나 배숙은 알 만한 사람들에겐 다 알려지는 아픔을 겪는다.

그녀는 비밀이고 뭐고 다 까발려지는 세상이란 걸 새삼 뼈저리게 느끼는 순간이다. 이 정보를 박미란은 다 포착하였다.

배숙은 곧바로 이 사실을 두진에게 전송하여준다. 그러면서 덧붙여 〈이런 문제가 불거졌으니 최대한 빨리 아내와 도장을 찍어요〉였다.

이에 그는 〈알았어 기다려요〉였다.

배숙의 간청의 영향으로 두진은 정말 번개같이 이혼도장을 찍어버린다. 그 후 촬영하여 퍼뜨린 자를 불법촬영유포죄로 신고하는 문제를 놓고 상의를 이어간다.

그랬지만 과 학생이 그랬을 것이기에 고소하는 문제는 어렵다고 배숙은 두진에게 만류한다.

그 뒤 중순이 되자 그는 이젠 홀가분한 몸이 되었다. 하지만 여기서 혼란함이 끝이 아니었다.

두진, 배숙이 이젠 나름으로 홀가분하다고 느끼며 한강고수부지를 산책할 때 이를 어떻게 알고 뒤따라온 박미란, 박성호가 정면에서 유유히 걸어오고 있다.

이들 4명 다 마스크를 높게 끼고 있으나 알아볼 정도는 된다.

성호는 앞에 보이는 사람들과 특별한 앙금관계는 없으나 미란은 한

이 맺혀 있다.

물론 새해 첫날 광교산을 오르다가 미란이 성호에게 귀띔해준 내용은 알긴 하지만 말이다.

두진에겐 해고한 가해행위 및 고발사주 건, 배숙에겐 촉새 같은 배신 넋두리 행동 그런 빌미를 준 행동 건들이 이 모든 게 맺혔다.

두진, 배숙은 몹시 당황하기 시작한다. 더군다나 성호도 그들을 금방이라도 잡아먹을 듯이 매섭게 노려본다. 새해 첫날 미란이 알려준 코치 때문이다.

두진도 그날 성호를 부딪친 기억으로 조금 껄끄럽고 그냥 얼른 피하고 싶단 마음만이 앞선다.

지금 이 순간은 그보다 특히 배숙이 더 고통스럽다. 최근 그때 8월 중순경 박미란의 조종을 받은 무리들이 들어와 협박하는 바람에 고발사주 건을 고백한 바 있다.

그러니 배숙으로선 친구 미란을 보니 정말 쥐구멍이라도 있으면 들어가 숨고 싶은 정말 미칠 지경이다.

그저 이러지도 저러지도 못 하며 고개를 푹 숙여버린다.

"아이고 우리 훌륭하고 전능하신 강두진 푸른로펌 대표님. 지난번엔 선거운동원과 산행 밀월데이트를 하더니 오늘은 내 친구 철학교수와 한강 밀월데이트를 즐기시네요. 참 능력도 좋습니다. 당신이 가진 건 여자 꼬시는 탁월한 능력과 재능이시죠? 이런 더러운 자식아! 이런 개자식."

엄청난 소름이 돋는 멘트 그 자체였다.

"뭐야? 이게 쌍욕을······."

미란은 이어 배숙을 죽일 듯이 노려보며 "야, 이 개같은 년아! 우리

끼리 쥐도 새도 모르게 한 그런 넋두리를 금세 또 쥐도 새도 모르게 네 옆에 있는 두진에게 퍼뜨려 넋두리 살풍경을 만드나? 너 같은 년은 내 손에 맞아 죽어도 돼! 캬캬 퉤퉤~~" 하며 막 달려들어 멱살을 움켜잡고 추켜올린다.

"난 그래도 변호사로서 유부남을 사귀고 그러진 않는다. 이렇게 노가다 남자를 만나긴 해도……."

미란으로선 현재 아직까지 두진이 유부남이라고 알고 있다. 며칠 전 두진은 배숙과 교제를 위해 급조된 이혼도장을 찍은 사실은 모르기 때문이다.

배숙이 속절없이 붙들려 당하자 두진은 달려들어 뜯어말린다. 그가 미란을 밀치는 과정에 옆으로 쓰러지고 만다.

이를 지켜보던 성호가 재빨리 달려들어 두진을 확 밀친다.

이에 남자들 둘이서 옥신각신 몸싸움이 벌어진다.

미란은 벌떡 일어나며 "야, 너 고발사주한 혐의로 널 집어넣어버릴 거야! 그리고 야 배숙. 년 철학교수가 유부남 만나고 다녔다고 내가 다 퍼뜨릴 거야!" 하고 핏대를 올린다.

그러자 두진은 "이거 보자보자 하니까 이거 가관이구만. 무슨 고발사주가 문제야? 당신의 불법행위가 문제였지? 만약 그런다면 난 당신을 명예훼손죄로 넣는다"고 미란을 압박한다.

성호는 이런 장면을 더 이상 참지 못하고 화가 치밀어 올라 두진을 공중으로 번쩍 들어 올린다. 들고 한강물 쪽으로 세차게 달려간다. 마치 한강물에다 그를 집어 던질 듯한 기세였다.

"우아아아아아아."

공중에 매달린 그는 비명을 지르며 몸을 벌벌 떤다.